遺跡発掘師は笑わない

キリストの土偶

桑原水菜

角川文庫
23905

遺跡発掘師は笑わない
キリストの土偶
The clay figure of Christ

主な登場人物

西原無量　天才的な「宝物発掘師《トレジャー・ディガー》」。亀石発掘派遣事務所に所属。
相良忍　亀石発掘派遣事務所で働く、無量の幼なじみ。元文化庁の職員。
永倉萌絵　忍の同僚。特技は中国語とカンフー。
千波ミゲル　長崎・島原の発掘員で無量たちとは旧知の仲。萌絵に気がある。
犬飼さくら　新たにカメケンに入った山形の発掘員。あだ名は「宝物発掘《トレジャー・ディ》ガール」。
工藤祐紀　青森県埋蔵文化財調査センターに勤める。東戸来遺跡の発掘を担当。
間瀬いろは　東戸来遺跡の現場作業員。曾祖母が恐山のイタコをしている。
黒川沙里　東戸来遺跡の現場作業員。元ダンサー。
手倉森勉　東戸来遺跡のベテラン現場作業員。〈奥戸来文書〉に傾倒している。
朝霞孝三　〈奥戸来文書〉を検分した郷土史家。藤枝と過去に関わりがある。
藤枝幸允　無量の父。筑紫大の国史学教授。無量が幼い頃に別れて以来、犬猿の仲。

序章

夕暮れ時の新宿駅《しんじゅく》はたくさんの人で賑《にぎ》わっている。

車のヘッドライトが跨線橋《こせんきょう》で数珠《じゅず》つなぎとなっていて、まぶしい。

相良忍《さがらしのぶ》が休日の夜に繁華街へと出てくるのは珍しかった。友人の誘いを受けてやってきた。西新宿の路地にある小料理屋で忍を迎えたのは、黒縁眼鏡をかけた精悍《せいかん》な男だった。

「元気そうだな、相良」

都築寛人《つづきひろと》だ。

忍と同じ高校出身で、今は長野県諏訪《すわ》市に住んでいる。久しぶりに会う都築は相変わらず目力があって、礼儀作法を重んじるような姿勢のよさは江戸《えど》時代の武士を思わせる。顎《あご》に短い髭《ひげ》を生やして風貌《ふうぼう》にワイルドさが加わっていた。

「ますます縄文人《じょうもん》に近づいてきたな、都築」

「甘い甘い。本気でなりきるなら麻の貫頭衣《かんとうい》を普段着にしてるよ」

カウンター席に座り、長野の地酒で乾杯した。

都築《つづき》とは高校卒業以来疎遠になっていたのだが、少し前に、とある事件がきっかけで再会した。忍が勤める「亀石《かめいし》発掘派遣事務所（カメケン）」のエース発掘員《ディガー》・西原無量《さいばらむりよう》が参加した富士見町《ふじみまち》での縄文遺跡発掘でのことだった。都築は事件の関係者だったのだ。縄文時代にいたく関心を寄せていて「縄文人に学ぶ現代の生き方」を実践するというNPO法人も主宰していた。

互いの近況話に花が咲く。

都築は諏訪で「真道石神教《しんとうしやくじん》」なる新興宗教団体にいた。遙《はる》か太古から諏訪に伝わる原始信仰を土台にした宗教で、事件が起こる原因となった「教主の後継ぎ争い」は、忍や無量たちの協力で無事解決をみたのだが――。

「石神教を離れたって？　なんでまた」

忍が驚くと、都築はガラスのお猪口《ちょこ》を口元に運び、

「オコウ様こと護《まもる》さんが正式に代表就任したんで、これを機会に教団の運営から離れて、俺は縄文学校の準備に本腰を入れることにしたよ」

後継者争いを通じて、前教主による「人道に反する行い」が発覚したあと、教団は過去を清算して一からやり直すことになった。幹部だった都築は事後処理を済ませた後、森屋護《もりや》（多田透《ただとおる》）が新しい教主に就任したのを見届けて、身を引いた。再出発にあたり名前も「みむろ石神教」に改めたという。

「まあ、俺はもともと宗教人なんて柄じゃなかったしな。それより人を育てたい。時代

の価値観に押し流されず、自分の足で大地を踏みしめて歩ける人間を」

　都築はその後、地元大学の教育学部に入り直したという。思いつきで突っ走るのではなく、遠回りになってもしっかり知識を身につけて、地に足のついた学校運営を実現しようとしている。何年かかるかわからないが、夢への第一歩を踏み出した都築の横顔はやけに生き生きとしていて、眺める忍は思わず微笑んだ。

「……不思議なもんだな、都築。あれほど鳳雛《ほうすう》学院を嫌悪してた君が、教育の道を志すとはね」

「いや、あんな酷《ひど》い学校にいたからこそ、とも言える」

　ふたりが中高時代を過ごした「私立鳳雛学院」は、井奈波《いなば》という企業グループが経営母体の中高一貫校で、全国でも指折りの進学校だった。中でも「鳳凰会《ほうおうえ》」と呼ばれる選り抜きの生徒集団がトップに君臨していて、忍と都築もそのメンバーだったが、都築は度を超えた競争主義に嫌気がさして自分から去っていった。

「鳳雛学院みたいな教育を真っ向から否定してやりたいってのが俺の原動力でもあったからな。反面教師ってやつだ。けど、前におまえから言われた言葉は結構刺さったぜ」

「俺が？　何か言ったっけ？」

　とぼけているわけでもなさそうな忍を見て、都築は肩を落とした。

「人にあんな辛辣《しんらつ》なこと言っといて忘れるとは……。おまえはな、あん時、俺にこう言ったんだよ。『縄文精神を現代に持ち込むなんて、文明に飽きた現代人の懐古主義以上のもんじゃない。今を生きることから逃げてるだけだ』ってな。とどめが『鳳雛の呪いに無自覚なおまえは、いつか縄文学校も鳳雛のようにしてしまうだろうよ』だとよ」

忍はぽかんとしている。

「……ひどいこと言うなあ」

おまえが言ったんだよ、と都築《つづき》は顔をしかめた。

「……とはいえ、そのおかげで目指す方向を見つめ直せた。俺自身が生徒を洗脳するような学校にだけはさせるまいってね。生徒が自分の頭で考えて、時には物事を疑う地力をつけさせるのが、俺の目指す教育だ」

都築は昔から周りに迎合しない男だった。在学中はろくに口をきいたこともないふたりだが、あの事件の後、いつしか本音を語り合える仲になっていた。親友などというものはろくに持たなかった忍にとって、都築は初めてそう呼べる存在になりつつある。

「ところでそっちはどうだ。西原くんや永倉《ながくら》さんはどうしてる？」

忍は塩ゆで枝豆をつまみながら、諏訪での発掘後にカメケン一行が遭遇した数々の事件を延々と語った。都築は口をあんぐりとさせ、

「発掘現場じゃなくて事件現場のまちがいじゃないのか？」

「ったく、呼ぶのか、呼ばれるのか」

忍は肩をすくめて地酒を一息に飲み干した。

「……本当に。無量がただの平凡な発掘屋だったら、どんなによかったか」

「ため息なんかついておまえらしくないな。悩み事があるなら聞くぞ」

他人に相談などするタマではないことも承知の上だから、都築は軽い気持ちで申し出たのだが、忍は意外にも、はぐらかすどころか、憂鬱《ゆううつ》そうに打ち明けた。

「無量のことで悩んでる」

「なんだ？　西原くんと喧嘩《けんか》でもしたのか？」

「海外の移籍話が持ち上がってる。おまえならどうやって引き留める？」

都築は目を丸くして、即答した。

「ギャラを上げる」

「ない袖《そで》は振れない」

「そこをまずなんとかしろと言いたいとこだが、……ないなら本人のやる気に訴えるしかないんじゃないか？　国内のほうが海外よりやり甲斐《がい》があると」

「モチベーションか……」

発掘スキルこそ高いが、研究者でもハンターでもコレクターでもない無量が、日本の遺跡にどこまで関心があるか、と言われれば、忍も自信がない。どちらかといえば、掘りたいのはやはり恐竜化石だろう。だが日本での恐竜発掘案件はそこまで多いわけではない。

「世界に比肩するほどの遺跡なら、あるじゃないか。縄文だよ。いま熱いのは日本の新石器時代——縄文遺跡だ」

海外でも日本の「JOMON」は注目されている。縄文マニアの都築《つづき》はここぞとばかりに推してくるが、忍は懐疑的だ。都築は首をかしげ、

「ただの移籍話じゃなさそうだが、何かのっぴきならない事情でもあるのか？」

忍は言い淀《よど》んでいたが、やがて訥々《とつとつ》と「差し障りのない範囲で」語り始めた。無量が海外の遺跡発掘会社から破格のギャラでスカウトされたこと、無量は俄然《がぜん》乗り気だが、その会社は訳ありで、米国の民間軍事会社が裏で糸を引いていること。

「ふうん、恐竜化石や遺物をオークションにかけて資金調達か。西原くんにその話はしたのか？」

「ざっくりとはね。だが、いまひとつ手応《てごた》えがない。スカウトを妨害するためにでまかせを言ってると疑われてるのかもしれない」

看板発掘員をそう簡単には手放したくないカメケン側が、あの手この手で引き留めにかかっている、と無量が思い込んだとしてもおかしくはない。

「かと言って頭ごなしに反対すれば、無量が意固地になりそうで強くも言えない」

「おいおい、思春期の子供を持つ親みたいなこと言ってるぞ」

都築は少し呆《あき》れたように腕を組んだ。

「おまえは西原くんのことになると急に不器用になるな。人が変わったようにムキになったり、冷静さを欠いたり」

指摘は、忍には心外だった。都築は揚げ出し豆腐を口に運び、

「おまえほどの策士なら妨害工作なんか朝飯前だろ。相良忍ともあろう男がなにオロオロしてんだ。愚痴吐く前に、商売敵のひとつやふたつ巧妙に出し抜いてみろ」

友の苦言にさすがの忍も何も言い返せなかった。

「……おまえの目にはそう見えるか、都築」

「見えるね。おまえらしくない。それとも何か後ろめたいことでもあるのか？」

忍が身構えた気配には気づかず、都築は手酌で冷酒をついで、

「西原くんの祖父とおまえの親父さんの因縁は、理恵《りえ》さんから聞いたよ。瑛一朗《えいいちろう》氏の遺物捏造《ねつぞう》を、親父さんが告発したせいで西原家がおかしくなったって。おまえが気に病むのも無理はないし、親父さんの代わりに罪滅ぼしをしたい気持ちもわかる。だが、おまえのそれは、なんていうか……依存になってやしないか」

「依存？　俺が無量に？」

「というか、おまえはそもそも自分の人格ってやつが信頼できないんだ」

忍はハッとした。都築は辛口の冷酒を一口で飲み干し、

「昔のおまえは同級生には徹底して無関心で、教師の前ではいつも張り付いたような薄笑いを浮かべてたもんだ。俺たちは鳳雛学院で、人の弱さを侮蔑《ぶべつ》するのと同時に、自分の社会的価値を落とさない〝スキルとしての善良さ〟を覚えた。俺とおまえには、身を置いた場所のキナ臭さが骨まで染みこんでる。俺たちが持ってる善意は、本当に自分の良心から発したものだとおまえは言い切れるか？」

忍は答えない。

都築は枝豆をひとつ、つまみ上げ、

「俺は正直自信がないね。なんだかんだ言って、他人を蹴落《けお》とした時の快感が染みこんでる。思いやりや助け合いなんてもんは、所詮《しょせん》、施しだ。下の人間を丸め込むためのスキルだ。って、そんなヤバい思考を思春期に刷り込まれてきたんだぜ？」

口に放り込んだ茹《ゆ》でたての枝豆を、苦々しそうに噛《か》みしめている。

「西原くんに尽くしてる間は、鳳雛にいた頃の自分を忘れていられる。奴らの呪いから解放された気になれる。だがそんなのは〝一途《いちず》〟という名の思考停止にすぎん」

「そんなんじゃない……」

「気をつけろよ、相良」

莢《さや》から押し出された豆をかじって、都築は言った。

「人間はそう簡単には変わらないぞ」

忍は真率な表情のまま、黙り込んでいる。

そこへ海鮮の炭火焼きが運ばれてきた。都築は、熱した網の上で帆立や海老《えび》を焼き始めた。

「それより俺は縄文の話がしたい。相良、おまえの言うことは尤《もっと》もだが、やはり現代人は今の社会の複雑さに疲れ切ってる。複雑すぎる物事に順応するのに精一杯で、結婚も子育てもどんどんハードルが高くなる。縄文のシンプルさに立ち返ることは現代人を救うと思う。縄文を思うことは人間に復《かえ》ることだ。手伝ってくれないか、相良」

「経営パートナーの話なら断ったはずだぞ」

「これでも俺の取り組みは注目されてて取材もきてるんだぜ。俺は研究者にはならず〈縄文〉を一大コンテンツにして盛り上げるための旗振り役になる。おまえに手伝ってほしいのは縄文遺跡のパッケージ化だ。題して縄文ツーリズム。全国の縄文遺跡でネットワークを構築して定期的な交流イベントを行う。観光客向けには、御朱印集めや御城印集めにならって、遺跡ごとに縄文印なるものを作る。全国縄文遺跡巡りのスタンプラリーだ」

　忍はあんぐりと口を開けてしまった。

「それが縄文学校とどう関係が？」

「直接は、ない。なくていい。まあ、聞け。まずは〈縄文〉を盛り上げる。行政も民間も巻き込んでな」

　そこからは都築の熱い語りが始まって、再び鳳雛学院のことが話題にのぼることはなかった。

　店を出たのは、十一時過ぎだった。

　久しぶりにしたたか飲んで、お互い千鳥足気味だった。ネオンがまぶしい飲み屋街を抜け、夜遊びを終えて帰る若者で混みあう改札前にたどり着いた後も、都築は上機嫌だっ

た。自動改札に入ろうとした都築《つづき》が、ふと何かを思い出したように足を止め、

「……アレ？　そうじゃないか」

と天井を見上げた。ひとりで何かを理解したらしい都築は、忍を振り返り、

「おまえはさ、もう、何もなくしたくないんだよ」

会話の脈絡がなかったので、忍は意味をつかみ損ねた。

「おまえはもうこれ以上、大事なやつを奪われたくないんだよ。だから、そうなっちゃうんだよ」

無量に依存している、と指摘したその理由を言っているのだと気づいた。

「なあ相良。おまえ自身もけが人なんだから、もう少し自分のこといたわってやれよ」

都築は忍の胸のあたりを手の甲でノックするように叩《たた》き、地下鉄の改札の向こうに消えていった。忍は叩かれたところに手をあて、

「都築のやつ……」

西口の地下広場から見上げた空に、太り始めた月が輝いている。その月の光のまぶしさに、忍は「中秋の名月」が近いことに気づいた。

子供の頃、家族でお月見をした。その光景を思い出していた。秋の夜風にすすきが揺れていた。鈴虫の音を聞きながら、妹と月見団子を分け合った、懐かしい夜のことを。

「今年も墓参りに行けなかったな……」

仕事の合間に行くには、与那国島《よなぐにじま》は少し遠い。

忍はビルの谷間に浮かぶ月を眺め、夜風に吹かれている。

＊

「いい月だなあ……」

高速道路の高架橋とビルの間に、まぶしい月がこうこうと輝いていた。

忍が友と酒を酌み交わしている頃、同僚の永倉萌絵《もえ》は日本橋《にほんばし》にいた。中国拳法《けんぽう》の道場があり、朝からたっぷり集中稽古《げいこ》に励んだ。心地よい疲労感をまとい、道場のある雑居ビルから出てくると、秋気を含んだ夜風がなんとも気持ちよかった。

「もうすぐ中秋の名月かな」

だいぶ肥えてきた月がビルの谷間に浮かんでいる。台風一過の澄んだ空は、都会の月をいつになくスッキリと輝かせていた。

空腹だった。

道場仲間の飲み会に今から合流する手もあったが、酒の強いメンツなのでつられて飲み過ぎるのも危険だ。「節制、節制」と自分に言い聞かせ、行きつけのパスタ屋に寄って帰ることにした。

通り道にある外資系ホテルにさしかかった時だ。車止めに着いたタクシーから降りてきた長身の外国人に視線が留まった。

「あ、かっこいい」

スーツを着た三十代くらいの白人男性だ。いや、どこかで見覚えがある。海外ドラマに出ている俳優かな？　と記憶をたどって、

「ちがう」

イリノイ考古博物館の学芸員ジム・ケリーに似ている、と感じたのだ。

いや、こんなところにいるわけがない。頻繁に海外と行き来するビジネスマンならともかく、一介の学芸員がそうそう日本に用事があるとも思えない。外国人の顔は見分けがつかないこともあるから他人のそら似だろう、と思いかけたのだが――。

「待って。そら似じゃない」

萌絵は目がいい。トレードマークの無精髭《ぶしょうひげ》がないので印象はちがうが、顔よりも体格だ。アメフト選手を思わせる逆三角形の上半身、よく鍛えて引き締まったピーマン尻《じり》。

「――……まさか本人？」

確認するべく萌絵は素早くホテルの玄関へと走った。柱の陰に隠れて近い位置からもう一度、ガン見する。トレードマークの髭《ひげ》をそって、こざっぱりしているが、涼しげな青い瞳《ひとみ》にあの甘いマスクは……。

「まちがいない。ケリーさんだ」

荷物がないところを見ると、すでに滞在中か。来日したならカメケンに一言あっても良さそうなものだ。エレベーターにはケリーひとりで乗り込んでいく。萌絵はどの階で

止まるかを確認し、

「最上階まで直行？　そうかレストラン」

迷わず隣のエレベーターに飛び乗った。少し遅れて最上階に到着すると、視界の端にフランス料理店に入っていくケリーの姿が映った。案内係と話している。誰かと待ち合わせしているようだ。

「まさか相良さんと？」

確かめたかったが、高級そうな店でおいそれと入店するわけにもいかない。手前にオープンバーがあったのでそこで見張ろう、と思いついた時だった。

吹き抜けの階段から別の客があがって来た。萌絵は目を疑った。

「降《ふる》旗《はた》、さん？」

宮内庁の降旗拓実《たくみ》ではないか！

柱の陰に隠れ、目をこらす。こちらは見間違えようがない。左手にはめた白い手袋が何よりの証拠だ。古傷を隠しているという。

「ケリー氏と降旗さんが密会……？　うそでしょ」

たまたま同じ店を利用しただけ？　とも思ったが、そんな「たまたま」そうあるわけがない。萌絵はオープンバーのカウンター席でふたりが出てくるまで粘ることにした。

張り込みが功を奏し、二時間後、ついに現場を押さえた。一緒に店から出てきたふたりが、肩を並べてエレベーターへと向かうのが見えた。

やはり、降旗拓実はジム・ケリーと会っていたのだ。

降旗は、無量をスカウトした張本人でもある。そして、問題のジム・ケリー。忍のスマホに「〈革手袋《レザーグラブ》〉から目を離すな」とのメールを送った謎の人物〝JK〟ではないか

と、萌絵たちが疑っている「渦中の人物」だ。

「なんで？　降旗さんは宮内庁の文書屋だし、ケリー氏は発掘屋だし……なんであのふたりが？」

降旗が、萌絵の視線に気づいたのか、こちらを見た。……気がした。萌絵は咄嗟《とっさ》にカウンターにへばりついた。無量に知らせねば、と思い、猫背になって素早くスマホを操る。顔を上げたときにはもうふたりはエレベーターに乗った後だった。萌絵は速攻で会計をして店を出ると、証拠写真を押さえるべく、後を追いかけることにした。

エレベーターで一階までおりてきた時だった。

「奇遇ですね。永倉さん」

萌絵は跳び上がった。振り返ると、すぐ後ろの柱にスーツ姿の男がいる。

「ふ、降旗さんじゃありませんか……」

平静を装おうとしたが、頰が引きつって言うことを聞かない。こちらの尾行に気づいていたのか。慌てて辺りを見回し、

「あの、えーと、おいしいホテルブレッド売ってるお店があると聞いて、買いに来たんですけど、あれえ？　どこかなあ」

ケリーの姿はどうにない。必死で取り繕う萌絵を見て、降旗がにこりと微笑み、

「私もちょうど仕事が終わったところなので、もしよかったら、近くで一杯飲んでいきませんか」

品行方正で人畜無害な微笑が、いまの萌絵にはなお怖い。これは逃げられない。

ますます引きつった笑顔を浮かべながら、うなずいた。

「は……はい。ぜひ」

＊

萌絵からのメッセージが無量のスマホに届いたその頃、無量は恵比寿《えびす》にいた。

繁華街からは少し離れた坂沿いに、小洒落《こじゃれ》た中低層の雑居ビルが並ぶ通りがある。交差点の角にある隠れ家めいたイタリアン食堂で、こちらも、とある人物と食事中だった。

「……すいません、鶴谷《つるや》さん。締め切り前の忙しい時に」

「かまわないよ。ちょうど夕食のタイミングだったしね」

フリージャーナリストの鶴谷暁実《あけみ》だった。

無量から「相談したいことがある」と連絡を受け、鶴谷が指定したのは先日萌絵も訪れた店だ。無量に呼ばれた理由を鶴谷はすでに察していたが、こちらからは言わず、まずは話をひととおり聞くことにした。

「海外の発掘会社から移籍のオファーが来ている……と」

無量の口から語られた内容は萌絵から聞いた話と大きく隔たるものではなかったが、忍が明かした「出資会社」の件は、萌絵もまだ把握していなかったとみえる。

「民間軍事会社が発掘会社に出資している、とは穏やかじゃないね」

「恐竜化石や希少な遺物をオークションで売って資金にしてるって忍は言ってました。GRMっていうんすけど、ネットで検索しても通り一遍の会社情報しか出てこなくて。鶴谷さんなら何かその会社のこと、知ってるんじゃないかと」

本日のおススメ海鮮マリネがやってきて、鶴谷は自分の分だけ小皿に取り分けた。空腹なのか、問いには答えず、もくもくと食べ始める。無量はフォークも取らず、じっと座って答えを待っている。

「……で、おまえさんはそのマクダネルとやらに移籍するつもりなのか？」

無量は核心を突かれて、考え込むような顔になり、

「まだ答えは出てないんすけど、……少し考えたいこともあって」

「移籍条件が不満？」

じゃなくて、と無量は黒板にチョークで書かれた本日のメニューを見やった。

「こないだ大分で知り合った人がいて、その言葉がやけに耳に残ってるんすよ」

――外に出てくだけが凄《すご》いんじゃない。俺は国東《くにさき》で、生きていきます。

矢薙柊太《やなぎしゅうた》の言葉だった。生まれてこの方、地元しか知らないことにコンプレックスを

抱いていた柊太は、その言葉を口にした時、吹っ切れてどこか晴れ晴れとしていた。

「俺は昔、引きこもりがきつすぎて亀石さんに東京へ連れてきてもらった身だから、自分から出てきたって感じじゃ全然ないんすけど。確かに海外の現場に初めて出た時はエネルギー要ったから、外に出てく勇気とか大変さもよくわかるんすけど……」

　と無量は長い前置きをしつつ、

「でも柊太さんの言うこともその通りだなって。俺は発掘って行為自体が好きなだけだから、化石でも遺跡でも海外でも国内でも、ぶっちゃけ何でもいいんすよ。ただ、なんでこの数年、海外より国内のオファーを受けてきたんだっけって考えて」

　鶴谷は黙って聞いている。無量はテーブルに肘《ひじ》をついて、

「俺は発掘屋だから掘った後のことは研究者任せですけど、それでも日本を掘ってて、この国の過去の人たちの営みに興味持つようになってきたんだと思うんすよ。埋蔵文化財の法律があるおかげでしょうけど、日本ほど、こんなにあちこちをきっちり細やかに発掘調査する国って他になくて、この日本全体が巨大な遺跡なんじゃないかって思えてくることもあって。海外の遺跡の面白さもあるけど、この島国で、自分らのご先祖さんたちが積み重ねてきたものを目の当たりにするのが、だんだん楽しくなってたんす」

「……。日本で出てくるのは似たようなものばかりだろう。飽きたりしないか？」

「それがしないんすよ。同じ時代のもんでも地域ごとに違ってたり同じだったり、地域色が面白かったり、こんなとこからもコレが出るのかって驚いたり」

　そう語る無量の目は生き生きと輝いていた。

「ちょっと前に俺、右手が不調だったんすけど、おかげで初心に戻れたんす。そしたら右手も復活して、ガキの頃みたいにやる気満々になっちゃって『これからは海外出てバンバン掘ってやる』なんて一瞬前のめりになったんすけど、柊太さんの言葉でちょっと地に足がついたというか。俺自身の興味は今どこにあるんだろって考えたら、外を掘るのはまだ少し先でもいい気がしてきてて。もう自由に化石だって掘れるのに、なんで俺は遺跡を掘るのか。自分の中で一度しっかり答え出しておきたいと思ったんす」

　それはきっと前に進むための指標になる。

　言葉にはしなかったが、無量はそう感じているようだった。

「それに最近思うんすよ。もし俺に本当に才能があるんだとしたら、その才能で一番世の中に貢献できる形って何だろうって。そいつを本当に必要としてる場所はどこなんだろう、せっかくなら、そういうの役に立ちたいじゃないすか」

　鶴谷のまなざしが温かい。今まで無量が口にしたことのない言葉に、確かな成長ぶりを感じていた。

「なら、断るのか？」

「いや、まだ迷ってます。今回のがでかいチャンスなのは間違いないし、ぶっちゃけギャラもいいし。それに気になることもある」

　忍の「言葉」だ。先方の背後に民間軍事会社がいる。自分を引き留めるために忍が話を盛った、などとは思わないが、その情報が正しいのかどうか、第三者の目で判断してほしい。そう思って鶴谷に相談したのだ。

「降旗さんにも問い合わせたけど、マクダネルに出資してる財団に、その民間軍事会社のグループ会社が参加しているのは事実だが、GRMが直接関わっているわけではないって。でもその言い分が本当かどうかも気になったもんで」

「……。そうか」

おすすめのアヒージョがやってきた。鶴谷は「熱いうちに」と無量に料理を勧めた。無量も空腹だったので「うっす」と答えてようやく取り分けスプーンを手に取った。料理をあらかた腹に収めた後で、鶴谷がスマホを操作をした。

「……今、パソコンのほうにメールを送っておいたから後で見てくれ」

「メール？　なんの」

「ファイルだ。GRMについての」

無量はぎょっとした。

「知ってたんすか。なんで」

「実は先日、永倉さんからも相談を受けてね。気になってマクダネルを調べていたら、ここに行き当たった。後で彼女にも送るが、先に当事者であるおまえさんに送るのが筋だと思ったんでね」

無量が呆気《あっけ》にとられていると、鶴谷は食後の珈琲《コーヒー》を飲み、

「GRMという民間軍事会社は、ベトナム戦争の頃の創業で、主に海外派兵での物資調達を専門に扱ってる。砲弾からタバコまで何でも調達することから『戦地の総合商社』なんて呼ばれていた。近年では軍事教練部門も手がけて数多くのトレーナーを雇っているが、米軍で働く優秀な人材のスカウト業まで手がけるようになったらしく、世界中にエージェントがいるらしい」

昨今、民間軍事会社の役割は多岐にわたっており、昔ながらに傭兵《ようへい》を雇って自社で結成した私設部隊を戦地に送り込むようなところもあれば、補給業務を一手に引き受けたり、教育業や人材派遣業めいたことをしたり、その業務内容は様々だ。一見、軍事とは関係のないことを業務の一環とするところもあり、正体がつかみづらいという。

「GRMは米国でも老舗《しにせ》の部類に入るが、ひとつ気になったのは、代表的な出資者の中にJBスタンフォードの名前があったことだ」

「聞いたことある。それって確か」

「シンガポールにある投資会社だ。会長のウォール氏は〝投資の神様〟と呼ばれ、資産規模では世界で五本の指に入る。一時期、井奈波マテリアルの大株主でもあった」

無量は「あ!」と声をあげてしまい、店にいた客から注目を浴びてしまった。

「ウォール会長っすか。上秦《かみはた》古墳の事件で忍に助太刀してくれた」

無量は面識こそないが、話は聞いている。ウォール会長は忍を「日本の親しい〝若い友人〟」と呼んで憚《はばか》らず、プライベートでも会えるような仲だった。

「GRMの経営陣とも密接な交流があり、発言力もあるようだ。ウォール会長は軍需は好まないと言われているが、GRMの株は長年に渡り、保有しているとか」

無量はますます神妙な表情をした。

「例の人材調達部門についても調べてみた。アジア支部には日本人の担当者が二名いるらしい」

「日本人？　名前は？」

「あいにく公表はされてない。正社員ではないんだろうね。その代わりと言ってはなんだが、アジア支部のエグゼクティブ・エージェントは判明した」

鶴谷は鋭い目になってカップをソーサーに置いた。

「名前は、ジム・ケリー」

無量は息をのんだ。

「オハイオ出身の四十一歳。在日・在韓の米軍基地で人材コーディネーターを十五年務めた実績がある」

目の前にピスタチオのジェラートが運ばれてきたが、無量はスプーンを手にとろうともしない。

「詳しいことはファイルに。パスワードは今日飲んだワインの名前にしておいた。家でゆっくり目を通してくれ」

無量は押し黙ったまま、険しい顔を崩そうとしない。

食事を終えて店を出たのは、九時過ぎだった。こちらが相談に乗ってもらったというのに、鶴谷からすっかりごちそうになってしまった無量は恐縮して頭を下げた。

「次の現場はどこなんだ？　また遠いのか？」

「青森のほうっす。いや、秋田だったかな。十和田《とわだ》湖の近く。実は師匠に呼ばれて」

鍛冶大作《かじだいさく》だ。十五歳の無量に遺跡発掘を一から教えた。個人の発掘事業所を営むベテラン発掘師で、在野の考古学研究者でもある。

「うちの師匠、全国の調査員さん集めて勉強会開いてるんすよ。今回のお題が〝東北《とうほく》のストーンサークル〟で、俺まだ掘ったことないから、さくらたちと参加することにしたんす」

発掘屋たるもの日々勉強、が鍛冶のモットーだ。

発掘調査報告書からだけではわからない現場での知見を得るため、年に何度か、勉強会と称して各地の遺跡で開いているという。よその地域にある遺構や遺物の特徴を学ぶことは、知識の蓄積にも役立つし、自分の担当する地域の知見だけでは見えてこなかった新たな物事の発見にも繋《つな》がる。縄文遺跡で時折見受けられる日本のストーンサークルは、無量も興味があったので、鍛冶の誘いに（珍しく）応じることにしたのだ。

「なんかみやげ買ってきますよ。何がいいです？」

「なら南蛮味噌《みそ》を頼む。子供の頃から好きなんだ」

青森名物の漬物だ。糀《こうじ》に漬けた刻み野菜がご飯に合うという。リクエストに応《こた》えることを約束して、鶴谷と別れた無量は、人通りの少ない坂道を駅に向けて歩き出していった。

次第に表情が曇り始めた。

赤信号の手前で立ち止まると、海辺の砂浜にひとり立っているような気がしてきた。まるで、遠くに打ち寄せていた波がやがて足下を濡《ぬ》らし始め、踏みしめた砂を削っていくような。そんな不安を感じずにはいられなかった。

忍は文化庁をやめた後、ウォール会長から「自分のもとで働かないか」と誘われたことがある。誘いは断ったが、カメケンに入る前はしばらく日本を離れていたなんて話もしていた。

海外の発掘会社からのスカウト、その陰にある民間軍事会社GRMとJBスタンフォードのウォール会長、GRMの人材調達部門、その幹部ジム・ケリーとふたりの日本人エージェント、〝JK〟からの忍へのメール、忍の副業疑惑……、一見バラバラに思えていた物事が数珠《じゅず》つなぎになっていく。

考えすぎだろうか。いや、そうじゃない。

「俺の周りで何が起きてるんだ……」

立ち尽くす無量のスマホに、メッセージが着信した。見れば、萌絵からだ。

奇妙な文面だった。

〝いま日本びしなんたけど宮内庁の降旗さゆがケリーしとあってる！〟

「降旗さゆ？　誰だそれ」

文面が誤字だらけでなにを言いたいのか、わからない。

「〝降旗さん〟ってことか？　え？　ケリーって、ジム・ケリーのこと？」

萌絵の誤字は慌てているせいだとわかった。すぐに打ち返した。どういうこと？　いま、目の前にケリー氏がいるってこと？

返事を待っていたが、待てど暮らせど戻ってこない。業を煮やして電話をかけたが、まもなく留守電に切り替わった。

横断歩道の前で立ち尽くしたまま、無量は険しい顔を崩さない。

歩行者信号が点滅して、赤に切り替わる。

目の前を数台の車が横切っていく中、ＬＥＤライトの冴《さ》えた光が無量の強《こわ》ばった横顔を赤く照らしている。

第一章　縄文の青い森から

サービスエリアから周りの景色を眺めていると、山林の雰囲気がいつも見慣れていたものとはどこか違うことに気づく。

これは森だな、と無量《むりょう》は思った。

山林というより「森」と表現したくなるのは、緯度が高く植生が違うせいだろうか。

「青い森とはよく言ったもんだな」

「ここ青森じゃないよ。ギリ岩手だべ」

黒髪ショートの小柄な少女がソフトクリームを片手に声をかけてきた。

犬飼《いぬかい》さくらだ。

童顔なので「少女」に見えるがとうに成人している。亀石《かめいし》発掘派遣事務所の新人発掘員だ。カメケンに入所したばかりなので「新人」がつくけれど、キャリアは「新人」からはほど遠い。実家は山形で発掘会社をしており、子供の頃から発掘現場にいたので、年数だけなら無量にも負けていない。

「八戸道《はちのへどう》から東北道は、青森と岩手と秋田の県境を縫うように走ってるんだって。んだから、ここは岩手」

「なるほどー。つか、この肌寒いのによくソフト食えるね」

「牛乳ソフトおいしいよ。無量さんも食べる？」

折爪岳《おりつめだけ》を望むこぢんまりしたサービスエリアは周りを森林に囲まれていて、澄んだ空気が気持ちいい。

「ふたりとも買い物は済ませた？ 昼食は各自持参だからここで買っておいてね」

ツアーガイドのように現れたのは永倉萌絵《ながくらもえ》だ。カメケンの三人は前泊地の青森県八戸市を出発し、鍛冶《かじ》大作《だいさく》の遺跡勉強会が開かれる会場へと向かっているところだった。

さくらは相変わらず遠足気分だ。地元では出土しない遺構や遺物に出会えるのを、何より楽しみにしている。

「そういえば、ミゲルは来んの？」

もうひとりの「新人発掘員」千波《せんば》ミゲルは、ただいま、鍛冶大作のもとで修業中だ。亀石の計らいだったが、昔ながらの厳しい指導ぶりを無量からさんざん聞かされていたので、あの強面《こわもて》のミゲルもおびえていた。

「まあ、一番こたえるのは師匠のサムい親父ギャグに耐えることなんだけどね」

一行が向かう先は、秋田県鹿角《かづの》市にある「大湯環状列石《おおゆかんじょうれっせき》」という縄文時代の遺跡だ。大規模なふたつのストーンサークルを中心とする遺跡で、国の特別史跡にも認定されている。鍛冶の勉強会は二日間にわたって開催され、二十人ほどが集まるという。十和田湖の南にある鹿角市は雪深い土地でもあり、冬期は遺跡も閉鎖されるため、その前に勉強会を開くことになったのだ。

車のハンドルは萌絵が握る。八戸からは下道を行くほうが距離が短いけれど、カーブのきつい山道だと聞き、多少遠回りになるが高速道路を選んだ。車内ではさくらがずっとしゃべっている。元々極度の人見知りで人前では無口だったが、一度打ち解けた相手にはびっくりするほどおしゃべりになる。絵に描いたような内弁慶だ。

「無量さん、眠いの？」

助手席の無量にさくらが後ろから声をかけた。

「ああ、朝食のせんべい汁食いすぎたわ」

「わかるう。おいしかったよね」

無量はせんべい汁のせいにしたが、実はずっと考え事をしている。運転席の萌絵が心配そうにチラ見した。

——実は、あの後、降旗《ふるはた》さんとサシ飲みしてしまいまして……。

萌絵は行きの新幹線の中で、おずおずと無量に白状していた。ジム・ケリーとの仲に探りを入れるためだったが、少々軽率だったかもしれず、「サシ飲みと言っても照明の暗いお高いバーなどではなくチェーン居酒屋のボックス席だったし終電前に帰ったし」と要らない言い訳をしたところ、「どうでもいいから」と一蹴《いっしゅう》されてしまった。

——それより所長抜きにして移籍先の人と事務所の人が話し合いしちゃったわけ？

萌絵は反省した。降旗はまがりなりにも無量をスカウトした発掘会社の代理人だ。亀石所長を交えないで会ってしまったことが一番不用意だったかもしれない。

が、おかげで降旗の言い分は聞けた。こちらの言い分も伝えた。無量の海外活動についての互いの考えも話し合えたし、降旗から「無量の仕事に見合った報酬を」と言われてしまったのは正直耳が痛かったが、どうしてもトラブルに遭いやすい無量が「信頼できる環境に身を置くこと」の重要性は譲れなかった。結局「無量がどんな選択をしても本人の意思を尊重する」という一点でお互い合意した。

しかし、問題のジム・ケリーとの関係については……。

降旗によると、ケリーとはアメリカ留学中に知り合った古い間柄で、海外にある日本の皇室外交関連の文献調査に協力していたよしみもあって、今も交流が続いている。仕事で来日していたケリーに宮内庁退職を報告するため、食事をしていた、と。

萌絵はもちろん額面通りには受け止めなかったが、降旗に隙はなく、どういう角度からどう切り込んでもやんわりとかわされてしまう。業を煮やした萌絵は、最後にとうとう剛速球を投げ込んだ。

――そういえば、相良《さがら》さんと降旗さんってどういうご関係なんですか？

不意打ちされた降旗が一瞬言葉に詰まったのを、萌絵は見逃さない。間合いを計る武闘家の勘で、一気に喉元《のどもと》に詰め寄らんとして、たたみかけた。

――高崎《たかさき》で相良さんが警察に連れていかれた時も、わざわざ助けにきてくれたんですよね。そこまでしてくれるなんて面倒見がいいにもほどがあるような。

降旗は「アリバイを証言しただけだ」と言うが、身元引受人でもないのにわざわざ迎えに来た理由にならず、明らかに歯切れが悪い。萌絵はダメ押しで、

――おふたり仲いいですもんね。そういえば、相良さん何か隠れて副業をしてるみたいなんですけど、降旗さんご存じですか？　もしかして降旗さんも同じ副業を？

この質問はエレガントにかわされたが、さっきのうろたえ方は見間違いではなかった。やはり、あのふたりの間には何かある。

――あんたの野性の勘には恐れ入るわ。

無量は呆《あき》れたが、そんな降旗の反応を聞いて確信を深めたのか、鶴谷《つるや》から聞いた新情報を萌絵に話した。萌絵は絶句した。

――ケリーさんが民間軍事会社のエージェント？　それ本当なの？

――しかもそこのスカウトマンは兼業で、別業種の顔で紛れ込んでて、日本にもふたりいるらしい。

――ふたり……。って、まさか。

萌絵の頭に「忍《しのぶ》と降旗の顔」が並んで浮かんだのは、無量も同じだったのだろう。

――〈革手袋《レザーグラブ》〉を相良さんに監視させたのもケリーさん？　今度のスカウトもケリーさんが裏で糸引いてるの？　相良さんもそれを知ってて……。

――でも、だとすると、おかしい。忍は移籍に反対してる。忍がＧＲＭの人間なんだ

としたら反対なんかしないはずだろ。

——相良さんに聞いて確かめてみる？

無量は答えなかった。

忍は同居人だから、いつでも問い詰めることはできたはずだ。が、口に出せないまま、勉強会に出発してしまった。

忍は「民間軍事会社GRMが資金稼ぎのために無量を利用しているのだ」などと言っていたが、果たしてそれだけだろうか。資金稼ぎをさせるために「JK」はわざわざ無量を忍に「監視させた」のだろうか。

そもそも忍がカメケンに来た目的は、なんだ？

無量を海外に連れ出すためだったというのか？


そうこうするうちに車は目的地に着いた。大湯環状列石に併設しているガイダンス施設で、鍛冶大作が待っていた。

「少し見ない間にいい面構えになったな、無量」

「師匠こそ貫禄《かんろく》が増したっすね。特に腹回り」

いかにも頑固そうな拳骨《げんこつ》顔の隣には、ガタイのいい若者がいる。千波ミゲルだ。父親がアメリカ人の空母乗りで、顔立ちや体つきは白人青年そのものだが、生まれも育ちも長崎県で、英語はからきし話せない。ひんまがった口がいかにも強面だが、自慢の金髪は地毛だ。

「ミゲル、なんかやつれてない？」

「こん二週間で五キロ痩《や》せた」

そうさせている張本人である師匠の鍛冶はミゲルのがんばりを称《たた》えて、

「千波くんは根性あるぞ。誰かさんみたいにうちから逃亡したりしないしなあ」

昔のことを蒸し返されて、無量はばつが悪い。

「さあ、もうみんな集まってるぞ。始まる前にみんなでトイレにいっといれ、だ」

早くも鍛冶の親父ギャグが飛び出して、無量はもちろんのこと、さくらと萌絵も、ミゲルがやつれた理由を把握した。

「これはきついべ……」

勉強会は予定通りに始まった。

＊

大湯環状列石は「縄文時代のストーンサークル」だ。

川に沿った舌状台地に築かれた遺跡で、大小の河原石を組み合わせて、きれいな円環をなすよう作られた巨大な配石遺構を指す。環状列石は今から約四千年前（縄文後期）を中心に、北海道から北東北にかけて多く発見されている。

大湯ではふたつの大きな環状列石が隣り合わせに見つかっていて、実物の遺構が野外で公開されている。

勉強会に参加したのは、各地から集まった学芸員や発掘関係者で、概況の説明を受けた後、遺構の見学、博物館内での遺物見学、その後、具体的な発掘調査方法のレクチャーを受けることになっている。

無量たちも分厚いレジュメと睨《にら》めっこしながら学習モードだ。遺構の写真を撮ったりメモを取ったり忙しい。あらかじめ知見を得ていれば、いざ類似した遺構が出てきた時の判断材料になる。全国の遺構情報は日々の発掘によって年々更新されるので、どんなベテランでも勉強は怠れない。

大きな芝生の平原に、大小の石が整然と並んで大きな円を成している。円はふたつあり、「万座《まんざ》環状列石」が最大径五十二メートル、「野中堂《のなかどう》環状列石」が最大径四十四メートル。中心に「内帯」、その周りを「外帯」と呼ばれる二重の配石がなされている。

一九三一年に耕地整理中に発見され、その後、発掘調査が行われた。現在は遺跡公園として整備されていて、ふたつのストーンサークルの間を一直線の道路が横切っている他は何もなく、復元された掘立柱建物と見学台があるだけで、遠くには青い山並みが見渡せる。建物は樹木で隠され、だだっ広い草原の真ん中に白い石の群れが整然と並べられた独特の景観は、まるで縄文時代に戻ったような不思議な感覚に誘《いざな》うのだ。

「この配石の下からも土壙墓《どこうぼ》が発見されています。この付近では集落遺構は出土していませんので、周辺にあったいくつかの集落が共同でここを祭祀場《さいし》と決めたものと考えられます」

「つまり縄文時代の霊園……みたいな感じでしょうか」

地元の佐々木《ささき》学芸員が説明をしてくれる。土偶や土器といった祭祀具もたくさん出土している。中でも面白い遺物が「土版《どばん》」だ。粘土質の版に一から六までの穴（刺突文《しとつもん》）があけられており、縄文人が数の概念を持っていた証拠とされている。

「あれは絶対、縄文の計算機だよ」

とさくらは言い張る。

「あれで、かけ算とか割り算とかもしたんだよ、きっと」

さくら説もまんざら間違いではない、と思えるくらい、穴の数には意味がありそうだ。

爽《さわ》やかな風がさわさわと芝生の上を渡っていく中、日差しよけの帽子のつばで陰を作りながら、フィールドノートにメモをとる。

「あそこの組石は確かに日時計っぽいですよね」

萌絵が指さしたのは「日時計状組石」と呼ばれるものだ。背の高い縦長の石を中央に立て、周りに多くの石を敷き詰めている。それがひとつではなく、複数ある。衣食住とは直接関係のない施設は、考古学用語で「記念物」と呼ばれる。環状列石も日時計も、縄文の「記念物」だ。

「海外のストーンサークルというと有名なストーンヘンジが思い浮かぶけど、この日時計とか見てると、確かにその雰囲気あるかも。小《ち》っちゃいけど」

横にいた無量も「同感」と答え、

「イギリスにもストーンサークルはいっぱいあるしね。ストーンヘンジができた新石器時代から青銅器時代は日本の縄文時代だし、紀元前二〇〇〇年あたりだともいうから大体同じくらいの時期に作られたってことだろね」

「それってたまたま？」

「たまたまでしょ。さすがにダイレクトな交流はないだろうし。同じ島国で環境も似通ってたら、人類がたどる道も似てくるのかもね。……まあ数百年単位の誤差はあると思うけど」

遠く離れた地域でもこんなふうに共通点が出てくることもある。だからこそ考古学的知見を広げる必要があるのだと萌絵にもわかる。今日の勉強会の目的はまさにそれだ。

「縄文時代の風景か……」

夕日に照らされた環状列石を眺めて、無量たちは四千年前の日常に思いを馳《は》せた。

＊

宿泊先の旅館に着いたのはもう夕方だった。

夕食は交流会を兼ねている。宴会場は各地からやってきた発掘屋とのざっくばらんな情報交換の場にもなった。

「青森県の埋蔵文化財調査センターに勤めてます。工藤祐紀《くどうゆうき》と言います」

と自己紹介したのは、黒髪センター分けに丸眼鏡をかけた童顔の青年だ。青森県人らしいイントネーションが聞く者をほっこりさせる。無量の一個上だといい、年齢の近さからカメケン一行ともすぐに打ち解けた。

「実は鍛冶さんとは、うちの父が三内丸山《さんないまるやま》遺跡の発掘でご一緒してまして」

「え！　師匠いつのまに三内丸山掘ってたんすか」

無量も初耳だった。青森県を代表する縄文遺跡「三内丸山遺跡」の発掘調査は、県の野球場建設に伴って行われたのだが、かなり大規模な調査となったので、鍛冶も助《すけ》っ人《と》にかり出されたという。

「あの頃はまだ〝さんだいまるやま〟って言ってたなあ。……お父さんは元気かい？」

「はい。十年前に県の埋文《まいぶん》をやめて今は八戸市の縄文館に勤めてます」

「是川《これかわ》縄文館か。泉山《いずみやま》コレクションがあるところだな」

「国宝指定された合掌《がっしょう》土偶もありますよ」

合掌土偶と聞いて、土偶マニアのさくらが横から勢いよく身を乗り出した。

「知ってる。あれだべ？　体育座りしてるタコみたいな口の」

「それです。僕、八戸の出身で、子供の頃にあの土偶を見て考古学に興味持ったんです。あとは遮光器土偶も」

「ゴーグルしてる宇宙人みたいなやつだべ」

同じ東北人の気安さもあってか、工藤とさくらは意気投合したようだ。お国訛《くになま》りでの楽しそうなやりとりを、萌絵は微笑ましげに見守って、

「青森は今、縄文で盛り上がってますもんね」

「東北の縄文といえば、亀ヶ岡《かめがおか》文化だ。亀ヶ岡式土器をはじめとする工芸文化は日本中に影響を与えている。その名前の由来になった亀ヶ岡遺跡も青森だしな。ちなみに工藤くんのお父さんは青森の埋文で三内丸山を担当してたんだ。懐かしいな」

「ってことは親子二代で埋文の職員ですか。すごい」

だがよくよく考えてみると、無量とミゲルは祖父が発掘屋、さくらに至っては家族全員発掘屋だ。なにげにカメケン組は全員この業界のサラブレッドだった。

「……東北の縄文時代を語るのに欠かせないのは、やはり十和田火山の噴火ですね」

隣の座卓では地元の佐々木学芸員が語り出していた。

「十和田火山の大噴火によって山体がくぼんでカルデラができ、そうしてできたのが十和田湖なんです」

「それって阿蘇山《あそさん》みたいな？」

火山と聞いて話に食いついてきたミゲルに、佐々木はうなずき、

「阿蘇もカルデラ噴火でできたと言われているね。十和田火山は縄文時代に少なくとも三回巨大噴火が起きてるんだ。中でもおよそ六千年前の中掫《ちゅうせり》軽石の噴火は、日本列島の

過去一万年間の噴火で最大級だった。縄文人への影響は大きかっただろうね」

「そげん大きか火山が東北にもあったとは知らんかったと」

「十和田火山は何度も噴火を繰り返してるので、北東北の遺跡で層位を見る時は覚えておくといいですよ」

「テフラっすよね。火山噴出物が年代判定の指標になるっていう」

「そのとおり。噴火後の泥流で埋まった土地もあるから十和田火山の知識は必須《ひっす》です」

そこからは各地の火山と噴火遺構の話になり、無量も交えてワイワイと盛り上がっている。ひときわ目が輝いているミゲルを眺めて、鍛冶が萌絵に話しかけた。

「ミゲルは噴火遺構に興味があるのかい？」

「元々火山が好きだったみたいです。榛名《はるな》山麓《さんろく》で古墳時代の遺跡を掘ったんですけど、それで火がついたみたい。彼の地元には雲仙《うんぜん》もありますし」

「なら地質学もやらせてみるか。土を見る目もあるようだし、まじめに頑張れば、将来、噴火遺構のエキスパートになれるかもしれん。……ところで相良くんは元気かい」

いきなり忍の話題を出されて、萌絵はドキリとした。

「え……ええ、今日は別件が重なってしまって。鍛冶さんによろしく、と」

今頃は亀石のお供で、仙台《せんだい》で開催中の「東アジア貿易史シンポジウム」に行っているはずだ。

出雲《いずも》の事件での忍の奔走は、鍛冶の目にも印象深かったようで、発掘コーディネーターとしての成長に期待をかけているようだった。

「永倉くんもすっかり頼もしくなったし、立派にカメケンの看板しょってるじゃないか。埋蔵文化財っていう地域の宝に、行政や考古学者だけでなく、色んな業界・学界の連中を巻きこんでいってほしいもんだな」

「巻きこむ、ですか」

「コーディネーターは人と人の縁を取り持つ仕事じゃないか。ひとりじゃできないことも、大勢の力と知恵が集まれば成せる。人を結びつけるのは大事な仕事だよ」

鍛冶の言葉に萌絵は胸が震えた。発掘コーディネーターという仕事のやり甲斐《がい》や醍醐《だいご》味《み》は、まさに人と人を「結びつけ」てミッションを達成させることにあるのだ。

「ありがとうございます。励みになります！」

「亀石くんも頼もしい若手に恵まれたもんだな。普段はあの通り、ずぼらな男だが、君たちを育てようとする気持ちは本物だろう。言葉にはしないが、この業界を担う若手が育つことを心から望んでる。期待に応《こた》えてやってくれよ」

萌絵は背筋が伸びる思いがした。その通りだ。亀石には自分のような「考古学の右も左もわからない人間」をここまで根気よく育ててもらったという恩がある。十分わかっていたつもりでいたが、鍛冶に言われて、ますます亀石の親心を嚙《か》みしめた。

「そうですよね。期待をかけてもらえるっていうのは、やっぱり……」

「コーディネートはこーでねーと、だな！　あっはっは」

萌絵の目が死んだ。……いい話が台無しだ。

交流会は盛り上がったが、明日もあるので、ほどよいところでお開きになった。

部屋に戻ろうとしていた無量に、鍛冶が声をかけてきた。

「移籍の件はその後、どうなった？」

勉強会に誘った時、無量から打ち明けられたのを気にかけてくれていたのだろう。

「先延ばし中っす。先方は今月末には返事が欲しいって言ってるんで、そろそろ腹決めないといけないんすけど」

無量の表情からは、とても決まっているようには見えなかった。

「……それはそれとして、縄文のストーンサークル面白いっすね。他のも見てみたいっす」

「なら、一緒に現場を見にいくか？」

現場？　と無量が目を丸くした。

「実は工藤くんが今担当してる現場でストーンサークルらしきものが出たそうだ。助言を頼まれたんで、あさって見に行くことにした。忙しいか？」

運良く予定は空いている。せっかくここまで来たので、三内丸山や是川遺跡なども見て帰るつもりだった。発掘中の実物を見られるのは貴重だ。拒む理由はなかった。

「じゃあ、永倉とさくらにも聞いてみます」

そんな流れで無量たちは工藤が受け持つ発掘現場を訪れることになった。

＊

その現場は青森県三戸郡《さんのへ》新郷村《しんごう》にある。

青森県の東南部にある山間《やまあい》の村だ。県の埋蔵文化財調査センターが国道工事に伴う発掘調査をしたところ、中世の曲輪《くるわ》跡とみられる遺構が検出され、今回はその延長部分の第二次調査だ。そこから縄文時代の竪穴《たてあな》建物跡と配石遺構が見つかった。東戸来《ひがしへらい》遺跡と名付けられており、いま、まさに発掘中だそうだ。

無量と鍛冶、萌絵とさくらとミゲルも見学と称してついてきた。

「もうだいぶ掘れてますね」

発掘現場は五戸《ごのへ》川の左岸にあり、民家の裏といったところだ。新郷村はひなびた山村で、国道沿いに集落があり、近くまで山林が迫ってきている。沢の音が聞こえてくる他はとても静かで、空気も澄んでいる。

調査は半分ほど進んでいて、掘り進めた土から五、六個のやや大きな石が弧を描くように顔をのぞかせている。

「環状……とみなしていいかで悩んでます」

作業着姿の工藤が丸眼鏡のツルを指であげて、説明した。

「このとおり、全く密ではないですし、出土した石の並びから推定される場所も掘っているのですが、今のところこれ以外は出ておらず」

「規模もかわいらしいっすね」

大湯のものが直径四、五十メートルあったのに比べると、こちらはせいぜい推定二十メートルといったところか。しかも組石が出土した部分は、円弧の角度で四十五度程度なので、環状列石とみるかどうか、今の段階ではまだわからない。

「対角線側はこれから手をつけますが、見た感じどうでしょう」

鍛冶はそれ以外の遺構も見回し、

「竪穴などは出てるかね」

「円弧の内側からは出てないですね。掘っ立ては全部外にありますね」

「確かに石の数は少ないけど、円弧にはなってるね」

「造営途中でやめたとか?」

と横から無量も意見を述べた。「楕円《だえん》の可能性もあるぞ」と鍛冶が言った。

「環状列石とみて間違いないとは思うが、範囲を広げてみては」

発掘現場では十名ほどの作業員が黙々と土と向き合っている。カラフルな農作業着に身を包んだ女性たちはつばの広い帽子の陰で顔は見えないが、若い女性も何人かいるようだ。「あっ」とさくらが声を発し、セクションベルト（土層を観察するため掘り残した畦《あぜ》状の部分）の上をトトトと歩き出した。

「その組石、日時計ですか」

と作業中の作業員に声をかけると、顔をあげたのは色白の若い女性だった。

「まだわかりませんけど、焼けた跡があるので炉かもしれません」

さくらはしゃがみこんでじっと見ている。手際の良さに感心している。

「工藤さん。私たち、なにかお手伝いできることないですか」

見ているうちに発掘欲が湧いてきたのだろう。さくらは普段着が作業着のようなものなので、長靴と軍手があれば、すぐにでも参加できそうだ。ただ本格的に、となると労災などの手続きもいるので、おいそれとは加われない。

「とは言いつつ、実は人手不足で困っていたので助かります。体験ということでいかがでしょう」

まじか、とミゲルは後ずさったが、鍛治は「そりゃいい」と喜び、

「土層の勉強をさせてもらいなさい。十和田火山灰と白頭山《はくとうさん》火山灰が見られるぞ」

こうして無量たちも現場に入らせてもらうことになった。

昼休みになった。さくらが声をかけた若い女性は「間瀬《ませ》いろは」と名乗った。帽子を取ると、髪がコットンキャンディーを思わせる淡いブルーだったので無量たちは驚いた。発掘現場の人間らしからぬお洒落《しゃれ》さだ。

「土日は八戸にある是川縄文館でボランティアガイドをさせてもらってます。地元FMでラジオ番組も持ってるんですよ」

どうりで、と無量たちも納得だ。小柄だが、色白で、色素薄めの目がぱっちりしており、タレントのような華やかさがある。番組名は「ＪＯＭＯＮスクランブル」。縄文遺跡を盛り上げるための十五分ほどの情報番組だという。

「ＤＪやってるんですか」

「はい。いま、うちのあたりでは〝北海道と青森の縄文遺跡群〟を世界遺産にしようと県あげて盛り上げてて。ＰＲの一環でもあるんです」

世界遺産候補のひとつに名乗りをあげていて、もし推薦されれば、イコモスという学術調査をする諮問機関の調査員がやってくる。その後、年に一度の世界遺産委員会で審議される流れだ。無量は島原《しまばら》での事件を思い出してしまい、

「イコモス……う、頭が……」

「ＪＯＭＯＮプロジェクトでは歌って踊れるダンスグループを結成する予定です」

「え？　やっぱりムシロみたいな貫頭衣を着るんですか」

「衣装は今風にアレンジします。ただ、世界遺産をしょってるので変なクオリティーのものは作れません。地元の若い素人さんを適当に集めるんじゃなくて、本格的なダンスパフォーマンスができる人を募ってます」

「ああ、それでいろはさんも」

「いえいえ。私ができるのは、ねぶた祭の〝はねと〟くらいでして」

ＰＶを作って地元番組で流したり配信したりする予定だ。そのオーディションが一ヶ

月後に迫っているのだが、宣伝が足りないのか、応募が極端に少ない。

「優秀なダンサーだば、ここさいるよ。ねえ、沙里《さり》ちゃん」

年配作業員が肩を叩《たた》いたのは、もうひとりの若い女性作業員だった。すらりと背が高く、長い髪を後ろで結んだその女性は「黒川《くろかわ》沙里」と言った。

「沙里ちゃんは高校ん時、ヒップホップの東北大会で優勝して東京の有名なダンススクールにいだごともあるんだじゃ」

「えっ、すごいじゃないですか」

「そんなの昔の話です」

沙里はきっぱり断った。実はずっと説得されているという。

「私はもうダンスは卒業しました。やりません」

「なら私やってみようかなあ」

さくらが無邪気に挙手したが、横からミゲルが即座に止めた。

「さくらは重機にかけては天才やけど運動神経はからきしやろ」

「あ、男性でもいいんですよ。そこのおふたり、いかがですか？」

と水を向けられ、無量とミゲルはたじろいだ。萌絵が「あいにくですが」とかしこまり、

「うちの男ども、小さいほうはリズム感がありませんし、大きいほうは見てくれはいいけど見てくれだけです」

「永倉……」

若者たちが盛り上がる中、鍛治は先ほどから神妙な顔をしている。無量が気づいて、どうかしたのか、と訊《き》くと、

「あそこにいる男性作業員。前にもどこかで見た覚えが」

ひとり車の中で弁当を食べている年配の男性だ。六十代半ばくらいか。こだわりの強そうな性格が風貌《ふうぼう》にも表れていて、和気藹々《あいあい》とした現場では少し浮いていた。

「名物作業員さんですよ。手倉森《てぐらもり》さんという」

工藤が教えてくれた。近隣で遺跡発掘があるたびに応募してくる常連作業員だ。自前の道具を持ちこんで独特のスタイルで目を引く。そういうベテラン作業員はどこの現場でもよく見かけるが……。

「発掘歴が長くて頼りになるんですけど、ちょっと面倒くさい人でもあって」

「もしかしてアレっすか。ベテランさんにありがちな教え魔みたいな」

「そういうのは一切ないんですけど、地元の歴史に詳しいようで」

「調査にアレコレ口出ししてくる系？　ガツンと言ったほうがいいんじゃ」

「郷土史家か何かかい？」

「と言っていいものか、どうなのか……」

奥歯に物が挟まったような言い方をする。そういえば、無量たちが来た時も、よそ者が気になるのか、じろじろと見ていた。触らぬ神に祟《たた》りなしではないが、そっとしてお

いたほうがいいタイプ、なのだろうか。

一方、お弁当を広げた後も女性陣は盛り上がっていた。

「え！　いろはさんのひいおばあさまは恐山《おそれざん》のイタコなんですか」

話の流れで意外な事実を知り、萌絵は驚いた。間瀬いろはには御年九十五歳になる曾《そう》祖母《そぼ》がいる。イタコとは死者の口寄せをすると言われる職業的霊媒師のことだ。口寄せとは、死者の霊魂を自らの体におろす一種の降霊術であり、死者はイタコの口を借りて生きている者と会話をすることができるという。

「父方の祖母の家が下北《しもきた》半島にあるんです」

ここらへん、と言って、いろはは左腕で力こぶをつくるように肘《ひじ》を曲げ、拳《こぶし》のあたりを指さした。青森県は「西の津軽《つがる》地方」と「東の南部《なんぶ》地方」とに分かれ、昔から文化も気候も、方言も全く違っている。東側にあたる南部地方の地形は「マサカリ」や「力こぶを作った時の肘から先」に譬《たと》えられる。下北半島が「刃」や「拳」だとすると、八戸は「柄」や「肘」のあたりだ。

「イタコというと、やはり恐山に住んでるんですか」

「恐山には大祭の時にあがりますけど、普段は町の中にいます。口寄せもひいばっちゃの家の中でしてました」

恐山とは、下北半島にある有名な霊場だ。

あの世を思わせる独特の荒涼とした景観を持ち、「死者に会える山」として日本中か

ら多くの参拝者が訪れる。字面の怖さも手伝って、萌絵たちはおどろおどろしい印象を抱いているのだが、

「口寄せって実際どういう感じなんでしょう」

「私は子供の頃に何度か見たことありますよ」

「やはり当人にしかわからないようなことを話したりするんでしょうか」

実は、といろはは困ったように眉《まゆ》を下げ、

「何を言ってるのか、私にはよくわかりませんでした。ひいばっちゃは訛《なま》りがきつくて、年配の人でも聴き取るのが難しいそうです」

よその人間や若い人には、ほぼ外国語を聞く感じになるという。

「あの世から亡くなった人を呼んで、身体におろすんですが、口を貸してあげる、という感じのようです。ひいばっちゃは目が不自由で、若い頃にイタコの修行をしてそれを生業《なりわい》にしたそうです。いつもは明るい人なんですが、口寄せで神様や仏様や亡くなった人をおろすときは、雰囲気が別人のようになるので、子供心にちょっと怖かった」

伝統的な「正統イタコ」と呼ばれる人は、師弟の系譜が何代にもわたって明らかにできるという。かつてはどの町にもひとりはいたというが、現在は高齢化により、伝承できる者もとても少なくなって、存続が難しくなっているそうだ。

「子供に相伝するものでもないので、祖母はイタコではありません。曾祖母は弟子をとっていないので、その系譜は途絶えることになるかと」

「そういうのって、人間国宝みだいに残すことはできねえんだか？」

さくらが聞いた。「技術の承継」という意味では芸能や工芸に通じるが、何分にも「目には見えない世界」のことだ。さくらは首をかしげ、

「それ言うなら神主さんやお坊さんもそうだべ。ご祈禱《きとう》して、目に見えない神様や仏様の力を借りてお願い聞いてもらったりしてるんでしょ？」

イタコの口寄せは民間信仰の世界だ。他の民間信仰がそうであるように、伝えてきた人々の高齢化とともに廃れつつある。

「いろはさんはイタコにはならないんだべか？」

なりませんよー、と透明感のあるブルーの髪をぶんぶん振った。

「イタコは技能なので、霊感のあるなしはあまり関係ありませんけど、修行が物凄《ものすご》い厳しいんです。今でもイタコ志望者はそこそこいるんだけど、みんなそれで挫《くじ》けちゃうみたい。でも、曾祖母《ひぃばっちゃ》を見ていると、縄文時代のシャーマンもあんな感じだったのかもしれないと思いますよ」

土から顔をのぞかせている組石を眺めて、いろはは言った。

「この遺跡でも何千年か前のシャーマンがあそこで祈禱してたのかもしれませんね」

昼休みが終わり、工藤が作業再開を告げた。

九月になってもまだまだ日中の日差しは強い。作業員たちは持ち場に戻っていった。

＊

午後になり、無量たちが加わったところ、驚異のスピードで作業は進んだ。さらに運のいいことに新たな配石遺構の一部が出土した。ここの環状列石は楕円《だえん》ではないか、という鍛治の読みが当たったのだ。

「経験と知見が物を言うって、こういうことなんすね」

「経験と知見と呼ばれるものの正体が何かわかるか？　無量。それはデータだ。考古学はデータの積み重ね、つまりデータサイエンスだからな」

鍛治が口を酸っぱくして「発掘は宝探しではない」と釘《くぎ》を刺すのは、様々な遺跡のデータを集めて、その時代の実相を明らかにすることが考古学の目的だからだ。

「ミゲルもメモっとけ。無量みたいな当たり屋がえらいんじゃないぞ。宝物発掘師《トレジャー・ディガー》なんかちっともえらくないんだから、目指すものを間違えるなよ」

「うっす」

「そこまで言わなくても」

作業日程が遅れていたこともあり、工藤はいたく感謝した。無量にとっても環状列石を実際に掘れるまたとないチャンスだったので、

「もしよかったら明日《あした》も『体験発掘』させてくださいよ。続きも掘りますよ」

いいんですか！　と工藤が跳び上がって喜んだ。

「いいっすよ。その組石の後ろんとこ、土手っぽくなってんのも気になってたんす。周堤墓かも」

周堤墓とは円形の竪穴《たてあな》を掘り、掘った土を周囲に積み上げたもので、その内側に複数の墓がある。組石の下に墓があるかも確認する必要がありそうだ。無量の気まぐれに萌絵は慌てたが、

「三内丸山は永倉たちだけで行ってきてよ。俺、残って掘るから」

保存されて復元までされた有名な遺跡はなくなることはないが、この東戸来《ひがしへらい》遺跡は道路工事が始まれば壊されてしまう。実物の環状列石を掘れるチャンスを逃すのは惜しい。さくらも「掘る」と言い出し、ミゲルも「十和田火山テフラが見たい」と言い出した。

「なら、わしとふたりで行くかい？　永倉ちゃん」

「はい。うう……、この発掘馬鹿どもめ」

その日は八戸で夕食をとることになった。

八戸の中心街は城下町で、昭和の香りが漂う渋い横丁がある。年季の入ったスナックの看板が並ぶ横丁の細道にある、工藤おすすめの郷土料理屋を予約してくれた。

「すみません……、父は出張中でして」

「行き違いか。いいよ、またタイミングが合う時で」

小上がりの座敷に六人で向かい合い、せんべい汁や海鮮料理を堪能《たんのう》した。

鍛冶が若い頃に参加した八戸での発掘調査に話が及んだ時だった。

「もう三十年前になるか。是川中居《なかい》遺跡と言ってなあ、墓から縄文人の全身人骨が出てなあ。あと湿地帯の特殊泥炭層からは漆器製品なんかもたくさん出て」

「縄文時代に漆器があったとですか」

「このあたりの縄文晩期の特徴だね。美しい朱塗りの縄文漆器が出土するのは」

「……そういえば、手倉森さんも是川中居遺跡の発掘に参加したとか言ってましたよ」

工藤が言うと、鍛冶も思いだし、

「そうか。どっかで見たと思ったら、あのときの作業員さんか」

「覚えてるんすか」

「一緒に人骨を掘った。家業の畑仕事のかたわら時々発掘に参加してたとか。愛嬌《あいきょう》のある熱心な人だったような」

「あの手倉森さんがですか？」

今の印象とはまるで正反対だ。鍛冶に気づいたかどうかはわからないが、やたらとこちらを窺《うかが》っていた。無量たちが調査区で作業を始めると、ますます不躾《ぶしつけ》にじろじろと見て、ちょっとやりづらかったほどだ。縄張りに入ってきたよそ者を警戒したのか、手柄を取られるとでも思ったのか。

「手柄も何もあるまい。誰が掘ろうが同じだろう」

「何者なんすか、あの手倉森ってひと」

無量が鍋《なべ》からふにゃふにゃになった南部せんべいをすくいあげて、取り椀《わん》に注いだ。

名は、手倉森勉《つとむ》。

現場ではベテランでスキルもあり、発掘に関しては信頼のおける人物ではあるのだが、地元の歴史に関わる「ある研究」にのめりこんでいて、周りの作業員に自説を語っては煙たがられている。その自説というのが荒唐無稽《こうとうむけい》だった。

「いったいどんな」

「キリストの墓です」

工藤は声をひそめた。

「新郷村にあるという『キリストの墓』が本物であると信じてて、それを証明しようとしておられるんです」

無量たちは思わず顔を見合わせてしまった。……キリストの墓？

「青森にキリストの墓があるんすか？　またまたあ」

「そう言われてる史跡があるんです。いや、史跡と言っちゃいけないな……」

工藤はゴニョゴニョ口ごもる。思い出した、と萌絵も手を打ち、

「よくオカルト雑誌なんかで取り上げられるやつですよね。UFOとか陰謀論とか昔から怪しげな話を載せてる雑誌。キリストの墓とピラミッドがなぜか青森にあるって言ってて、学生時代にみんなで面白がってた記憶が」

ミゲルが目をまん丸くして「本当にあっとですか」と訊《たず》ねた。

「実際に、あるにはある。キリストとキリストの弟の墓と呼ばれている塚が。すっかり有名になって、今では村の観光名所になって村おこしに一役買ってる」

「キリストに弟なんていましたっけ」

「イエス・キリストはゴルゴタの丘で処刑されたと聖書には載っていますが、新郷村の説によると、処刑されたのは身代わりで、弟のイスキリなる人物だった。キリスト本人は北へ逃げてシベリアをはるばる横断し、アラスカから船で海を渡って八戸に上陸して新郷村にたどり着いたと」

無量たちは目を白黒させている。

「船で八戸に……」

「キリストは新郷村で結婚もして三人の娘が生まれて百六歳で亡くなったんだそうです。墓には墓守の一族もいて、キリストの娘さんと結婚したそうで」

「はあ」

「その家系には時折、目の青いお子さんが生まれてくるんだとか」

なるほど、と皆で納得しかけて、ふと我に返り「キリストって目、青かったですっけ」と首をかしげた。

「その塚は、いつからキリストの墓って伝わってるんだべか？」

「昭和十年からです」

工藤がはっきり言い切ったので、無量はあ然とした。

「昭和。ずいぶん最近っすね」

「宗教家の竹内巨麿《たけうちきよまろ》という人が発見したという『竹内文書』なる〝神代文字で書かれた古文書〟とされる文献にキリストが日本に渡来した記述があったんだとか。その記述をもとに巨麿の調査団がやってきて新郷村で墓を見つけたそうです」

「キリストの墓だという根拠は？」

「わかりません。元々、地元ではなんらかの塚として伝えられてきたものではあったようで、巨麿氏がそれを見た時『ここだ！』と叫んで卒倒するほど興奮したようです」

無量たちはなんとも言えない表情だ。死んだはずの英雄が遠方の地で生き延びたという伝説は決して珍しくない。「義経《よしつね》が生き延びてチンギス・ハンになった」という説にはロマンがあるが、さすがにキリストは無理がある。

「イエス・キリストの墓は確か公式にはイスラエルの聖墳墓教会にあるんですよね」

「はい。ただキリストの墓や亡骸《なきがら》に関する伝説自体は世界各地にあるようです。とはいえ、新郷村のものは……」

あまりに距離がありすぎるし、あまりにも脈絡がない。新郷村のキリストの墓は「十《と》来塚《らいづか》」と呼ばれ、現在は公園として整備されている。ふたつの墳丘状の盛土に大きな十字架がそびえ、「キリストと弟イスキリの墓」として観光名所になっている。

戸《へ》来《らい》という地名も「ヘブライ」から来ているのでは、と言われ、キリスト来日説の根拠のひとつだと言う者もいる。

「ちなみにイエス・キリストが亡くなったのって、いつでしたっけ」

「今が西暦二〇〇〇年とちょっとなので、ざっくり〝二千年前〟ですね」

「日本の時代区分だと弥生《やよい》時代。このあたりの北東北は続縄文文化の頃だな」

「魏志倭人伝《ぎしわじんでん》より古いじゃないですか！　なんすか、その古文書」

日本には文字がないとされている（あったかもしれないが見つかっていない）頃の話ではないか。

「そんな怪しい伝説を地元の人は信じてるんですか？」

「もちろん信じてる人なんかいませんよ。そもそも地元に伝わってきた『伝説』でもありませんから。突然降って湧いた説なので『湧説《ようせつ》』と呼ばれてます」

「湧説……ですか」

「戦後すぐの頃は〝『キリストの墓』の村の者〟と言われて白い目で見られた時期もあったようで、なかったことのようにされていたそうですが、七〇年代のオカルトブームで突然注目を浴びてしまって。よそからオカルトファンが訪れるようにもなったので、だったら観光資源にしてしまおうと開き直ったんでしょうか。今では年に一回お祭もあるんですよ。神式で供養して、みんなで『ナニャドヤラ』という不思議な踊りを」

新郷村周辺や鹿角のある旧南部藩領内に伝わる盆踊りのことだ。歌詞が意味不明なので、様々な説があるのだが、そのひとつに「ヘブライ語から来ている」というものもあったため、「キリストの墓」の前で踊るようになったらしい。

なるほど、と無量たちは納得した。なかなかにたくましい。

問題は、手倉森氏のことだ。

「そんなにはっきり湧説だってわかってるのに本物だって信じてしまってるんですか」

「キリストの弟の話なんかは全面的に信じてるわけじゃないようだけど、墓については一定の根拠があると思い込んでるようです」

一定の根拠とは？　と聞くと、工藤は鍋の湯気で曇った丸眼鏡を外し、

「土偶です」

「土偶？」

「十字形土偶という。三内丸山遺跡で奴凧《やっこだこ》みたいに腕を広げた板状《ばんじょう》土偶というのが大量に見つかってるんですが、手倉森さんはキリスト教の十字架の起源はまさにその十字形土偶だという説を唱えていまして」

無量たちは開いた口が塞《ふさ》がらなくなってしまった。それはさすがに強引すぎる。

「こじつけにもほどがあるでしょ。あと三内丸山、結構離れてますけど」

「そうなんですが、手倉森さんには何か根拠があるようです。どうやらキリスト教の起源が縄文時代にあることを示す古文書を持っているらしく」

無量たちはうさんくさそうな顔をしてみせた。

「また古文書。怪しさ満点じゃないすか」

「でもキリスト教の起源が縄文時代というのは、キリストの墓の話ともちょっと違うような」

と萌絵が言うと、工藤も「はい」とうなずいた。

「僕も気にはなってるんですが、やぶ蛇になってしまいそうで、なかなか聞く勇気ももてず」

鍛冶と無量は顔を見合わせた。

「弥生時代の日本にキリスト教が伝わっていた……ぐらいならまだしも、キリスト教の起源が縄文にあるというのは、さすがに」

「トンデモにも限度があるというもんだ」

「しかも手倉森さんはその証拠の遺物を探してあちこちの発掘調査に参加してるようなんです。本当はキリストの墓を掘りたいみたいですけど」

「発掘調査は行われてないんですか」

「うかつに発掘して何も出なくてもアレですし何か出てきてもアレなので、村もちょっと手をつけられないみたいですね」

確かに観光資源としてはあくまで「ありえないけどありえたら面白い」というスタンスで、オカルトファンからすれば、事実をはっきりさせてしまったら途端に面白みがなくなる代物だ。ロマンはロマンのままにしておきたい人たちの気持ちもわからないではないが。

「オカルトをオカルトとして楽しむ分には全然いいと思うんですけど、それを真に受けて、発掘調査の場に持ち込むのはどうかと思うんですよねえ……」

真面目な工藤はそういう手合いが一番苦手であるようだ。

確かに、土の中から出てきた遺構や遺物という「事実」を地道に積み重ねて真実に迫る考古学の立場からすれば、その手のオカルトは真逆の世界だ。

「できれば、手倉森さんを刺激しない、さしさわりのないものだけが出土してくれることを祈るのみですよ」

と工藤はため息をついて緑茶ハイを飲み干した。年若い調査員が年配作業員を相手にあれやこれやと気遣いしている姿が目に浮かぶ。

無量たちも平和に発掘調査が終わるよう祈ることにしたのだが。

＊

翌日、無量たちはミゲルの運転する車で再び新郷村にある東戸来《ひがしへらい》遺跡の現場へと向かった。

「なんであんたもいるの？」

後部座席には萌絵もいる。結局着いてきた萌絵は不本意ながらと言った顔で、

「一応マネージャーですから」

「師匠とふたりきりはきついなあって思ったんでしょ。知ってる」

現場に行く途中に「キリストの墓」という大きな看板を見つけ、ちょっとだけ立ち寄ってみることにした。

「あれか。キリストの墓」

坂をあがったところに、ふたつの円墳のような盛土がある。樹木の中で、周りを白い柵《さく》で囲われて、墳丘の頂には白い大きな十字架が立ててあり、階段をあがって向かって右がイエス・キリスト、左が弟のイスキリの墓とある。見たところ、周りに教会はなく、教会を模したガイダンス施設の建物があるのみだ。

「もっとひっそりした感じかと思ってたけど、すごい立派だね」

植栽や石碑などもあって手入れも行き届いている。陰鬱《いんうつ》な雰囲気はなく、森をわたる高原のような澄んだ風も気持ちよく、なんとも不思議な場所だ。

「確かに地元のひとには大切にされてる感じがするね」

あいにくガイダンス施設は開館時間前で入れなかったが、風変わりな顔出し看板などはあるものの、変な押しつけがましさは感じない。話から想像する怪しさもなく、ちゃんとした観光名所だ。

「昔から〝塚〟とは言われてたらしいから、どなた様かはしらねども……ってやつで、あの下に埋葬されてる人がいるのは本当なのかも」

大きな塚ではあるので何らかの有力者かもしれない。そのひとたちを便宜上「きりすと」と「いすきり」と呼んでいるだけ、と思えば、村の人が祀《まつ》ること自体は不自然ではなさそうだ。とはいえ「それでいいのか？」という気持ちも拭《ぬぐ》えない。さくらとミゲルは素直に面白がっているが、無量は少々煮え切らない気分で発掘現場に向かう。

工藤がもう来ている。

「見ましたか。不思議な感じだったでしょ？」

「面白いは面白かったです。でもやっぱりなんで？　ってのが引っかかって」

そもそも例の「竹内文書」なる「謎の古文書」は神道系の宗教家の家で見つかったという。神道がなぜ「キリストの墓」に言及しているのか。しかも古文書と呼ばれるからにはそこそこ古い時代に記されたはずだが。

「竹内文書ですかあ……。あれは、ちょっとアレなんですよねぇ……」

口ごもる工藤に、萌絵も何かアンタッチャブルな気配を察知した。

そこへ手倉森がやってきた。

無量たちがまた来たのが気に入らないのか、あけすけにじろじろと見ている。無量は自分から丁重に挨拶《あいさつ》したが、手倉森は素っ気なく会釈を返しただけだった。

ブリーフィングを終えて作業開始だ。無量たちは昨日に引き続き、環状列石を請け負う。まだ手をつけていない場所を掘り広げることになった。

「土坑、出ました」

さくらがさっそく穴の跡を発見した。環状の内側だ。無量と工藤が見て、

「墓かな。大人のにしては小さいか」

「子供っすかね。埋設土器が出てきたら、それがお棺かも」

と言ってから、無量はしばらく黙って、じっと土坑を凝視した。頭の中にある様々な現場の記憶と照らし合わせ、直感を研ぎ澄まし、最後に一度右手を見ると、

「なんかありそうなんで続きも掘らせていいすか。環状列石のほうは俺らやるんで」

と言い出した。無量は土坑面の色合いから墓ほどの深さはないと判断した。何らかの埋納坑と見たが、遺物の種類によっては手間取りそうな予感がしたので「さくらは手が早いから任せてみては」とアドバイスすると、工藤も受け入れて指示をした。

「オッケー。なら掘るね」

作業を進めて三十分ほど経った。無量たちのほうも新たな組石を掘り当て、にぎやかになってきたところで、さくらが再び工藤を呼んだ。

「土偶の頭っぽいもの出ました」

この遺跡では初めての「土偶」だ。

一口《ひとくち》に土偶と言っても、そのほとんどは頭部のみだったり胴だけだったりすることが多い。祭祀《さいし》に用いられた後、壊されるまでが土偶の役割（と思われる）からだ。なので無量もてっきり「出土したのは頭部のみ」だろうと思ったのだが……。

「あれ？　あれれ？」

首から下も繋《つな》がっている。さくらが掘っても掘っても続きが出てくる。しかも両腕を

大きく横に広げている。まるで体操選手のようなポーズで、そのまま土に潜ったかのような埋まり方だ。

「なんだこれ……」

ただの土偶ではなさそうだと気づいた工藤がすぐに出土状況を記録に取り始めた。何やら慌ただしい様子を見て、他の場所で作業をしていた人々も興味津々覗《のぞ》き込んでくる。

「わ！ 大きな土偶」

胸から上だけでも十五センチはある。こんな立派な土偶にお目にかかれることは滅多にないので、無量たちも興奮した。土がついているのでまだ細部などはわからないが、全体に赤っぽく、遮光器土偶のようなずんぐりしたフォルムではなく、等身が人体に近い写実的な作風で、是川の合掌土偶にも雰囲気が似ている。

「これはすごいぞ……。すごいのが出てきたぞ」

工藤の声が震えている。

「大型土偶だ……。しかも完形かもしれない」

「うそでしょ……」

その背後から怯《おび》えたような声が聞こえた。振り返ると、間瀬いろはが土偶を見下ろして立ち尽くしている。

「ひいばっちゃが言った通りだ。本当に出てきた」

え……？ と無量たちが同時に聞き返した。いろはは真っ青になって、

「口寄せの通りだ」

「口寄せ？　ひいばっちゃって、ひいおばあさんのこと？　確かイタコの」

「すぐに埋め戻して！　じゃないと、ひとが大勢死ぬ！」

無量たちはギョッとした。ひとが死ぬだと？

いろはは恐怖に駆られたように髪を振り乱し、甲高い声でわめき続ける。

「早《はえ》ぐ埋め戻して！　死んだじっちゃが口寄せでそう言ったんだ！　早《はえ》ぐ！」

「死んだじっちゃ……って。お、落ち着いて！　いろはさん！」

「早ぐ埋め戻してえ！」

「……………。やはりここだったんだ」

今度は反対側から男の低い声が聞こえた。

振り返ると、手倉森が奇妙な笑いを浮かべて土偶を見下ろしている。

「やはり存在していたのか。きりすと土偶。見ろ、奥戸来文書《おくへらいもんじょ》は正しかったのだ。これで証明できる！　ナンブ王朝を証明できるぞ！」

嬉々《きき》として拳《こぶし》を振り上げた手倉森の、その異様な興奮ぶりを見て、無量たちは衝撃を受けた。

「……きりすと……土偶？」

第二章　イタコの予言

出土した大型土偶は、高さ四十センチもあった。

日本最大と言われる山形の国宝土偶「縄文の女神」にも匹敵する大きさだ。

全体に赤っぽく、両腕を水平に広げて足をそろえている。頭部は少し斜めにうなだれていて、よく見れば荊冠《けいかん》のような線刻模様があり、その姿は「磔《はりつけ》にされたキリスト」のようでもある。手倉森《てぐらもり》が口走った通り「きりすと土偶」とでも呼びたくなる姿なのだ。

「フォルムの特徴は是川の合掌《がっしょう》土偶や函館《はこだて》の中空《ちゅうくう》土偶と似てますね」

重さの感じからすると、内部は空洞になっていそうだ。

「環状列石の下からこんな土偶が出てくるとは……」

大発見だ。県の埋文からも応援が来るらしい。

「赤い大型土偶か……。それはそれとして、現場が面倒なことになってるっすね」

無量《むりょう》が心配しているのは、作業員二名の面妖《めんよう》な反応だった。

ひとりは間瀬《ませ》いろは。

——死んだじっちゃの口寄せの通りなの。人が大勢死ぬ。早ぐ埋め戻して！

もうひとりは手倉森勉《つとむ》。

――きりすと土偶はやはり存在してへらった。奥戸《おくへ》来文書《らいもんじょ》は正しかった！

どちらもまるで「何かが」出土を予言していたような口ぶりだった。

ふたりが騒いだおかげで現場はちょっとパニックになりかけた。いろははなんとか落ち着いたが、気分が悪くなってしまい、早退してしまった。

手倉森は作業に加わりたがっていたが、工《く》藤《どう》が手を出させなかった。無理もない。作業終了後に土偶を現場に留置して万一持ち去られでもしては大事《おおごと》なので、その日のうちに急いで記録して取り上げることになった。遅くなってしまったため、一旦《いったん》、八戸にある是川縄文館に保管を頼むことになった。

「えらかことになったばい」

土偶を運搬するワゴン車に同乗したミゲルも面食らっていた。

「死んだじーちゃんの霊と古文書の予言？　なんなんコレ。一体どげんなっとーと？」

「そりゃこっちが説明して欲しいわ」

助手席の無量もお手上げだ。どちらもにわかには信じがたい。イタコの口寄せもかなり驚きだが、輪をかけて問題なのは手倉森のほうだ。

「奥戸来文書って昨日言ってた謎の古文書っすよね。キリスト教縄文起源説の」

「まいったな。よりにもよって」

工藤は頭を抱えている。出土した土偶と何か特徴が合致するような記述があったとしか思えない。おかげで手倉森の中で「怪説」の信憑性《しんぴょう》が一気に高まってしまった。

「こりゃ騒ぐぞー。あのひと」

「思い込み激しそうだったし、周り見えてなさそうだったっすよね」

「トンデモ説に利用されるのが一番ヤなんですよ。早く終わらないかな、この現場」

いろはが言い放った「土偶を埋め戻せ」の一言に作業員たちも動揺していた。こんな状況を目撃してしまっては、無量たちもこのまま放って帰るわけにもいかない。

土偶を載せたワゴン車は八戸にある是川縄文館に着いた。待っていたのは工藤の父だった。すでに閉館時間を大幅に過ぎていたが、息子から知らせを受けて待っていてくれて一時保管も引き受けてくれた。

「うちの埋文まで持ってってもよかったんだけど、遅くなりそうだったんで」

「かまわんよ。責任をもって預かろう。しかし、すごいもんが出たなあ」

工藤父に会いに来ていた鍛冶《かじ》も同席した。整理室に運ばれてきた大型土偶を囲んで、職員たちも目を丸くしている。

「よく見ると赤い塗料がついてるな。これはベンガラか？」

「漆じゃありませんか？」

工藤父が言った。是川周辺からは縄文時代の漆製品がたくさん出土している。

「漆？　土偶に漆が塗ってあるんですか！」

「成分をきちんと調べてみないとわかりませんが。漆が塗ってある土偶は、出土もまれで、有名なのは北海道で出た『中空土偶』ですね。国宝になったんですが」

「国宝級ってことですか」

「これもほぼ完形に近いし。それに近いものがありますね」

無量たちは思わず顔を見合わせてしまった。

「しかし手倉森さんか……。厄介なひとが居合わせたなあ」

工藤父も知っていた。界隈《かいわい》では有名人らしい。

「妨害するようなことはないだろうが、触らぬ神に祟《たた》りなしだ。しかし〈きりすと土偶〉とはよく言ったもんだな。確かにそう見えないこともない」

まだ洗浄作業はしていないので雰囲気だけだが、土偶特有の誇張された土俗的造形ではありながら、その表情は穏やかに微笑んでいるようにもみえる。

「お顔はマリア様みたいだね」

さくらも覗《のぞ》き込んで、見とれている。

「不思議な土偶だな」

無量も見入ってしまった。腰から下の柔らかい曲線が美しいと感じた。

翼こそないが、空を飛んでいるようにも見える。

この土偶には一体、何が隠されているというのだろう。

宿泊先のビジネスホテルには萌絵《もえ》が先に戻っていた。

現場を早退したいろはに付き添って、車で送っていったのは萌絵だった。いろはは八戸でひとり暮らしをしていて、家に着く頃にはだいぶ体調もよくなっていたが、現場に行くのを極度に怖がっている。土偶は埋め戻さなかったと聞くと、ますます不安がった。

「本人もびっくりしちゃったみたい。まさか死んだおじいちゃんの霊が口寄せで話した言葉が当たるとは思ってもみなかったって」

一階のカフェスペースで無量と落ち合った萌絵は、そう報告した。

「そりゃそうでしょ。死んだ人の霊に言い当てられたなんて完全にオカルトじゃん」

「一応その時のことも聞き出してみたの」

――あれは去年の秋、じっちゃの七回忌の法要が終わった後のことです。

いろはの兄夫婦に子供ができたので亡き祖父・間瀬一雄《かずお》に報告したいと思った両親が、イタコの曾祖母《そうそぼ》・間瀬ミサヲに口寄せを頼んだのだ。

曾祖母に降りてきた祖父の霊は、ひ孫が生まれたことを喜んだ後で「皆、健康に留意して壮健に暮らすように」「互いを思いやって仲良く暮らすように」と諭した後で突然奇妙なことを付け加えた。

──そいから、もし戸来《へらい》の大叔父《おおおじ》んちの近くで古しい（古い）墓ば掘るごどがあったら、気ばつけせえ（気をつけろよ）。もし石の下がら赤ぇ《あけ》土偶が見つかったら、ひとがたくさん死ぬがら、すぐに埋め戻すんだぞ。

家族をいたわるそれまでの優しい言葉とは全く調子が違ってしまったので、その場に居合わせた皆は困惑したという。

──戸来の大叔父、というのは、親戚《しんせき》か何かですか。

──もうだいぶ前に亡くなったのですが、今はひ孫さんが住んでいるそうです。私の世代はほとんど交流はないのですが、家があることは知っていました。

祖父一雄の霊が口寄せで予言した通り、赤い土偶が出てきたので、いろはははパニックになってしまったのだ。

──どうして「ひとが死ぬ」のかはわからないけど、普通じゃない。

口寄せは死者の言葉だ。

死者が予言したのだ。そして「警告」した。

無視できるわけがない。あの世からの警告にいろははは怯《おび》えている。

──これ以上、あの現場で発掘作業を続けられる自信がなくて。土偶は取り上げちゃったからもう埋め戻せないんですよね。じっちゃの言葉が本当になったらどうしよう。私、どうしたら。

震えるいろはをなだめる萌絵には、ひとつだけ、疑問に思うことがあった。

口寄せした「言葉」だ。

――確か、イタコの曾祖母《ひいおばあ》さんの言葉は訛《なま》りがきつくて、いろはさんたちには口寄せした言葉が聞き取れないって言ってましたよね。なんで、お祖父《じい》さんの言葉がわかったんですか。

――祖母が翻訳してくれるんです。

いろはの祖母は義母である曾祖母の口寄せを長年見てきた。古い世代が話す下北弁にも通じているので、聞き取れないお客に伝えてくれるのだという。

――つまり、その時もお祖母《ばあ》様を通じて皆さんが口寄せの言葉を知ったんですね。

萌絵はいろはの祖母が何か鍵《かぎ》を握っているのでは、と直感した。

「それでね、急遽《きゅうきょ》なんだけど、明日《あした》いろはさんと、むつの街に行ってみることにしたの」

いろはの祖母に会って当時の話を詳しく聞いてみようと思ったのだ。

死んだ祖父のこともよく知っているし、なぜ突然口寄せでそんな話がでてきたのかも、何か理由を知っているかもしれない。

「了解。ま、こんなことで仕事やめるはめになったら、いろはさんも気の毒だしな」

「こっちはまかせて。西原《さいばら》くんは明日も現場に行くの？」

「俺は……手倉森さんからちょっと話を聞いてみようかと」

え！　と萌絵が顔色を変えた。

「そんなことして大丈夫？　やぶへびにならない？」

「オカルトとかトンデモ説にいれ込むやつはあんまり好きじゃないけど、手倉森さんがあの赤い土偶が出るって予想してたのは本当だし、その根拠が気になる」

無量はカフェラテをすすりながら言った。萌絵は心配して、

「こんな時に相良《さがら》さんがいてくれれば」

「自分で調べる。いつまでも忍《しのぶ》頼みはダサいし」

鶴谷《つるや》の話を聞いて忍にモヤモヤしていたこともあって、なんとなく頼りにくいのもあった。

無量は部屋に戻っていったが、萌絵は一計を案じなければならなかった。そうでなくても無量は「宝物発掘師《トレジャー・ディガー》」の異名を取る凄腕《すごうで》だ。手倉森にそのことを知られたら、いいように利用されてしまうかもしれない。

「ここはやっぱり……」

＊

「新郷村で〈きりすと土偶〉が出土した？　ちょっと待って。なんのこと？」

さすがの忍も一回聞いただけでは意味を取り損ねた。

萌絵からの電話に出たはいいが話が見えず、よくよく聞いて事情を飲み込めたものの、

やはり困惑を隠せない。

「イタコの口寄せにキリストの墓……か。永倉《ながくら》さんの言うとおり、ちょっと気がかりだね」

忍は、萌絵のプランに賛成した。

「口寄せを疑うのは失礼だし、言い方は難しいけれど、本当に死んだ人の言葉かどうかの真偽をはっきりさせずとも探る方法はあると思う。少なくともそういう言葉が出てきた背景はありそうだ。その背景を探ること自体は間違ってないはずだ。まして曾祖母《ひいおばあ》さんもお祖母《ばあ》さんも身近な家族だし」

曾祖母と祖母を疑う、とは言わずにそう言葉にした忍には、古い民間信仰に携わる人への敬意がある。忍の祖母は与那国島の「カーブ」（祭祀《さいし》を司《つかさど》る神女）だった。

『相良さんはいまどちらにいますか。シンポジウムの会場って確か仙台ですよね』

ホテルの宴会場で関係者によるレセプションパーティーが行われているところだ。忍は亀石所長のお供（というより亀石が飲み過ぎないためのお目付役だが）として出席していた。東アジア外交史のシンポジウムで、文献史学、考古学、海外の研究者らが垣根を越えて集まる。会場を飛び交う言語は多彩で国際色豊かだ。

「こっちは明日までだから、終わったら僕も八戸まで足を延ばすよ。無量が機嫌損ねるといけないから、永倉さんに呼ばれたのは内緒で」

『よかった。心強いです』

鍛冶《かじ》に挨拶《あいさつ》しにいく、というていなら無量も文句は言わないだろう。段取りを決めてしまうと、通話を終え、忍はため息をついてスマホをポケットにしまった。

「無量のやつ、また妙なことに巻き込まれて……」

なんでこう呼び寄せてしまうのか。厄除《やくよ》けの祈禱《きとう》でも受けさせたほうがいいのだろうか、とついつい愚痴がこぼれてしまった時だった。

「そこにいるのは忍くんじゃないかね」

突然、下の名前で呼ばれて顔をあげた。ギョッとした。

「藤枝《ふじえだ》教授！」

ワイングラスを手にしたダークスーツの中年男性がいる。

無量の父親だ。藤枝幸允《ゆきのぶ》。

筑紫《つくし》大学の国史学教授だ。専門は外交史・交易史で、若い頃から気鋭の研究者として名を馳《は》せていた。ここ数年で、学界を牽引《けんいん》する第一人者の地位を不動のものとし、ここにいる誰もが一目置く存在だ。忍が挨拶すると、藤枝は相変わらず横柄そうな微笑を湛《たた》えて、

「鷹島《たかしま》以来か。いまはどちらにいるんだね」

「相変わらずカメケンにいます」

「まだ亀石くんのところにいるのか。元文化庁職員の職歴に見合う独立行政法人を紹介してやるから、そちらに転職したまえ。学歴と才能を無駄にするな」

「無駄にはしてません。フル活用してますよ」

藤枝は鼻で笑った。長身の体軀《たいく》には自信がみなぎり、その風貌《ふうぼう》は年齢を重ねて威圧感すら与えるようになった。気位の高そうな鷲鼻《わしばな》が印象的だが、眉《まゆ》と目元はハッとするほど無量にそっくりで、やはり親子だと感じる。

「アレは元気か」

息子の名は呼ばない。でも忍にはわかった。

「無量なら元気ですよ。今日も青森で縄文遺跡を掘ったそうです」

青森に来ているのか、と藤枝は驚いたが、

「縄文か。文字も残らん先史時代なんぞ掘られても、こちらの役には立たんな」

「ですよね。史学家の方々は、文献がなければ何も語れないわけですから」

「言うようになったね。忍くん」

この親子はとにかく仲が悪い。

無量の両親は、祖父・瑛一朗《えいいちろう》が起こした遺物捏造《ねつぞう》事件をきっかけに離婚した。無量は藤枝が「家族を置き去りにしてひとりで逃げた」と憎んでいて、天敵のように嫌っている。藤枝も、こと無量の話になるとやけに挑発的な物言いをしてくるので、忍も余計なことは口にしないでおこうと思ったのだが、

「青森のどこだ」

藤枝が訊《たず》ねてきた。おや？　無量の居所が気になるのか？　と忍は驚きつつ、

「新郷村というところです。八戸の西の」

「学術調査か？」

「道路工事に伴う調査なんですが、環状列石が出土したと聞き、見に行ったようです。ただおかしな騒ぎになっているようで」

「おかしな、とは？」

「赤い大型土偶が出土したんですが、作業員さんが所有する古文書にその遺物の記述があったとかで」

どういう記述か、と珍しく関心を示したので、忍は意外に思いつつ、

「キリスト教縄文起源説なる突飛な説を唱えている人が、根拠にしている古文書のようで。その大型土偶のことを〈きりすと土偶〉だなんて呼んだそうなんです」

藤枝は露骨に不快感をあらわにした。

「なんだそれは。胡乱《うろん》にもほどがある。そんなくだらん説を吹聴している研究者はどこのどいつだ」

「僕もまだ詳しいことは。ただ学者という感じではないようで」

途端に蔑《さげす》むような目つきになった藤枝は、いまいましげに言った。

「大方、都合のいいところだけをかいつまんで大騒ぎしている素人史家だろうが、そういう輩《やから》は放置しておくとすぐに図に乗って暴走する。君もその現場に行くのか？」

「え……いや。まだ考えているところですが」

藤枝はスマホを取り出し、スケジュールを確かめ始めた。

「ふむ、一日ならまだなんとか調整がつくな。その古文書とやらを検分してやろう。八戸までの新幹線を手配しておいてくれ。ついでに宿も」

「ちょっと待ってください。本当に行く気ですか」

「むろんだ」

と藤枝は言い切った。

「私はね、忍くん。歴史学者の責務として、史料の真贋《しんがん》を断ずることは一種の使命だと考えている。珍妙な学説を無責任に言いふらし、それがあたかも事実のように世間から認識されるようになってしまうことほど虫唾《むしず》の走る事態はないのだよ。そんな不愉快な古文書など、私がその者の目の前で、一刀両断、真偽を暴いてやろう」

忍はあぜんとしてしまった。責務だ使命だというが、忍からすれば藤枝の気まぐれとしか言い様がない。まして騒ぎに巻き込まれた無量を気にかけたわけでもないだろう。

思いとどまらせようとしたが、藤枝は聞く耳を持たず「頼んだぞ」とだけ言い残して、また研究者たちの話の輪に戻っていってしまう。

「……。わかりました」

忍はそう答えるしかなかった。

＊

翌日、萌絵はいろはと一緒にむつ市にある間瀬家の祖母宅を訪れた。

下北半島は本州の最北端。マサカリの形をしていて、細くくびれたあたりにむつの街はある。陸奥《む つ》湾の一番奥まったところにある大湊《おおみなと》と田名部《たなぶ》は「下北七湊《しちそう》」に数えられ、古くから良港として賑《にぎ》わった。南部藩の藩政時代には藩の交易港として栄え、大湊には明治時代に旧帝国海軍の軍港がおかれ、現在は海上自衛隊の地方総監部がある。その後ろには下北の最高峰・釜臥山《かまふせやま》がそびえ、日が落ちると「夜のアゲハチョウ」とも呼ばれる、素晴らしいむつの夜景が望めた。

間瀬家はむつ市の市街地・田名部にある。

江戸時代、南部藩の代官所が置かれた田名部は、河口に停泊した船から荷揚げする艀《はしけ》船《ぶね》の船着き場として賑わい、船主や船頭、商人たちが集う料亭が立ち並び、「田名部横丁」と呼ばれた艶《つや》っぽい街でもあった。いまも飲み屋街になっていて、夜になるとたくさんの小さなスナックの看板に明かりが点《とも》り、ひしめきあって賑やかだ。

曾祖母《そうそぼ》のミサヲは八戸の出身で、縁あって田名部に嫁いできた。

子供の頃に〝はしか〟にかかって目を患い、今はかろうじて光を感じるだけだという。昔は病などで目が見えなくなることが今よりもずっと多かった。目の不自由な女性が、生きるための生業《なりわい》としてイタコとなったのだ。

「曾祖母《ひいおばあ》さまはお元気ですか？」

運転するいろはに、萌絵が訊ねた。

「足は少し悪くなったけど、今も月に何回かは口寄せをしています。今日も家にいると思うのでお話しできますよ」

イタコというどこか神秘的な存在を身内に持つとはどういう気持ちなのだろう。

「……特別なことは何も。普段は面倒見よくておしゃべりで朗らかなひとです。いつも近所のひとの話を聞いたり、人生相談にのったりしてます。イタコは、町や村のひとの相談役で、昔から身近な存在だったみたい」

いろはは子供の頃、曾祖母の家に遊びにいくと「オシラサマ」という一対の「桑の木の棒にきれいな布をかぶせた人形のようなもの」で、背中を叩《たた》いて悪いものを落としてもらったという。

「オシラサマ……。聞いたことがあります」

東北地方に伝わる習俗だ。

由来は様々だが、よく知られたもののひとつが馬と娘の悲恋物語だ。ある娘が飼馬と慕いあい、とうとう夫婦になったのだが、怒った父親が馬を殺し、嘆いた娘は父親がはねた馬の首に飛び乗って、飛んでいったというものだ。その娘が蚕の飼い方を伝えたことから、馬頭と姫頭のオシラサマが養蚕の神となった。

ただ地方によって幅があり、農業の神や馬の神ともされている。オシラサマは男女の一対であったり、馬と女、もしくは馬と男であることもある。

オシラサマとは予言を意味する「お知らせ」が語源であるとも言われ、集落や家族など内々で祀《まつ》る神様であるため、実態には謎も多い。

「昔はそれぞれのお家《うち》で祀ってたそうです。うちでは年四回決まった日に箱からオシラサマを出してきれいな着物を着せて遊ばせるの。〝オシラサマアソバセ〟といって、イタコの曾祖母が祭文を唱えて二体のオシラサマをこう人形劇みだいに動かすのね。女性が仕切るお祭で、私もめんごい着物ば着させてもらって曾祖母の真似しだなあ」

豊作を祈ったり、吉凶を占ったりもする。昔ながらの民間信仰だ。

陸奥湾沿いの国道を走りながら、いろはは懐かしそうに話した。

「曾祖母の家はそういう風習が当たり前で、子供心に不思議なおうちでした」

車はむつの市街地に入った。釜臥山がどこからでもよく望める。大きな箱のような自衛隊のレーダーがあるのですぐにわかる。飲食店の多い街の中心部は、昼間は人通りもまばらで、四、五階建ての建物といえばホテルや地元銀行くらいだ。日常の買い物は幹線道路沿いの郊外型店で済ませるので、今は大体どこの地域もそうなるが、古くから賑わった街らしく、どこかレトロな商店街の風景に、賑やかしの提灯《ちょうちん》が風に揺れている。

家々の屋根の形や雪よけで囲われた玄関を見れば、風雪の厳しい地域だとわかる。田名部川にかかる橋を渡った町の外れに間瀬家はあった。片側に緩い傾斜のある赤屋根の家は、佇《たたず》まいも懐かしい。

「ばっちゃあ、来だよー」

いろはが引き戸を開けると、割烹着《かっぽうぎ》姿の年配女性が現れた。

「はー、こりゃびっくりしだなあ。いろはちゃん、漫画みてぇな髪してぇ」

えへへ、といろはが笑う。玄関で迎えたのは、祖母の間瀬弘子《ひろこ》だった。間瀬家に嫁いできて五十年、ミサヲの助手を務めてきた。挨拶《あいさつ》をかわし、座敷へと案内された。

「カカさまは、ご近所さんさ呼ばれてちょっと前に出かけてしもたんよ」

曾祖母のミサヲは目は悪いがアクティブで、町内の人たちからも信頼が厚く、時折、持病のある人から呼ばれるという。

「ご祈禱《きとう》ですか？」

「按摩《あんま》だぁ。ひいばっちゃは按摩の免許も持っでてね。長患いしてるモンには、ひいばっちゃの按摩祈禱《きとう》で調子がよぐなるモンもおるすけ」

待つ間、口寄せを行う座敷も見せてもらった。古い柱の床の間には神仏を描いた掛け軸が何枚もかけられ、紙垂《しで》で飾られた神棚がしつらえてある。果物や菓子など山盛りの供え物がされて、雑然とはしているが掃除は行き届いている。茶の間の続きという感じで「死者をおろす」という語感から想像するようなおどろおどろしさは皆無だ。

「ふだんはここでお商売しでんのよ」

イタコの言葉で「商売」とは「口寄せ」のことだ。

座卓には木箱が置かれている。イラタカ数珠《じゆず》とオダイジと呼ばれる竹筒を入れる箱だという。イラタカ数珠はムクロジの実をつないだ長い数珠に猪の牙《きば》と鹿の角、古銭がついている。オダイジの中には経文が入っていて、イタコはこれを背負って悪霊から身を守る。師匠から授与されたイタコの証《あかし》だ。

客間に通された萌絵は茶と漬物でもてなされ、祖母の弘子から話を聞けた。

義母ミサヲの活動を補佐するマネージャーのような弘子は、若い頃に嫁いできてからずっと、すぐそばで義母の仕事を見てきた人だった。

「うちのひと（いろはの祖父）が口寄せで話したことは、いろはが話した通りです。カカさまの口から確かに『戸来の政実《まさみ》んちの近くで赤いドグウが出たら、ひとが死ぬから気をつけろよ。もし出たら必ず埋め戻せよ』と言ってでたんだ」

カカさま、というのはミサヲのことだ。昔からイタコの女性はそう呼ばれてきた。

「それを聞かれた時、どう感じられましたか」

「ちょごっといつもと違ったがら、ドキッとしだなあ。ホトケさん（亡くなったひと）の口寄せで『何日と何日には気ばつけろよ』『どこそこさ行くときは気ばつけろよ』と言るのは時々あるたって、こったらに具体的な言い方はしねもんで」

赤い土偶とか人が死ぬとか、そこまで具体的な警告が出ることは滅多になかったので、弘子も驚いた。

「他でもねぇ実の息子だがらなあ。降りやすかったのがなあ」

「土偶と聞いて、何か心当たりはありますか。たとえば、おじいさまが考古学に興味をお持ちだったとか」

さあ、と弘子は首をかしげる。

「うちのひとはずっと船乗りで、そったらなごとはあんまり」

「漁師だったんだよ」

いろはが仏間の遺影を指さした。間瀬一雄は下北の男らしく外見はいかつく強面《こわもて》だが、孫にはメロメロで優しい人だったそうだ。趣味も釣りで、土器や土偶を愛好していた様子はなかった。

「周りに考古学に関わっていたような方は？」

記憶にはないという。土偶という考古学用語が出てくる素地がそもそもないミサヲの口から出てきたということは、やはり本当に「死者」が語った証なのだろうか。

「もちろん、いろはが縄文時代が好きで、その仕事さ就いて頑張ってるごどは、私もカカさまも知っぢぇあったよ」

いろはは面はゆそうな顔をした。萌絵は考えを巡らせて、

「ご家族でもご近所とかでもいいんですが、何か土偶が出土したとか、土偶を骨董屋《こっとうや》から買ったとか、土偶にまつわるお話はありませんでしたか」

「さあ。ほったらごとも特に」

弘子が「そういえば昔」と何ごとか思い出し、

「このあたりで土偶ばご神体にした神社があったって言《へ》る話ば聞いたごどが」

萌絵といろははグイと身を乗り出した。土偶をご神体？

弘子によると、それは明治の頃の話だ。開拓のために土を掘り返していたところ、土を焼いてできた大昔の土人形が出てきたという。それを見つけた人々は「幸先がいい」と喜んで、「これを新しい町の守り神に」と祀ったというものだ。

「その神社の名前は確か……斗南《となみ》神社」

「となみ……」

「昔、このあたりには会津《あいづ》藩の人ど（人たち）が移ってきだんだ」

萌絵は思い出した。斗南藩だ。この下北半島は明治維新の頃、新政府軍との戦争で敗れた会津藩の藩士たちが、会津を追われて移り住むことになった。旧会津藩士はこれを「斗南藩」と名付け、会津藩再興の地とするべく奮闘した。

藩主はわずか生後五ヶ月の幼君。「朝敵」の汚名を着せられた屈辱に耐えながら、権《ごんの》大参事《だいさんじ》（旧・家老職）山川浩《やまかわひろし》ら若い藩士たちは、それでも新天地に希望を託した。他藩に先んじて身分制を廃止して、廃刀令や戸籍の作成など、新たな時代を見据えた政策を打ち出した。しかも斗南には会津にはない海がある。「大湊を東北の長崎」と位置づけ、いずれは開港地として日本だけでなく世界を相手にした貿易都市になるという壮大な展望も持ったという。

「実は、間瀬の先祖も会津から来たんだそうだ」

「え！　そうだったんですか」

だが、斗南藩は成立した翌年に廃藩置県でなくなって斗南県となり、その後、弘前《ひろさき》県に編入され、斗南の名も消えた。藩主である松平容大《まつだいらかたはる》は東京へ、入植した藩士の大半が、その後、下北を去ってしまった。間瀬家は下北に残った数少ない藩士の子孫だったのだ。

「その神社は今もあるんですか」

「いや。斗南藩がなぐなった後、どうなったがは分がんね」

ほらあそこ、と弘子が窓の外を指さした。川の向こうが高台になっている。

「あの高台に藩士の住む町ば作るごとになって、神社もそごに作られたそうなんだたって、みんな、いなぐなってしまったがら、結局何もなぐなっだって」

斗南ヶ丘と名付けられたその場所は、いまは史跡に指定されている。土壁や井戸などの痕跡《こんせき》がわずかに残るのみで、藩士の子孫によって建立された秩父宮《ちちぶのみや》（松平容大の姪《めい》・勢津子《せつこ》と婚姻）両殿下御成《おなり》記念の石碑が残るのみだ。

「土偶をご神体に……ですか」

開拓のため森林を切り拓《ひら》き、切り株を取り除こうと掘り起こした時に出てきたらしい。おそらく元は遺跡だったのだろう。むつ周辺でも縄文時代の環状列石や環状集落の遺跡が見つかっている。

「その土偶が見つかった後に、人が亡くなったということはありましたか」

「後か前かはわからねぇが、あっだと言えば、あっだんじゃねえがな」

下北は過酷な土地だった。

斗南に来た会津藩士の暮らしは苦難を極めた。下北は元々は南部藩領で、すでに住んでいる者もいる中、よそからやってきた会津藩士は生きていくために自ら鍬《くわ》を握り、新たに農地を開拓しなければならなかった。下北は痩《や》せた火山灰地で米作に向かず、夏は「やませ」という冷たい北東の風が冷害を招き、冬は風雪が厳しい過酷な土地だ。初めの冬は飢餓に苦しめられ、政府からのわずかな支給米で命をつないだものの、餓死や凍死が相次いだ。

だからこそ、切実に神にすがったのだろうが。

萌絵といろはは「これのことか？」と目配《めくば》せし合った。間瀬家は元・斗南藩士。少なくとも「赤い土偶が出て人が大勢死んだ（かもしれない）前例」は、あったわけだ。

とはいえ、その神社も壊されて、土偶のご神体がどこにいったかは定かでない。

もちろん、新郷村の遺跡で見つかった大型土偶は、攪乱《かくらん》の痕跡もなく、何千年も土中に埋まったままだったことは間違いないので、この話と直接の関係はないだろう。

「お義父《とう》さんが斗南藩の子孫が集まる会で活動しぢぇあったから、ちょごっと、その資料ば持ってこようか」

「いいんですか？　お願いします」

「なら、ひいばっちゃの古いアルバムも見てもらおうよ」

こうして座卓に積み上げられたアルバムや資料に、萌絵は埋もれることになった。ミサヲが若い頃の写真もある。修行中のものもあれば、恐山の大祭で、たくさんの参拝者に埋もれるようにして口寄せをしている写真もあった。

「ひいばっちゃ、若《わげ》ぇなあ。イタコも昔はこんなにたくさんいだんだね」

少し前まではテントを張っていたようだが、昭和の中頃はまだテントすらなく、石垣のそばに白装束のイタコが並んで座っている。参拝者がひしめきあってイタコを囲む。それぞれひいきのイタコがいたようで、評判のいいイタコのもとには長い列ができたものだった。

「この辺りでは死んだ人はみんなお山さ行ぐと言われてるがらねぇ」

宗派を問わず、死者は恐山に行く。だから死者に会いに恐山に行く。生きている者がイタコの口寄せを聞きに行くのは、そこにいる死者と話すためなのだ。

「うちのカカさまは人気だったよ。朝早くがら夕方まんで休みもしねんで、次から次さと口寄せばしぢぇあったもんだ。ホトケさんと話して泣き出すもんもいっぺえいたが、最後は皆笑っぢぇあったっけなあ」

二度と話すことができないはずの死者と「話す」。その気持ちを聞く。自分の気持ちを話す。長く胸に抱えて伝えられずにいたものを伝える。答え合わせをするように。

よく考えるとすごいことだ、と萌絵は思った。

アルバムの色褪《いろあ》せた写真を眺めていた時、ふと奇妙なものが目に飛び込んできた。

「……あれ？　これ何でしょう」

夏の大祭で撮った写真のようだ。

「この方……。曾祖母《ひいおばあ》さまの隣にいる」

白装束の若いイタコだ。その膝《ひざ》もとに人形のようなものが置かれている。きらびやかな着物を何枚も重ねて着せていて、まるで十二単《ひとえ》だ。

「オシラサマ……？　にしては何だか」

「まるで立ち雛《びな》みたいな」

と呟《つぶや》いて萌絵はドキッとした。画像は色褪せているが、人形らしきものの丸い頭が赤く塗られていることに気づいたのだ。

「これ……土偶じゃないですか？」

萌絵の言葉にいろはも顔を近づけてきた。萌絵はスマホの拡大機能を使い、虫眼鏡をあてるようにその画像を拡大した。

「……似てる……」

萌絵は息をのんだ。

「昨日出土したあの土偶の顔に似てないですか？　これ」

まさか、といろはも慌てて目をこらした時だった。突然、玄関先が騒がしくなったかと思うと、庭に近所のひとが駆け込んできた。弘子さん大変よ！　と叫んでいる。すぐにサッシを開け、

「どうしたの、アイコさん。ほったらに慌てて」

「大変だよう！　カカさまが治子《はるこ》さんの家《え》で倒れたって！」

萌絵といろはも顔色を変えた。

「いま救急車呼んでるがら！　早ぐ！　早ぐ来い！」

弘子といろはは血相を変えて玄関へと走り、萌絵も慌てて後を追いかけた。

ミサヲが按摩《あんま》祈禱《きとう》をするため訪れた家でのことだった。祈禱中に急に気分が悪くなったと言って、立ち上がれなくなってしまったのだ。弘子たちが到着してまもなく救急車も到着した。ぐったりしているミサヲをストレッチャーに乗せて運び出した。

「しっかりして！　ひいばっちゃ！」

いろはは気が動転している。救急車には弘子が同乗した。

「ナど（あなたたち）は家にいせー（いなさい）。病院着いたら連絡するがら！」

萌絵は家の前でオロオロするばかりだ。白い祈禱着をまとうミサヲを乗せて走り出す救急車を見送ることしかできない。いろはは萌絵の腕にしがみついた。

「どうしよう……。ひいばっちゃが死んじゃったらどうしよう」

顔面蒼白《そうはく》になっているいろはを励ますように、萌絵はその手を強くつかんだ。

これもあの土偶が出たせいなのだろうか？

遠ざかるサイレンの音を聞きながら、目の前の現実と「口寄せの予言」の間で萌絵は揺れ動いている。

＊

「……それで、ひいおばあさんの容態は？」

無量は発掘現場にいた。萌絵からのメールを見て電話をかけたところだ。

病院に運ばれた間瀬ミサヲは、治療を受けて、幸いにも容態は落ち着いたとのことだった。が、高齢で心臓も少し弱っているので、二、三日入院して様子をみるという。いろはは、まだ心配なので週末は祖母の家で過ごすという。

「あんな予言があったから、いろはさんも気が気でなかっただろうね。大丈夫？」

『今は落ち着いたけど、あの土偶のせいでこんな騒ぎになったんじゃって疑ってるみたいで、まだ気が晴れないみたい』

死者の予言を信じるわけではないが、無量たちも過去に、遺物の出土がきっかけで人死を招いたことがなかったわけではないから、どことなく落ち着かない。

『でね、ミサヲさんの古いアルバムで見つけた写真にね、昨日出土した赤い土偶とそっくりなものが写ってて。恐山の大祭の時のものらしいんだけど』

裏書きを確認したところ、昭和四十三年頃のものだとわかった。

日付の隣に「大垣《おおがき》タヅさんと」と記してある。

『ミサヲさんの隣にいるイタコの女性のことだと思うんだけど、赤い土偶はそのひとの膝もとにあるでしょ。予言の土偶ってこれのことを言ってるんじゃ、とも思って』

無量は送られてきた画像を見た。萌絵の言うとおり、顔だけを見るに、これは土を焼いた素焼き人形のようだ。赤い塗料が塗られているように見えるが、だいぶ剝《は》げていて、陶器の釉薬《ゆうやく》でもないようだ。

「これも何か祈禱の道具なのかな」

『祖母の弘子さんにも聞いてみたんだけど、こういうお祀《まつ》りの人形は見たことないって。この大垣タヅさんというのは、ミサヲさんと仲の良かったイタコさんなんだって』

「昭和四十三年ってことはもう四、五十年ぐらい前か。ご健在なのかな」

『弘子さんによると、つい最近まで恐山に来ていたみたい。ただ連絡先はわからないって。……で、明日《あした》、恐山に行って、タヅさんのこと聞いてみようと思って』

萌絵はフットワークが軽い。

鍛治が言うとおり、すっかり頼もしくなった。

『あとね、斗南藩のほう。調べてみたら藩領はふたつあって、下北半島と、三戸《さんのへ》のあたりもそうだったんだって』

「新郷村は斗南藩の藩領だった？」

『村の公式サイトにも旧斗南県って書いてあった。いろはさんの遠い親戚《しんせき》が戸来《へらい》にいたのは多分そのせい。斗南藩士の子孫で作った顯彰会のメンバーだったんだって』

会津からの入植者は三戸にもいた。藩校日新館《にっしんかん》の学館長などもいて、明治四年に建立された白虎隊《びゃっこたい》の供養碑もあり、会津にあるものよりずっと古い。とは言え、斗南藩（斗南県）はほんの二年足らずしか存在しなかった幻の藩だ。

『斗南神社のご神体だったっていう土偶と、あの〈きりすと土偶〉に直接関わりがあるとは思えないけど、少なくとも〈斗南神社の土偶〉が出土した後に、斗南藩士とその家族が大勢亡くなったことはあったかもしれないって』

「前例はあったわけか」

『間瀬一雄さんは斗南藩士の子孫だし、それが予言の根拠である可能性はあるよね。いろはさんは大垣タヅさんが持ってた土偶は〈斗南神社の土偶〉じゃないかって思ってるみたい』

いろはの仮説だ。だが、まだなんともいえない。

『西原くんのほうはどう？』

「あの後、土器も出てきた。やっぱ何かの祭祀場《さいし》だろうね。手倉森さんはめっちゃノリノリで作業してるわ」

出土した〈きりすと土偶〉（と便宜上呼ぶことになった）の赤い塗料は、工藤の父が精査してみたところ、やはり朱漆のようだ。

『朱漆が塗られた土偶っていうと、北海道で出土した〈中空土偶〉があるよね』

国宝に指定された土偶だ。内部が空洞になっていて、やはり表面に漆を塗った痕跡《こんせき》があった。

縄文時代にはすでに漆を使っていて、木胎漆器《もくたいしっき》だけでなく陶胎漆器も作られていた。土器や土偶に漆を塗っていたのだ。

「つか、国宝級ってことじゃん」

足先が割れていた他は、ほぼ完形。

埋蔵文化財としても国宝級の出土だ。これは話題になるにちがいない。

問題は手倉森の反応だ。土偶の洗浄・実測作業に加わりたいと熱心に申し出て、工藤を困惑させている。その土偶を用いて荒唐無稽《こうとうむけい》な自説を展開しようとする人間には触らせたくないのか、断るのに四苦八苦している。

手倉森は一体、何を根拠に「キリスト教縄文起源説」などというものを主張しているのか。無量も話を聞いてみようとは思うものの、苦手意識が前に出てしまい、二の足を踏んでしまう。すると、ミゲルが、

「話聞いてみるだけなら、別によかとやろ？　てか、聞いてみたいわ」

ウズウズしている。好奇心をくすぐられている。オカルト話や都市伝説にはめっぽう食いつくほうで、ミゲルの目は期待で輝いている。

「やめて。おまえの場合、ミイラ取りがミイラになりそうだわ」

「ミイラ？　新郷村のピラミッドか⁉」

そんな無量たちから少し離れたところで、さくらも作業中だ。元ダンサーの黒川沙里《くろかわさり》もいる。今朝から同じグリッドで作業するようになったふたりは、意外にも気があった

ようだ。さくらが各地で発掘していると聞いた沙里は、興味津々で、

「鬼ヶ島《おにがしま》って本当にあったんだね。なら桃太郎《ももたろう》もいだのがな？」

「いだいだ。鬼ヶ島のお宝狙った悪いやつと海で追っかけっこして、無量さんたちととっちめったんだ」

「えーっ。桃太郎をとっちめたの？」

話が弾んでいる。さくらも遺跡のことになると話が止まらない。

「……うちの地元は縄文遺跡だらけで子供の頃から土器の破片でパズルして遊んでた」

「本物で？　すごい。縄文土器いいよね」

沙里はふと遠い目になって、発掘中の環状列石を眺めた。

「私も縄文遺跡が好き。大湯のストーンサークルや三内丸山も好き。あれはね、大昔の風景なんかじゃないんだよ。未来の景色なんだよ」

さくらは目を丸くした。

「なんで未来なの？」

「あれはね、今の文明が滅んだ後の景色なの」

沙里はぼんやりと呟《つぶや》いた。

「何もかもが滅んでしまった後の景色なの。この世界はいつかなんにもなくなってしまうの。スマホもネットもテレビも車も、みんなみんな。今はみんなが騒いでて目も耳も塞《ふさ》ぎたくなるぐらいだけど、いつかは滅んで、静かになるの。日本もしーんとなるの。

あれは人間の遥《はる》か未来の姿なんだよ。……だから好き」

やけに厭世《えんせい》的な物言いに、さくらはぽかんとしてしまった。

「どうしてそう思うの？」

沙里は悲しそうに顔を伏せた。理由は語らない。

秋めいてきた風が木の枝を揺らす。夏の暑さに疲れたように色褪《いろあ》せてきた葉が、風にざわめいている。

作業は夕方まで続いた。

＊

好奇心に勝てなかったのはミゲルのほうだった。発掘現場は日も傾いた。作業終了後、片付けをしていた手倉森にミゲルが近寄っていって、おずおずと話しかけた。

「あのー、質問なんすけど、昨日出た土偶ってなんで〈きりすと土偶〉って名前なんすか？　なんで？」

手倉森が「お？」という顔をした。目をきらりと光らせて、

「興味があるかね」

「あるっす」

「あれは十字形板状土偶の立体版だ」

「じゅうじ……ばんじょー………？」

「キリスト教のシンボルでもある十字架は、十字形土偶から来てるんだ。教会で見るキリストの磔刑像《たっけいぞう》はだね、実はあのきりすと土偶から来てるんだよ」

にわかには理解できなかった。ミゲルは困惑し、

「うちの地元にも教会はあるけん、よう見ますけど、キリスト像はキリストが磔《はりつけ》にされたけん、あん像になったんやなかとですか」

「キリストは若い頃、日本までやってきて、まだ続縄文文化だった頃の青森で縄文式祭祀を学んだんだね。あの十字形土偶は縄文の神そのものを象徴しており、キリストはそれを信仰モチーフに取り入れて世界に布教していったんだ」

信じがたい話がスラスラと出てくる。しかも語り口は堂々としていて、やけに説得力があるものだから、ミゲルはますます好奇心を刺激されてしまった。

「キリスト教の十字架は磔にかけられたキリストの姿を表している、と世の中では思われているが、ちがうんだ。あの十字架は本当は神そのものの姿なんだ。神が天から降りてきた時の姿なんだ。教会ではキリストが磔にされている十字架も見受けられるが、そもそも解釈が間違っとるんだ。信じられないかもしれねえが、これが真実だよ」

「どうしてそげん言い切れっとですか。証拠があるとですか」

「うちの集落では、四千年前から〈きりすと土偶〉が祀《まつ》られているんだ」

「よ……四千年前から！」

「証拠の古文書もある。興味があるかい」

ミゲルはヘッドバンギングするように首を激しく上下に振る。手倉森は周りを見回し、声をひそめ、

「なら、こっそり見せてあげるから、今からうちに来なさい」

ミゲルは「行く」と即答した。

無量たちが気がついたときにはもう手倉森の車に乗り込んでいる。

「おい、どこ行くんだ。ミゲル」

「西原ー、俺ちょっと寄るとこあるけん、帰りの運転はさくらに任せっけん」

と車の鍵《かぎ》を投げてよこすと、こちらが止める間もなく、ミゲルは後片付けもそこそこに手倉森の運転する車で帰っていってしまった。無量はあっけにとられて、

「あいつ……っ。勝手なことして」

仕方なく、さくらの運転で八戸の宿泊先まで戻ったが、無量はへそを曲げている。さくらは呆《あき》れて、

「古文書見たかったんなら一緒に手倉森さんちさ行けばいがったのに」

「俺、苦手なんだわ。あーゆーオカルトとかトンデモにのっかるやつ」

「なんで？　面白いでねぇが」

「面白いは面白いんだけど、鵜《う》呑《の》みにされるとイラつくし、喜んでるやつもどこまで本気でどこまでネタ扱いなんだか、わかんなくてイラつく」

「無量さんはまじめなんだねぇ」

「まじめとか不まじめとかじゃない。作り話でっちあげるやつも、それに乗っかるやつも好きになれないだけだっつの」

多分、根底には祖父が起こした捏造《ねつぞう》事件がある。真実ではないとわかっているくせに、それを真実にしようとゴリ押しする人間に対して猛烈なアレルギーがある。それを真に受けて崇《あが》める人間はもちろん、それを「娯楽」として楽しむ人間にも寛容になれない。こっちはそういう連中のせいでひどい目に遭った、という怒りがある。うまく言葉にできないから余計にイライラする。

「あーもーむかつく。カラオケでもいくか、さくら」

「それより、おなかすいたよ」

国道沿いのラーメン屋で夕食をとり、とっぷり暗くなってから宿泊先に戻ってきたふたりをロビーで待っていたのは、意外な人物だった。

「忍！　なんでおまえがいんの！」

「はは。会合の参加者に、鍛冶さんに会いたがってるひとがいてね、連れてきたんだ。永倉さんから無量たちも八戸にいるって聞いて、びっくりしたよ」

無量は疑いの目を向けて「永倉から何か聞いた？」と訊《たず》ねた。忍はとぼけて、

「何のこと？　それよりすごいもんが出たらしいじゃないか。鍛冶さんから聞いたよ。赤い漆塗りの大型土偶なんだって？」

「んだ！　なんとイタコが出土を予言して」

得意げに答えたさくらの口を、無量が慌てて塞ごうとしたため、子供の兄妹喧嘩《きょうだいげんか》みたいな揉《も》み合いになってしまう。

「で、師匠に会いに来たお客さんはどこ？」

「あ……ああ、別のホテルとったから」

その「お客さん」が藤枝教授だとも言えず、忍の笑顔が引きつっている。なんとか隠し通すつもりだった。無量に会わせるのはさすがに勇気が要る。

「メシまだならお客さんも一緒にどう？　しぶーい横丁、案内するし」

「あ、ああ……うん。夕食はもう済ませたんだ。お気遣いなく」

しどろもどろになっていると、ちょうど帰ってきたミゲルと鉢合わせた。

「おっ！　忍さんも来てたとですか。ちょうどよか、俺、いま大変なもん見てきたっとです！」

無量が忍にいきさつを説明しようとしたが、その間も待てないというようにミゲルは興奮してまくしたてた。

「あれな、ほんなこて存在しとったぞ！　奥戸来《おくへらい》文書」

手倉森が口走った古文書のことだ。「きりすと土偶」の由来が記してあるという。

「しかも手倉森さんちで、俺は四千年前から祀られとった十字形土偶ば見た！」

「は？　四千年!?」

目が飛び出そうになった。その四千年前にはすでに王朝があったとよ」

「ただの四千年やなか。ケタがおかしい。中国最古とか言われてる夏《か》王朝より古いぞ」

「ちょっと待て。四千年前にはすでにって、青森にあったんや！」

「そう！　東アジア最古の王朝は青森にあったんや！」

「ちょちょちょ、ちょっと待てミゲル。落ち着け」

「しかも俺が見せてもらった奥戸来文書には、四百年前にキリストの墓ば探してはるばる青森にやってきたポルトガルの宣教師がおったとも書いてあった。少なくとも四百年前のローマ教皇が日本に墓があるって知っとったってことや！」

無量たちは話についていけず口をあんぐりしている。

「青森には超古代文明の王国があって、天皇は実はその王国の末裔《まつえい》やったと」

無量たちは理解が追いつかない。目を回していると、ミゲルは興奮し、

「那無武《なんぶ》王朝いうらしか。あの赤い土偶は那無武《なんぶ》国の創造神の神像なんや！」

鼻息も荒い。困惑している三人に、ミゲルはバッグから一冊の本を取り出し、押しつけてきた。書名は『那無武王朝の残光』とある。

「手倉森さんが書いた本や。こいば読めばわかる。四千年前の東北には、十和田火山で滅んだ超古代文明があったとよ。黄河《こうが》文明にも負けない大文明で、神をおろす女王が代々治めとって、縄文時代に女の土偶の多かとは、創造神が女であるためで」

「それは興味深い学説だな」

忍の後ろから聞き覚えのある男の声が聞こえた。

ギョッとして振り返ると、そこにいたのはスーツをまとう長身の中年男だ。吊《つ》り上がった精悍《せいかん》な眉《まゆ》と涼しげな奥二重の眼はやけに鋭く、岩稜《がんりょう》のような鷲鼻《わしばな》には気位の高さがにじみ出ている。

忍は「しまった」と思ったが、もう遅い。無量は驚愕《きょうがく》のあまり、声もなく固まっている。なぜこの男がここにいるのか。

「………。久しぶりじゃないか。西原無量」

藤枝幸允《ゆきのぶ》は実の息子をそう呼ぶと、いつもの尊大な笑みを皆に振りまいた。

「奥戸来文書とやら、なかなか面白い。そこの君、詳しい話を聞かせてもらおうか」

第三章　戸来郷古神誌

何しに来た。とっとと帰れ！

とは無量《むりょう》は言わなかった。

それどころか無言で背を向け、無視して部屋に戻ろうとした。

関わり合いになりたくなかったのだ。

「久しぶりに会ったのに挨拶《あいさつ》もなしとは情けない。尻尾《しっぽ》を巻いて逃げるのか」

藤枝《ふじえだ》の言葉が聞き捨てならなかったのか、無量は立ち止まり、どこまでも軽蔑《けいべつ》するような眼をして振り返った。

「あんたのそういう上から目線の物言いが、腹の底から鬱陶《うっとう》しいんすよ」

「相も変わらず研究者にもならずに土掘り三昧《ざんまい》の宝探しごっこか。二十四、五にもなって頭の中は幼稚なままだな」

「幼稚で結構。あんたみたいな権威大好き老害親父がマウント取り合う不毛な業界なんかより、なんぼもマシだっつの」

「私程度を老害呼ばわりするなら、学界の本物の老害どもはもはやレジェンドだな」

誰？とさくらが忍《しのぶ》に耳打ちした。のっけから険悪モード全開なふたりに、忍はどうこの場を取り繕うか考えたが、手遅れだった。無量は敵意をみなぎらせ、今にも歯を剝《む》いて唸《うな》り出しそうだったが、そうしてしまう自分すらくだらなく思えたのか、ぐっと抑え込むと「相手にするだけ無駄」とばかりに背を向けた。

「こんなの連れてくんなよ。覚えてろよ、忍」

無量は部屋に戻っていってしまった。引き留めようとした忍に、藤枝が「放っておけ」と冷たく言った。

「あんな向上心のないやつと話をしてもつまらん。それより奥戸来文書とやらだ。話を聞かせてもらおうか」

藤枝を無視して部屋に戻った無量だが、腹の虫が治まらない。

同行を断れなかった忍にやつあたりしても詮無いことは重々わかっているが、できることならもう二度と見たくなかった顔だ。無量の祖父西原瑛一朗《さいばらえいいちろう》が捏造事件を起こした後、「妻の父親」の汚名が自分にまで及ばないよう、自己保身のため離婚して家族を捨てた父親だ。守るべき家族を守るどころか、捨てた。切り捨てた。その恨みは一生忘れない。

無量が祖父に手を焼かれて重傷を負ったことは藤枝も聞いていたはずだが、見舞いに来るどころか、電話の一本もよこさなかった。「西原瑛一朗の家族」とは二度と関わり合いになりたくなかったのだろう。

ベッドに転がった無量は、白い天井を見上げた。

「……そっか。思い出したわ」

自分が日本での発掘にこだわる理由。そのひとつには、あの男のこともある。

無量が発掘をするのは「祖父の汚名返上」のためなどでは全くないが、藤枝が「発掘調査に携わる者」をあからさまに下に見て「発掘屋は歴史学者のしもべ」「忠実な猟犬」呼ばわりするのだけは許せない。藤枝の専門は日本の交易史と外交史だが、守備範囲はせいぜい東アジア一帯だ。遠く海外に出てしまえば、あの男の影も及ばず、いっそ清々するだろうが、一抹の後ろめたさを感じるのは、さっき藤枝が言ったように「尻尾を巻いて逃げた」と思われるのが耐えがたいためだ。

いつかあの男に認めさせる。発掘屋はおまえらのために掘ってるんじゃない。俺たちはおまえらよりも真実に近いところにいる、と認めさせてやる。それは執念に近い。この自分をこんな小《ち》っぽけな列島に縫いつけているのは、藤枝への対抗心だったのか。

「……んなわけないでしょ」

寝返りを打って、ふてくされる。そこまで意識なんかしていない。してたまるか。できるだけ関わりたくないだけだ。それだけだ。

――尻尾を巻いて逃げるのか。

「逃げてねーよ。別に」

——猟犬どころか、負け犬か。

「知るかよ。むかつくんだよ」

頭を冷やしてさっぱりしようと思い、シャワーを浴びた。バスルームから出てくると、スマホに忍から留守番電話が入っている。かけ直すと、忍もチェックインして部屋にいるという。

『事情はミゲルから聞いたよ。いろいろ話してみて、藤枝氏と明日、手倉森《てぐらもり》さんの家を訪れることになった。おまえも発掘休みだろ？　いっしょに来ないか』

「は？　なに言ってんの。行くわけないじゃん」

そんなことを自分に持ちかけること自体おかしい、と、にべもなく断ったら、忍はあっさり「だよな」と答えた。

『あの人を連れてきたこと怒ってるのか？』

「別に」

怒っていると言うのも悔しい。藤枝に対しては無視と無関心を通すと心に決めている。無量がどれだけ父親に根深い恨みを抱いているかは、忍が誰よりもよくわかっているはずだ。

『気持ちはわかるけど、おまえも来たほうがいい』

忍の返事に驚いた。ちょっと何を言われたのか分からなかったくらいだ。

「いやいや、俺があいつのことどう思ってるか、わかってるよね。なのに、なんで？

なんでそんなこと言えんの？」

『それはそれ。これはこれだ。おまえはあの土偶の出土に関わった』

「俺がわざわざ行く必要ある？　ミゲル見たでしょ。変な影響受けたくないし」

『奥戸来《おくへらい》文書がこわいのか？』

「は？　こわくねーし」

『いくら怪しくても実際その古文書のとおりに出土した以上、無視もできない。だったら、エキスパートである藤枝氏の見解を聞いておいたほうがいいんじゃないのか』

藤枝は文献史料の専門家だ。実物を見れば、それがどういう素性の古文書なのかも、判断がつく。

『無量は無量で、発掘のエキスパートとしての意見を言えばいい』

「そういうのは師匠のほうが適任じゃない？　それか工藤《くどう》さんでも」

『調査員さんはだめだ。調査の雑音になる。でも無量は調査の正式メンバーでもないし、自由に物が言える』

忍の言うとおりだが、正直なところ、手倉森にも藤枝にも、厄介な連中には総じて関わりたくないのだ。

――尻尾を巻いて逃げるのか？

心の中の藤枝に挑発されて、無量は一瞬うろたえた。

誰が逃げるか。勘違いするな。

——我々が導いてやらなければ、出てきた遺物の正体もわからんくせに。

「…………」

人を小馬鹿にしたような藤枝の目つきがありありと浮かぶ。無量はそれをかき消すように、濡《ぬ》れた髪をタオルでガシガシ拭《ふ》くと、半ばやけっぱちになって、

「行きゃいいんだろ。行きゃ」

『それでこそカメケンのエースディガー。俺たちの無量だ』

忍はひとを乗せるのがうまい。またしても乗せられた無量は、うらめしそうにスマホ画面の「温泉アイコン」を見下ろした。

*

無量親子を同じ車に乗せるということがはなはだ無謀な沙汰《さた》であることは、忍もあらかじめ十分覚悟していたが——。

……これはひどい。

ハンドルを握る忍は、あまりの空気の重さに閉口してしまった。

助手席には無量、後部座席には藤枝。この救いがたいほど険悪な親子に挟まれて、さすがの忍も同行を提案したことを後悔した。せめて空気の和らげ役で萌絵《もえ》かさくらにいてほしかったが、萌絵は「赤い土偶」の調査で恐山へ、さくらは黒川沙里《くろかわさり》の案内でミゲ

ルと共に種差海岸《たねさし》へ遊びに行く約束をしてしまい、ついてきてもらえなかった。

気を遣ってふたりに話しかけるのだが、無量と藤枝の間で会話が生まれることは絶望的に皆無で沈黙ばかりが続く。まあ、狭い車内で罵《のの》り合いをされるよりはマシだが。

無量は同じ空気を吸っているのも耐えがたいとばかりに窓まで開けている。

「ヒバの香りがするな」

と藤枝が呟《つぶや》いた。忍がすかさず反応して、

「ああ、風に爽《さわ》やかな木の香りがしますね。あれが有名な青森ヒバか」

「樹木の先が槍《やり》のように尖《とが》っているだろう。ヒバの特徴だ」

このあたりの山林のシルエットがどこかトゲトゲしていることは、無量も気づいていて、なんでだろう、とは思っていた。そうか、ヒバの林だったのか。この土地に漂う、思わず深呼吸したくなるような清々《すがすが》しい香りの正体を知り、ちょっと腑《ふ》に落ちた。

「藤枝教授は、新郷村のキリストの墓伝説はご存じですか」

忍が話を振ると「知っている」と答えが返ってきた。

「だが〝伝説〟と呼ぶのは誤りだ。昭和に生まれた〝湧説《ようせつ》〟だ。神道家の竹内巨麿《たけうちきよまろ》なる者が、昔からあった〝名もなき塚〟を、勝手にキリストの墓などと呼び始めたことに端を発する。真偽を問うのも馬鹿馬鹿しい捏造《ねつぞう》史跡だ」

無量は聞いていないフリをする。藤枝は一度話し出すと立て板に水で、

「尤《もっと》も戦前は、天皇を神と崇《あが》めるために国家自身が、ありもしなかった宮跡や実在した

かどうかもわからん天皇の陵墓を捏造したくらいだからな。国体思想で国民を煽動《せんどう》するため、神話と現実を無理矢理結びつけようと肇国《ちょうこく》遺跡を国家が自らでっちあげた。キリストの墓の捏造など、かわいいもんだとも言える」

毒舌の切れ味は相変わらずで、歯に衣《きぬ》着せぬ物言いは容赦ない。

この物言いで、権威ある研究者の学説をいくつも葬ってきた。

「まあ、それを言うなら竹内巨麿が見つけたという竹内文書なる怪しい文献も、所詮《しょせん》は天皇崇拝から生まれた〝時代の徒花《あだばな》〟だがな」

「は？　天皇がキリストとどう関係あんだよ」

思わず無量が口を挟んでしまった。すぐに我に返って「しまった」と口を塞《ふさ》いだが、藤枝は気にもかけず、

「おおいに関係があるぞ。戦前の日本において、天皇は万世一系、何千年も何万年も前から世界を統べてきた神の一族である、という妄想にとりつかれた軍人や政治家は大勢いた。竹内文書なんてものを成立させたのも、それら天皇崇拝者の願望だ。怪しげな神代文字を用いて『隠された歴史の真実を記した書物』が発見された、というていで、崇拝者たちに都合のいい荒唐無稽《こうとうむけい》な歴史観を主張した。日本の天皇家は世界最古にして最高の神の一族である。あのキリストやマホメットでさえも、天皇が統べる日本にやってきて、彼らの教えに傾倒し、そこからキリスト教やイスラム教を生み出したというあらすじだ。つまり、壮大なマウントだな。世界に大きな力と影響力を持つキリスト教やイ

スラム教より、日本の天皇が上であるという」

　さすがの無量も絶句してしまった。

「大の大人がそんなことのために……？　むちゃくちゃにもほどがあるでしょ」

「そのむちゃくちゃがまかり通った時代だったということだ」

　藤枝は腕組みをしてフロントガラスを見つめ、

「……磔《はりつけ》にされたのはキリストの弟だと？　〝イエスは人間の罪を背負って磔刑《たっけい》に処され、復活した〟のだ。それを『実は弟でした』だと？　キリストの教えの神髄は、一連の受難物語にこそ存在するのだ。イエス・キリストという男が死んだから、今のキリスト教があるのだ。それを『身代わりでした』だと？　あまりにも馬鹿にした話ではないか。義経《よしつね》とはわけがちがうんだぞ。バチカンなんぞは極東の片田舎者がほざいた取るに足らない戯言《ざれごと》と思って相手にもしていないようだが、熱心な信徒の中には信仰に対する冒瀆《ぼうとく》だと感じる者だっているはずだ。……もっといえば、当時、大陸で反ユダヤ主義に染まった連中も竹内文書に飛びついた。ヨーロッパではユダヤ人の脅威が誇張され、ナチスを始めとする反ユダヤ主義者が不審を膨らませた時代、日本もまたユダヤの脅威にさらされていると信じ込んだ日本人がいた。天皇という世界唯一最高神は、それらの脅威に打ち勝ち、天皇こそが世界平和と繁栄をもたらすのだと信じた。そういう過激で狂信的な連中を増長させる装置にもなった」

　ハンドルを握る忍も黙り込んでいる。無量も少し圧倒されて真顔になった。

工藤が口ごもっていた理由を、ようやく察することができたからだ。

「天皇を盲信した連中が遺《のこ》した〝大日本帝国の徒花《あだばな》〟が、現代になって過疎の村の観光資源になっているというのは、皮肉なものだな」

無量は「キリストの墓」にモヤモヤした理由がわかってきた気がした。そういう時代背景は、観光案内の看板には記されていなかった。

「なら、竹内文書ってのは、やっぱり」

「いわゆる、偽書だな」

と藤枝が言った。

「偽書とは、誰かにとって都合のいい歴史を捏造するために生み出される。神代文字なる怪しげな文字で神秘主義者の心をくすぐり、ありえもしない物語を事実だと主張する」

「忍もソレ知ってたの？」

と水を向けられ、忍は「まあね」と苦々しく答えた。

「竹内文書が偽書なのは疑いの余地もないが、そこに描かれた超古代史があまりに荒唐無稽で面白いから、オカルト界隈《かいわい》では今でもちょいちょい取り上げられてるんだ」

そうなることで、何が起こるのか。

取り上げるたびに一定数の信じる人が出る。

考古学的に全くその痕跡《こんせき》がないという事実を無視して、信じ込んでしまう。

「偽書の内容を虚構として楽しむ分にはいいけど、かたくなに信じてムキになったり、『その可能性はゼロじゃない』と擁護して真偽を曖昧《あいまい》にしてしまったり。陰謀論なんかもそうだけど、そういう人たちは『世間がまともにとりあげないのは、隠さなきゃいけないほど都合の悪い真実だからだ』なんて解釈して逆に信じ込んでしまう。挙げ句、『皆が気づいてないことに自分は気づいてる』と気持ちよくなって、もっともっと自尊心を満たそうとして深みにはまっていく。……まあ、このせちがらい世の中で、何か常識を超えた秘密に心を奪われたい気持ちも分かるけどね。魅了される説だからこそ、研究者がいくら相手にしていなくても、信じたがる人々の間で脈々と生き続けるんだよ」

「そういう無責任な連中の持ち上げが、偽書をのさばらせるのだ」

と藤枝は侮蔑《ぶべつ》するように言い捨てた。

「まるでしぶとい雑草だ。根が断てん。何を『真実』だと信じるかは個人の自由だが、偽史に入れ込むあまり、歴史学の場にまで持ち込まれるのは迷惑千万だ。素人が思いつきで書いた作り話でも、知識が浅くて判断できない大衆は、もっともらしく言われたらすぐに騙《だま》される。オカルトと思って大目に見ていると、いつのまにか『事実』にされてしまう。だから誰かがはっきりと、これは偽史だと断言してやらなければならないのだ」

「………」

「いいか、君たち。偽書を作るのは簡単なのだ。それを反証する労力のほうが遙《はる》かに大きいのだ。根拠の浅い盲信で研究者の足を引っ張る輩《やから》は、研究という鉄火場がまるでわからんのだ」

尊大な物言いばかりの藤枝が珍しく無量の前で感情をあらわにする。藤枝の人間性は信用しかねるが、少なくとも歴史学という場においてだけは、この男が紛れもなく戦っていることは無量にも伝わる。

「歴史学者にとって歴史との戦いは偽書との戦いだった。己《おのれ》が用いる史料の真贋《しんがん》を見極められず赤っ恥をかいた者も大勢いる。まともな学者にとって偽書を真に受けることほど、屈辱的なものはない」

だが、偽書に皆が騙されたまま何十年も経ち、それが歴史の常識になってしまうこともある。あるいは古文書を作った当人の意図とは別に、学者が勝手に「事実」と思い込んでしまうこともある。史料の真贋を見極めるのは、至難なのだ。

「研究者は史料にあたり、先行研究にあたり、論文を書き、発表し、批判され、反論し、議論して議論して議論して、ようやくひとつかみの真実らしきものにたどり着く。それですら絶対的事実だと断定されることは永遠にない。だからこそ我々は史料の見極めに学者生命をかける。己の名をかけた格闘を抜きにして、我々は過去の『事実』を追究することすらかなわんのだ」

やけに熱のこもった藤枝の言葉に、無量は思わず聞き入ってしまっていた。

真贋を見極めることが大前提である歴史学者にとって、自分の都合のいいように歴史を捏造する人間は、最悪の敵だ。唾棄《だき》に値する存在なのだ。

そんな藤枝の前で、義父・西原瑛一朗がしでかしたことは、まさに「歴史の捏造」だ。最も恥ずべき行為を、妻の父親がしでかしたのだ。

無量は黙り込んだ。

そんな藤枝の胸中にまで思いが及んだことは、今まで一度もなかったからだ。

忍はハンドルを握る。こちらも無言だ。

車は一車線の国道を山に向けて走る。小さな集落のリンゴ畑は収穫に追われている。そんなのどかな風景と車内の空気には、あまりに落差があった。

でもさ、と無量が再び口を開いた。

「奥戸来文書とやらには『四百年前にキリストの墓を探してやってきた宣教師がいる』って書いてあったんだろ。それって竹内文書が出てくるずっと前の話じゃん？　下手すると、竹内文書には根拠となる史実があったって、証明することにならない？」

藤枝は押し黙っている。忍が代わりに、

「まあ、それをジャッジするために行くんだけどね」

こればかりは実物を見てみないことにはわからない。

どうなることとやら、だ。

無量は憂鬱《ゆううつ》だった。藤枝がこの調子で素人相手に容赦なく論破しまくるのが容易に想像できるので、気が重い。手倉森には言いたいことも多々あるけれど、目の前で一方的に言い負かされる姿を見るのは、他人事《ひとごと》ながらしんどい。

そうこうするうちに手倉森の家がある古沢《ふるさわ》地区に到着した。

*

山間《やまあい》にあるひなびた集落は気持ちのいい朝を迎えていた。

澄んだ空気には、ヒバ林が吐き出す爽《さわ》やかな香りが満ちていて、深呼吸すると肺が洗われたような気分になる。

木のてっぺんが尖《とが》ったヒバの木は、細いクリスマスツリーを思わせる。山林がすぐ背後に迫っていて決して開けた場所ではないが、森から差し込む木漏れ日がキラキラと輝いて眩《まぶ》しい。せせらぎの音にまぎれて鳥が鳴き交わし、無量の隣で忍も思わず胸いっぱい空気を吸い込んだ。

「気持ちのいいところだな。このまま森林浴できそうだ」

手倉森家はこの辺りで古くから林業をしてきたという。

雪にも強そうな平屋建ての母屋と蔵が立っている。少し前までは林業を営む家が多かったが、後継者不足に木材価格の下落が追い打ちとなり、廃業する者も少なくない。

無量が忍と藤枝を紹介すると、手倉森はちょっと尻込《しりご》みしたようだった。一発掘作業員に大学教授がついてくるとは思わなかったのだろう。

「なんでまた筑紫大学の教授ほどのひとが？」

――父親です。

などとは無量は口が裂けても言わない。藤枝も特に間柄には触れず「たまたま鍛冶《かじ》に会いに来て話を聞いた」と説明しただけだった。

ひとかどの大学教授から関心を持たれ、悪い気はしなかったのか、手倉森はどこか勿《もっ》体《たい》ぶって、

「何分にも貴重な古文書で、誰にでも見せるもんじゃないのですが、せっかくこんな山奥までご足労いただいたことですし、見てってください」

広い玄関からあがると、青森ヒバの無垢《むく》材でできた床板がなめらかで、足裏の感触も気持ちがいい。家人は外出中とかで家の中はひっそりとしていた。

「ミゲルから話は聞きました。キリスト教の起源は十字形土偶で、四千年前からこちらで祀《まつ》っているというのは本当ですか」

「〝おじゅうじさま〟のことだね。見るかい」

連れていかれたのは一見、仏間のようだった。神棚と仏壇の間の壁際に黒い観音開きの扉がついた洋箪笥《ようだんす》のようなものが置かれている。周りは正月飾りを思わせる造花で飾られ、柱には謎めいた切り紙がたくさん吊《つ》り下げられている。天井は煤《すす》で真っ黒になり、香を焚《た》いた名残のような匂いが漂う。金銀メッキの燭台《しょくだい》や杯、供物の酒や菓子箱が並んでいた。

「これがこの集落で祀られてきた〝おじゅうじさま〟だ」

手倉森が観音開きの扉を開けると、正面に、人の形をした板状のものが立っているのが目に飛び込んできた。

クッキー人形のようなそれは、両腕を広げた十字のポーズをしており、顔は逆三角形で、丸い目とぽかんと開けた口がついている。体には、乳房とへそとみられる三つの突起があり、体のふちにそって縄状のものを押しつけて跡を付けた飾りがされていた。

「板状土偶《ばんじょうどぐう》……」

東北周辺でよく出土するタイプのものだ。

手足はほとんど省略されて、太い十字形をしている。しかも、その板状土偶が特殊なのは、何か赤い塗料が塗られていることだ。赤い板状土偶だ。

肩からはキラキラ光る輪袈裟《わげさ》のようなものをかけられ、花で飾り立てられていた。

「これが〝おじゅうじさま〟すか。出土した土偶をご神体にしたんすか」

ちがう、と手倉森は即答した。

「出土したものなどではない。これは四千年以上前から当集落で祀られてきた特別なご神体だ」

無量は忍と顔を見合わせてしまう。

「四千年以上前から……ですか」

「これが東北古代文明の神の姿だ。唯一創造神である〝おじゅうじさま〟の御光力が宿った拠《よ》り所、宇宙の真理そのものを表した神聖なる御真影である。古代天皇家は我々の〝おじゅうじさま〟の御真力を仰いでこれに仕え、万世一系の祭祀者《さいし》として日本を治める力を得た。キリストも今から二千年前、この那無武《なんぶ》の地にやってきて〝おじゅうじさま〟に帰依して悟りを得た。起源はすべてこの地にあるのだ」

無量も忍もさすがにドン引きだ。

「後にキリストは海の向こうの故郷へ帰り、おじゅうじさまの教えを広めた。時の王から迫害を受け処刑されたが、その遺言により、ご聖骨は戸来王のもとに戻され、あの墓が作られたのだ。それらの経緯を詳しく記したものが、奥戸来文書である」

〝おじゅうじさま〟信仰は長年、里の外には秘されてきた。あまりに大きな神威ゆえに迫害を受けたため、隠れ念仏のような形で時の権力者の目を逃れながら、ひそかに祀られてきたのだという。

祭主は、時におじゅうじさまからの託宣や占いも請け負う。

「うちの集落では子供の頃にこういうものを授けられる」

手倉森が袱紗《ふくさ》から取り出したのは、手のひらに収まるほどの小さな十字形土偶だ。

「これは〝おしるし〟だ。この集落で生まれた赤ん坊は、額に朱墨で十字を描いて〝おじゅうじ講〟の一員となり、それぞれに〝おしるし〟をひとつずつ、肌身離さず持つことになる」

無量は既視感を覚えた。こんな感じのもの、どこかで見たような覚えがある。

同じ部屋に神棚も仏壇もあるところを見ると、排他的な一神教ではなさそうだ。神も仏も共存しながら独自の土俗神を祀ってきた。そんなふうに見えるが。

「四千年前というと縄文時代じゃないすか。そんな太古からこの土偶をご本尊にしてたんですか」

「日本で最も古い信仰だ。我が手倉森一族が祭祀を務めてきた」

縄文時代から続く家系など、聞いたこともないし、想像すらつかない。文字も見つかっていない時代だ。どんな言葉を話していたのかすらわからない時代から「家」として存続してきたというのは無理がありすぎて、にわかには信じかねる。

「何か系図のようなものは残っていますか」

忍が迫ると、手倉森は「あるにはある」と答えた。

「祖先は、神火根子那無武比売命《かむびねこなんぶひめのみこと》。だが、平安時代より前の家系図は安倍貞任《あべのさだとう》によって廃棄された」

前九年の役で有名なあの安倍貞任か。安倍一族といえば、古代蝦夷《えぞ》で大きな勢力を誇った名門だ。

「なぜ、廃棄させたんです」

「安倍との戦いで敗れたのだ。許されて家臣に取り立てられたが、家系を白紙に戻すことが条件だった。那無武王朝の末裔《まつえい》を取り込みながら、同時に氏族としての勢力を解体するためでしょうな」

「しかし系図もないのに、なぜ、四千年前からと言い切れるのですか」

「奥戸来文書の巻之一、二にあたる『戸来郷古神誌《へらいごうこしんし》』にそう記してある」

忍は「戸来郷古神誌？」と聞き返す。手倉森は誇らしげに、

「古代那無武王朝の盛衰を記した秘伝の書だ。約七千年以上前から、青森・岩手・秋田にまたがる十和田湖周辺で栄えた縄文王国の子孫が築いた。その都は大湯にあり、十和田の噴火で壊滅したが、逃れてきた子孫がこの三戸郡周辺に再興したのが、那無武王朝だ。女系の王朝で、巫覡《ふげき》の能力を持つ女の王が代々治めていた」

手倉森は戸棚から一冊の本を取り出し、無量たちの前に置いた。昨日ミゲルが持っていた本だ。手倉森が地元で自費出版したという。

「『戸来郷古神誌』の内容を一般向けにわかりやすくまとめた。ぜひ読んでみてくれ」

そんなやりとりを、藤枝は黙って聞いている。

藤枝の性分からすると、聞くだに暴れ出しそうな内容なのに、やけにおとなしくて気味が悪い。耐えるでもなく侮蔑《ぶべつ》するでもない。冷静に値踏みするような涼しい目つきで、反論もせず聞いている。

その藤枝がようやく口を開いた。

「奥戸来文書は、いつどこで見つかったんですか」

「発見されたのは、十年ほど前だ」

「十年前？　そんな最近なんですか」

「同じ集落に、家主が絶えた古い民家があり、雪の重さで潰《つぶ》れて道路を塞《ふさ》ぐようになったため、解体することになった。骨董品《こっとうひん》を解体費用の足しにしようと、家捜《やさが》ししていた時に偶然、屋根裏で古い箱が見つかった。その中に入っていた」

藤枝は、やけに紳士的な口調で、

「あなたが見つけたんですか」

「見つけたのは家主の親戚《しんせき》だったが、引き取りを拒んだもんだから、私が預かることになった。解読してみて、大変なもんだとわかったんだよ」

「専門家には見せましたか」

「ああ、五戸《ごのへ》で郷土史を研究してる人にみてもらった。本物に間違いないとわかって、一緒に解読したんだよ」

「その郷土史家というのは？」

「朝霞孝三《あさかこうぞう》先生だ。高校教諭で、昔、南部《なんぶ》大学で講師もしていたという」

藤枝が目を見開いたのを、無量たちは見逃さない。

その名を聞いて、表情が強《こわ》ばったように見えた。

「………。その古文書、私にも見せてもらえますか」

手倉森が奥から古文書を入れた木箱を運んできた。抱えるほどの大きさの箱には「青森りんご」と書いてある。昭和のりんご農家が扱っていた木箱のようだ。

奥戸来文書とは、数種の古文書の総称だという。古文書セットの名であって、それぞれの本にも名がついている。

撮影は禁じられたが、書き写すのは許可された。藤枝は古文書の料紙を傷めないようよく洗って清潔を保った素手で、座卓の上に並べ始める。和綴《わと》じに製本された古文書は全部で十二冊出てきた。ところどころに虫食い跡があり、茶褐色に焼けた和紙には墨書きで「巻之一　戸来郷古神誌」と表書きされている。

「この古文書自体は江戸時代、享保《きょうほう》年間に書かれた写しだと裏書きがある。赤い〝きりすと土偶〟のことも、ここに」

手倉森がしおりをはさんだところを開いた。

「〝きりすと土偶とは、戸来の王がきりすとに下賜した那無武王朝のおじゅうじさまを指すものなり。王朝は赤を神聖な色となし、板状のおじゅうじさまは民草が祀《まつ》るものにて数多し。きりすと土偶は神殿で祀られし格別なる『朱漆の神像』なり〟――と書いてあります」

「朱漆って……って、そんなことまで書いてあったんすか」

出土した大型土偶にも朱漆が塗られていた。

その古文書には「朱漆」であることまで明記されている。

「図もある。これだ」

それを見た無量は息を呑《の》んだ。

古文書に描かれていたのは、出土した「赤い大型土偶」そっくりそのままだったのだ。

さすがの無量もこれには言葉を失った。土偶は間違いなく四千年前の土層から出てきた。その土偶と同じものがはっきりと描かれている……!

「きりすとのことも書いてあるぞ。〝きりすとは那無武歴二〇五一年に戸来王に謁見していたく気に入られ、学士として十年留《とど》まりたるが、故郷の地に帰りておじゅうじさまを祀るとの誓いを立て、これに応じた戸来王が朱漆製の特別なご神体を授けたり。以来、朱漆の土偶はきりすと土偶と呼ばれ、高貴なご神体として戸来王族の墓に埋められたり。その墓には環状に石を敷き詰めたり〟と」

「ストーンサークルのことっすか」

東戸来遺跡からは環状列石が出ている。

「王様の墓だったと?」

「そう、あの環状列石だ。つまり、この書物の記述は事実であるという証拠だ」

無量は絶句してしまった。確かに古文書の記述通りに環状列石から赤い漆塗り土偶は出土した。

やはりこれは、四千年前の「事実」を記した書だというのか。

「写本とのことだが、原本が書かれたのは?」

と藤枝が訊《たず》ねると、手倉森が、

「大本となった書が記されたのは二千年前ですな。それを神代文字から漢語に直したものが原本になります」

「その原本は今どこに」

「永禄《えいろく》の頃、神社の火事で焼けたと。写しを写して伝わったのでしょうな」

藤枝は沈黙してから「そうですか」というと、また文面に目を落とした。

外が騒がしくなってきたのは、それから数分後のことだ。車が数台やってくる音がして「ごめんください」と男性の声がした。手倉森が出ていくと、玄関先で数名と挨拶《あいさつ》する声が聞こえ、何やら賑《にぎ》やかになってきたではないか。やがて、襖《ふすま》の向こうから手倉森が顔をのぞかせ、

「すみません。いまちょうど、前の村議の新山《にいやま》先生がおいでになって、ぜひ藤枝先生にご挨拶をしたいとのことです。よろしいですか？」

現れたのは、顔の大きな恰幅《かっぷく》のいい年配男性だ。

「はじめまして。村議会で議長をしておりました新山基治《もとはる》と申します。はるばる筑紫大学から高名な教授がお見えになったと聞きまして」

無量と忍はお供の学生にでも見えたのか、全く見向きもせず、藤枝のほうに膝《ひざ》を進めてきて頭を下げる。

「奥戸来文書にご関心がおありだと聞きました。いやあ、さすがが目の付け所が素晴らしい。あまりに衝撃的な内容ですので、えらい先生方にはなかなか真正面から取り上げてもらえないのですが、先日、村内にある発掘中の遺跡からこの文書に記された〝きりすと土偶〟が見つかりまして、我々も『どうだ、みたか』と大喜びしたところです。この

大発見により、東北の歴史は塗り替えられるかもしれません。縄文時代に生まれた日本最古の王朝が、この三戸郡にあったのです。奥戸来文書はこの地域に埋もれていた真の歴史をつまびらかにしてくれました。きりすと土偶の発見で那無武王朝の解明が大きく前進することでしょう。ご高名な歴史学者である藤枝教授《せんせい》にはぜひ謎の解明にお力添えを願いたく。これを起爆剤に村をあげて盛り上げていく所存です。那無武王朝ゆかりの史跡はいずれ観光の目玉になるでしょう。マスコミも押しかけ、全国から注目を浴びるはず」

口をはさませず、選挙演説のように一気にまくしたてると「くれぐれもよろしく」と強引に固い握手をして、去ってしまった。手倉森は誇らしげに、

「これから祈禱《きとう》を行うので、奥が少し騒がしくなると思いますが、どうぞゆっくり閲覧を」

意気揚々と言うと、襖の向こうに消えた。無量はぽかんとしている。

「なんだ、いまの」

「まいったな。元議員まで巻き込んでるとは……」

忍も苦々しい表情だ。藤枝は「くだらん」と一蹴《いっしゅう》し、墨書きの文章を目で追いながら、

「いいから、君たちは黙って私が指示する頁を書き写せ」

まるで助手扱いだ。

「んなこと言ったって読めねえし」

「発掘を生業《なりわい》にしてるくせにくずし字も読めないのか。一体何を勉強してきた」

「つか発掘には必要ないんすけど」

「馬鹿を言うな。出土遺物には墨書土器や漆紙文書《うるしがみもんじょ》だってあるだろう。どれだけ怠惰なのだ。その程度の知識でよくもこの私に大口をたたけたもんだな」

「はあ？　あんたに言われる筋合いねえし！」

忍が止めに入ると、隣の座敷から奇妙な歌声が聞こえてきた。祈禱が始まったらしい。祝詞《のりと》とも経文とも和讃《わさん》ともつかない不思議な節回しだ。太鼓を打ち鳴らしながら、長音を重ねる節回しで祭文を唱える。どこかアイヌ民謡を思わせる。何が行われているのか、気になった無量と忍が背後の襖を細く開けて隣の部屋を覗《のぞ》いた。〝おじゅうじさま〟の土偶の前で村の人たちが頭《こうべ》を垂れている。年配女性らしき巫女《みこ》が、祭文を唱えている。

集落であの土偶が長く祀られていたというのは、本当のようだ。

まさか、と無量は戦慄《せんりつ》した。

あの十字形板状土偶は本当に四千年前から延々と祀られてきたというのか。

あのひとたちは縄文時代の祈禱をそのまま受け継いでいる？

〝きりすと土偶〟は、本当に縄文時代に王朝が存在したことを証明する遺物だというのか？

＊

手倉森家を後にしたのは、もう日が傾く頃だった。

帰りの車の中で、無量は押し黙っている。

ミゲルが興奮していた理由がよくわかった。キリストの話は明らかに怪しいし、内容自体信じられないが、少なくとも、約四千年前に東戸来にある環状列石に朱漆の大型土偶が埋められたことは「事実」だ。

キリストが本当に日本に来るわけがない。だが、その古文書には朱漆塗りの土偶を埋めたという四千年前の「事実」が書いてある。

滔々《とうとう》と語る手倉森の言葉に酩酊《めいてい》させられているうちに、無量には何が本当で何が作り事か、だんだんわからなくなってしまった。あそこに書かれた全てが真実ではないにしても、いくらかの事実は含まれているのではないか。二千年前に書かれたというのも事実かもしれない。四千年前から続く那無武王朝は実在していたのかもしれない。常識に固められていたのはこちらだとしたら。もしかしたら、あのキリストの墓も……。

「まさか、あんなものが存在していようとはな」

藤枝が途方に暮れたような声で呟《つぶや》いたものだから、無量は思わず振り返った。

「あの古文書、やっぱ本物だったのか？」

「……。なぜそう思う」

「戸来の環状列石に〈きりすと土偶〉を埋めたことが書いてあった。四千年前なら包含層とも一致する。偽造《ぎぞう》した後世の人間にはわからない内容だろ」

するると、藤枝は鼻で笑い飛ばした。

「ばかを言うな。偽物だ」

「えっ」

「後世の人間が創作した偽史だ。あの巻は紛れもない偽書だ」

断言できるんですか、とハンドルを握る忍が問いかけた。

「あの古文書は写本だと言ってました。原本があった、というのは嘘だと？」

「巻之一と二に限って言えば、真っ赤な嘘だろう」

「那無武王朝はなかったっていうのか？　言い切れるのか？」

無量はついムキになって言い返した。

「確かに荒唐無稽《こうとうむけい》だけど、お隣の中国にだって四千年前に王権と呼べるものが存在できたんだ。日本にはなかったって断言できんのかよ。大体、史料のない時代のこと、あんたに批判できんのか」

「そんなもの考古学の知識があれば十分できるさ。むしろ、なぜおまえができないんだ」

無量は「うっ」と言葉を詰まらせた。

「あの史料を批判していいのか？　長くなるぞ。——まず四千年前の東アジアの状況を述べる前に十和田噴火の前にあった縄文王権の可否だが、同時代の大陸において、黄河流域と長江《ちょうこう》流域の遺跡から発見された磨製石器の特徴からは——」

などと言い出し、藤枝が古文書の内容を一から批判しはじめたので、忍も無量もうろたえた。おびただしい知識で反証を挙げていく口はよどみない。この頭のどこにこれだけの情報が詰まっているのかと、驚嘆してしまうほど、様々な学説や文献を挙げて見解を述べていく。そもそも「那無武」の元にしたらしい「南部」という地方名の由来は南部氏という氏族で、南部氏の祖は甲斐《かい》の出身、東北にやってきたのは室町時代の建武《けんむ》の新政で北奥《きたおう》羽奉行に任命された時であることは明らかなこと。縄文遺跡からは王権の存在を証明する遺物や遺構は一切出ていないこと……など具体的な事例付きで論じていく。無量などは聞いているだけで耳から溺《おぼ》れそうだ。何時間かかるかわからなくなったため、忍が途中で止めに入った。

「も、もう結構です。那無武王朝説もキリスト来日説も、素人の思いつきだということがよーくわかりました」

「『戸来郷古神誌』は下手くそな三流創作だ。ただ残りはおそらく真書だ」

「えっ。他の巻は本物なんですか」

「巧妙にも、偽書を真書に紛れ込ませてある」

藤枝は見破っていた。

「つまり、創作したのは江戸時代の人間だと？」

「ちがうな。巻之一、二にあたる『戸来郷古神誌』は紙が新しく、書体と言葉遣いにも違和感があった。享保年間の東北で書かれた文書とは思えん。巻之一と巻之二は現代の人間が捏造した偽物だ。キリスト来日のくだりは、おそらく竹内文書をベースに創作したのだろう」

　藤枝がはっきり言い切ったので、無量と忍は不思議そうな顔をした。

「でも、そこそこ古いものに見えました。紙の焼け具合もくずし字も」

「そんなものはいくらでも偽装できる。映画やドラマの小道具と作り方は同じだ。紙を乾燥させ汚しも入れて、古紙に見せかける方法はいくらでもある。『東日流外三郡誌《つがるそとさんぐんし》』を知っているか」

「つがる……さんぐん……。なんすかソレ」

「戦後間もない頃、青森県五所川原《ごしょがわら》市の農家の屋根裏から〝突然落ちてきた〟秘密の古文書群――とされるものの名だ。門外不出・口外無用の秘伝の書であり、そこには津軽にかつて強大な古代王朝が存在した、という驚愕《きょうがく》の内容が記されていた」

「古代王朝……」

「しかも村がこれを公的な歴史資料として発表してしまった。地元は大いに熱狂し、興味を寄せる作家や歴史家も現れた。津軽という辺境の地にまつろわぬ民の王国があった、という内容はエキサイティングでロマンに満ちていたからだ。『古事記《こじき》』『日本書紀《にほんしょき》』より古い文献——超古代史がブームだった頃で、出版社から出された本も売れに売れ、歴史業界を席巻したものだ。だが、発見者を相手に訴訟を起こした者がいた。自分が提供した全く関係のない資料が、その古文書に使われている、と」

「……まさか発見者自身が、それを？」

藤枝は説明するのも腹立たしいのか。苦々しく、うなずいた。

「提訴をきっかけに新聞が偽書であるとスクープし、それに呼応して今まで疑っていた人々も声をあげ、歴史家たちも真偽を暴こうと立ち上がった。擁護派と偽書派がぶつかり、躍起になり、しばらくその話題でもちきりになった」

人々の間で『東日流外三郡誌《つがるそとさんぐんし》』がもてはやされた理由も、辺境の地に「中央をしのぐほどの強大な王朝があった」という点にある。東北人のアイデンティティーを刺激するには十分で、手垢《てあか》のついた「既存の日本史」に飽きていた人々には新たな世界が開けたような興奮もあっただろう。そうだったならいい、そうであってほしい、と願う人々の心を鷲《わし》づかみした。

「ただその中身がいけなかった。言葉遣いも体裁もなってなく、とても史料として扱えるレベルではなかったし、江戸時代の人間が書いたものですらなかった」

しかも、その『東日流外三郡誌』にはキリストの墓のことまで書かれていたという。

昭和の湧説《ようせつ》が「江戸時代に書かれた」とされる三郡誌に載っていたのだ。昭和の知識によって書かれた偽書であることは明らかで、無量たちも呆《あき》れるようなお粗末さだ。

「どうやら奥戸来文書とやらはこの『東日流外三郡誌』事件の模倣犯だな」

「模倣犯……ですか」

「ああ、やり口もそっくりだ。『空き家で見つかった江戸時代の古文書』『あくまで江戸時代に書かれた写し』……偽書の常套《じょうとう》手段まで踏襲している」

「一体だれが何のために」

わからん、と藤枝は答えた。

「ただ古文書としての体裁は三郡誌よりずっとまともだ。素人の仕業ではないな。少なくとも古文書に精通した者が関わっている」

「まさか手倉森さんが」

いや、と藤枝は首を振った。

「そこまでの専門家には見えなかった。読めはしても自分で書くレベルではない」

「なら、他の誰かが？」

藤枝も険しい顔を崩さない。横から忍が、

「朝霞《あさか》孝三――というのは、お知り合いですか」

奥戸来文書を検分したという郷土史家だ。

藤枝はなお黙っている。やがて眼鏡を指でツイとあげると、遠い記憶をたどるような目になった。

「……あまりいい思い出はない名だな」

かつて同じ大学院に通っていた二歳年上の院生だという。

「駆け出しの頃、朝霞が見つけてきたというある地方史料の整理を手伝ったことがある。北方貿易に関する非常にエキサイティングな史料で、未熟だった私は興奮のままに、それを用いた論文を意気揚々と発表したが、ほどなく偽書だったことが判明した」

無量も忍も耳を疑った。藤枝が偽書にだまされた？

「経験不足だった。四方八方からさんざん叩《たた》かれて撤回する論文を書かされ、私は研究者として大いに出遅れる羽目になった。真っ先に擁護してくれると信じていた朝霞は、その史料を一切使わず、別の史料で、私のものと同じ論旨の内容を書き上げて大いに評価された。私が袋だたきになったおかげで、奴は命拾いしたんだ」

エリートコースまっしぐらだった藤枝にそんな苦い過去があったとは……。

藤枝は夕暮れの山の稜線《りょうせん》を目でたどり、

「だが、その後はパッとしなかった。この十数年ほどは論文を発表したとも聞かず、消息すらわからなかったが、こんなところで名を聞こうとは」

複雑そうな表情をしている。常に尊大な態度で人を見下す藤枝が、こんな顔をするのを見たのは、忍も初めてだった。

「もしかして、その朝霞ってひとが『戸来郷古神誌』を書いたんじゃ」

無量が口にした疑惑に、藤枝は否とも応とも答えなかった。

車は八戸駅西口に着いた。藤枝はこのまま帰路に就くという。車から降りた藤枝に、忍が後ろに積んだスーツケースを引き渡した。

「とりあえず、奥戸来文書が発見された時の状況を調べてみます。親戚《しんせき》が立ち会ったと言っていたので、その人を探して話を聞いてみます」

「そうするといい。元村議会議員が土偶出土で舞い上がっていた。奥戸来文書で観光PRなんかされた日には目も当てられん。早めに止めてやった方が村のためだ」

去りかけた藤枝が足を止め「ひとつ気になることがある」と振り返った。

「奥戸来文書の巻之七とされている『三戸深秘録《さんのへじんぴろく》』。内容の裏をとれるか？」

それは古文書セットの後半部に納められていた文献だ。内容は、南部藩西北部に伝わる江戸時代の宗教逸話を集めたもので、藤枝もこれは「真書」とみなしていた。切支丹《きりしたん》のご禁制にまつわる話の中に、例の「キリストの墓を探してやってきた宣教師」に触れた一文があったのだ。ただ保存状態が悪く、虫食いなどによる文字の欠損も多かった。

藤枝が指摘したのは、

〝寛永《かんえい》□□月、戸来□二司祭来タレリ。此者基督《キリスト》之墓ヲ探シタル□ナルガ〟

という一文だ。書き写したノートにもそう記してある。

「キリストに〝基督〟の当て字が使われているところをみると、この文書の成立はまちがいなく明治以降だろう。この宣教師は実際にこの土地に来ていた可能性がある」

手倉森はその一文を「キリスト来日はバチカンも認める事実」である根拠のひとつに

挙げていた。

明治期だとすると、竹内文書より前の話だ。

「何を以《もっ》てキリストの墓がある、と言ったのか、そこを明確にする必要がある」

「わかりました。調べてみます」

「つか、赤い土偶が載ってたのは、どう説明すんだよ」

無量は車を降りようともしない。藤枝は突き放すように、

「そんなことは自分で考えろ」

「はあ？　なんで俺が」

「偽書だとわかっているものから、どうして『事実』がでてきたのか。おまえも発掘屋のはしくれなら自分で考えろ。この程度の答えも出せんようなら、宝物発掘師《トレジャー・ディガー》なんて異名はとっとと返上したほうがいいぞ。ここ掘れワンワンしか能がない犬も、犬なりに知恵を絞ってみることだな」

煽《あお》るだけ煽って、藤枝は駅へと去っていった。

無量は今にも塩を鷲摑《わしづか》みして撒《ま》きそうな勢いだ。忍は半分呆《あき》れている。少しは歩み寄りのきっかけになるかと思いきや、どうやらこれがこの親子なりのコミュニケーションの取り方なのかもしれない。

ただ、親子がそうなった原因を思うと幾ばくかの呵責《かしゃく》を覚えなくも無い。瑛一朗の捏《ねつ》造《ぞう》をリークしたのは父・悦史《えつし》だった。亡き父の顔を思い浮かべかけて、すぐに心の箱に

押し込めた。

「しかし、あの気位の高い藤枝教授にそんな過去があったとは……」

いくら駆け出しだったとは言え、偽書を見抜けなかった屈辱はいかばかりだったか。おそらく新史料発見の興奮に駆られ、先走りすぎたのだろう。若かった藤枝はその論文を発表した時は、偽書だと疑うことすらしなかったかもしれない。

ひとつの失敗でさんざん袋だたきにされた経験が、藤枝の反骨心を育てたのか。だから、人一倍、歴史捏造を憎んでいるのか。

家族を捨ててまで、妻の父・西原瑛一朗と縁を切ったのも、その時の屈辱と無縁であるとは思えない。

おそらく藤枝もまたヤケドを負ったのだ。捏造を心底憎む気持ちは無量も一緒だから、わかる。信頼する家族が歴史捏造などしでかしたら耐えがたい。嫌悪では済まない。必死で挫折《ざせつ》を乗り越えたなら、なおのこと、その苦労を踏みにじられたと感じるだろう。裏切られたと思うだろう。

藤枝の理由を垣間《かいま》見た気がして、無量もやり場の無い気持ちに駆られているのか、胸苦しそうな表情をしている。

＊

だが、おかげで無量は発奮した。

藤枝の挑発が効いた。何が何でも解明してやると、無量があまりに燃えているので、さくらとミゲルも手伝わされる羽目になった。尤《もっと》もミゲルは、

——俺は偽書やなかと思う。

と譲らない。ならそれを証明してみな、と発破をかけたら俄然《がぜん》張り切りだした。

奥戸来文書が発見された福士《ふくし》家の家人はすぐに判明した。八戸市内に住んでいるというので、連絡もとれた。館鼻岸壁《たてはながんぺき》朝市に店を出していると聞くと、無量と忍は早起きして早朝の八戸港に向かった。

八戸港と言えば、日本を代表する漁港のひとつだ。

太平洋《たいへいよう》に面した国際貿易港でもあり、青森県では最大の港だ。五つの地区があり、そのうちのひとつである館鼻岸壁では、毎週日曜日に朝市が立つ。

朝市の日は、まるでそこにひとつの街が現れたかのような賑《にぎ》わいになる。

岸壁に色とりどりのテントがずらりと並んで、新鮮な海産物からできたての惣菜《そうざい》までよりどりみどりだ。地元客だけでなく、八戸グルメを楽しめる観光スポットでもあり、テントの間を客がひしめきあうように往き来する様は、圧巻だ。昔ながらの背負いかごを担いだ人たちもいて、古き良き漁港の朝市の気分が味わえる。

奥戸来文書が発見された福士家の家人は、揚げ物の店を出していた。

繁盛していてなかなか近づくことができなかったので、無量と忍は朝ご飯がわりに詰

め放題の焼きそばを食べながら待つことにした。

揚げ物が売りきれたところを見計らって声をかけ、古文書の発見状況について訊《たず》ねてみた。

「伯父《おじ》さん家《ち》から出た古文書……？　ああ、あれかい」

福士家の分家筋だという中年男性は、家捜《や》しの時にも立ち会ったという。本家を取り壊す際に骨董《こっとう》品を売りに出すことになり、古物商に来てもらって鑑定をしてもらいながら家捜しをしていた。

「立ち会ったのはそのひとだけですか」

「ああ……もうひとり、いだね。地元の郷土史家のひとが」

無量と忍は同じ呼吸で互いを見た。郷土史家だと？

「その人、名前は」

「朝霞さんって言ったっけ」

無量たちは息を呑んだ。朝霞孝三だ。聞けば、古沢地区に伝わる〝おじゅうじさま〟に興味を持ち、調査をするため、集落の寄り合いにもよく顔を出して手倉森たちとも親交を深めていたという。

「古文書を見つけた時の状況は覚えてますか」

家捜しをしたのは主に蔵の中だった。江戸時代から続く旧家だったため、数多くの骨董品が納められていて、鑑定は丸二日がかりとなった。蔵からめぼしい骨董品を出し終えて、母屋のほうを見ていた時に、屋根裏にあがった朝霞が見つけたという。

「朝霞さんが？」

「んだ。屋根裏には使わなぐなった古い建具なんかを置いてたんだが、その中さ紛れ込んでたんだよ」

忍は不審に思い、

「なぜ、そんな大事なものが蔵の中でなく屋根裏にあったんでしょうか」

福士は首をかしげている。りんごの木箱のことを訊ねると、

「子供の頃よぐ見かけたやつだべなあ。秘伝の書だから隠したんじゃねえが？」

実は、蔵の中にもいくつか古文書があって中には江戸時代の帳簿のようなものもあったという。先祖は南部藩の御杣山《みそまやま》で材木を伐《き》りだしていたというので林業関係の帳簿は大量に保管してあったが、奥戸来文書だけ別に置かれていたのも奇妙だ。その存在は、家族は誰も知らなかったし、かろうじて亡くなった父親だけが知っていたかどうか。

「少なくとも昭和のりんご箱に入ってたわけだから」

父か祖父の代にはそれを見ている者がいるはずだ。だが誰も伝え聞いていない。

それ以上のことはわからなかった。

無量と忍は朝市で買った焼きイカと帆立を立ち食いしながら、港の沖合をぼんやり眺めた。漁船が横切っていく海は朝日に波が輝いて、ウミネコが大きな白い翼を広げて飛び交っている。

「……やっぱり、その朝霞って先生が怪しいんじゃない？」

「状況から見ると、確かにな」

朝霞が自分で制作した「奥戸来文書」を密《ひそ》かに屋根裏に持ち込んで、あたかも自分が発見したように見せかけた。そういう状況は十分あり得る。

「だとしても、やっぱり、謎なんだよなあ」

無量は船を係留するビットに座り込んで、串《くし》刺しにした焼きイカにかみついた。

「一体なんのためにあんな手の込んだ偽書なんか作ったりすんの？　動機が謎すぎ。竹内文書はわかりやすいよ。『俺らの推し最強』ってやつでしょ。それか、自分とこの宗教最強アピールか。『東日流《つがる》外三郡誌《そとさんぐんし》』のほうは『ボクが考えた最強の津軽史』かな」

「それこそ自費出版で出すやつだ。古文書として世に出したのが間違いだった」

「まあ、自分が作った虚構を本当にしたいって願望があったんだと思うけど。だとすると『戸来郷古神誌』もそういう動機かな」

そうだな、と忍も貝殻に載った焼き帆立にかみついた。じゅわっと旨《うま》みたっぷりの汁が口いっぱいにあふれた。

「偽書は大抵、何か自分が利益を得るために捏造するんだ。たとえば、土地のこととか金のこととか。系図なんかは一番わかりやすい」

「謎の王朝を作り出して得る利益？　なんだそれ」

無量は香ばしい焼きイカを嚙《か》みちぎる。

「やっぱ人寄せか。あの村議のおっさん、やる気満々だったじゃん」

あの後、新山元村議会議員をネットで調べてみたところ、すでに「戸来王の歴史を甦《よみがえ》らせる会」などという団体を作っていて奥戸来文書をもとにしたPRを画策しているようだった。

「確かに観光テーマにはもってこいだが、捏造はまずいだろ」

「キリストの墓だって観光名所にするくらいだよ？　ちょっと怪しいぐらいのほうが面白がって人が来るって学習しちゃったんじゃない？」

「そのために古文書をでっちあげるのはたちが悪いな。まだ小説やドラマのほうが、フィクションを掲げてる分、罪がない」

「もしかして、グルとか？」

だが、発見されたのは十年も前の話だ。

「土偶が出るのを待っていたとか」

「いくらなんでも気が長い話だな。それに古文書を捏造するやつは遺物も捏造するぞ」

無量は捏造という言葉に敏感だ。そんなことされてたまるか、と目を吊《つ》り上げる。

尤も遺物捏造のほうがはるかにハードルは高そうだが。

「問題は、赤い土偶が環状列石から実際に出土したことなんだよな……。偶然かもしれないけど、他にも似た出土事例があったってことは？」

そこは調べてみないとなんとも言えない。

「土偶が先に出土していたなら、その価値を高めるために古文書を偽造するってことも考えられる、この場合はいずれにしても古文書が先だ。まるで予言だな。偽書の作者が予言したかのようじゃないか」

焼き物に漆を施したものは「陶胎漆器」と呼ばれる。あの土偶はいわば、最古の「陶胎漆器」のひとつだ。

「手がかりは一個、あるよ」

萌絵が恐山のイタコの写真に見つけた「赤い土偶」。

その正体に何かこの偽書を作った理由が隠されているのかもしれない。

いろはの曾祖母《そうそぼ》のこともある。

「……恐山のイタコと、きりすと土偶……か。でも、どこにつながりがあるんだ？」

白い翼を広げたウミネコが停泊している漁船の舳先《へさき》に舞い降りてくる。

無量と忍は海風に吹かれて、ウミネコの声を聞いている。

第四章　死者に会える山

恐山までの道には「丁塚石」というものが建っている。

ふもとから一丁ごとに立てられた膝丈《ひざたけ》ほどの石には、恐山地蔵堂までの距離が彫られ、参拝者は丁塚石を数えながら、山への道を登っていくのだ。

ヒバと杉の山林の道をうねうねとあがり、車の中にまで硫黄《いおう》の香りが漂ってくると、視界が突然開け、美しい湖が現れる。三途《さんず》の川と呼ばれる赤い橋を過ぎたら、そこはもう霊場の入口だ。

間瀬《ませ》ミサヲのアルバム写真に写っていた「赤い土偶」。その所有者とみられるイタコの大垣《おおがき》タヅが、今も健在で、恐山にも時々来ていると聞きつけて、何はともあれ情報を求めてあがってみることにした。

入口の門をくぐると、のぼりが風に揺れている。柱のような巨大な卒塔婆《そとば》が並び立ち、その向こうは白い世界だ。あちこちから硫化水素が噴出しているため草木が生えず、剝《む》きだしの岩場となっている。荒涼とした景色はあの世を思わせる。

「ここが、かの有名な恐山……」

萌絵《もえ》が想像したようなおどろおどろしさは、ない。空が広くぽかんと開けて、開放感にあふれている。意外にも観光客が多く、団体が数組やってきていた。

今日は萌絵ひとりだ。いろはは曾祖母の容態が安定するまでと家に残った。

山門の手前には赤い屋根のお堂が建つ。そこが恐山菩提《ぼだい》寺の本堂だ。宗派は曹洞宗《そうとう》。意外なことに禅宗だった。山門をくぐった先の一番大きな建物が、本尊・地蔵菩薩《じぞうぼさつ》を祀《まつ》る地蔵殿だ。

「あれ？　看板が出てない」

本堂の隣には「無漏館《むろうかん》」という古い木造の建物がある。参拝者の休息所だ。

いろはの祖母・弘子《ひろこ》によれば、イタコの口寄せはその一室で行われているという。イタコは恐山の寺に属しているわけではなく、あくまで「場所を借りている」だけ、いわば出店のようなものだ。イタコが来ている時は無漏館の前に看板が出ると聞いたが、空振りのようだ。いつ来るかは寺も把握しておらず、連絡先もわからない。

「うーん、どうしたら」

せっかく来たからには、参拝だ。

本堂にあがった萌絵はギョッとした。

ご本尊のおわす須弥壇《しゅみだん》の両脇の壁には老若男女の遺影が並んでいる。そしておびただしい遺品だ。どれも参拝者から奉納されたものらしい。亡くなった人が生前着ていたとおぼしき衣類や履き物などが奉納されている。

その光景を見た萌絵はたちまち理解した。そう、この寺は生きている人間が願掛けをしたり、御利益を授かったりするような寺ではない。

ひたすら死者のための寺であることを。

思わず、背筋が伸びた。

亡くなった人はお山に行く。――その言葉が形になって目の前にある気がしたのだ。

薄暗い堂内には抹香の匂いに混じって、古い衣類特有の湿り気を帯びた匂いがする。中には新品の文房具や使い古された表札まである。壁に並ぶ遺影の見知らぬ死者たちから見下ろされ、溢《あふ》れる遺品に圧倒され、萌絵は少し怖くなった。どこの誰とも分からぬ死者の遺影と遺品に囲まれ、ただならぬ場所だと肌で感じ取ったのだ。

しめやかな堂内の空気に、誰かのお葬式に来た時のような気持ちになり、手を合わせ、堂内を見渡すとガラスケースに入ったたくさんの花嫁人形が並んでいる。

「花嫁人形？　人形供養？」

「いやいや。あれは、亡くなった人が娶《めと》る花嫁さんなんだよ」

振り返ると、寺男とおぼしき年配男性が掃除用具を片手に声をかけてきた。

「遺影が添えられてるでしょ。未婚で亡ぐなってしまった男の人に、家族がね、あの世で嫁さんを娶ってもらおうと花嫁人形を供えてくんだ」

冥婚《めいこん》というやつだ。地方によっては死者の婚礼を絵馬に描くところもあるが、青森のほうでは花嫁人形を供える。女性の死者にはウェディングドレスを供えていく遺族もあった。

「あれは全部遺品ですか？　すごい量ですね。衣類や履き物はどういう理由で？」

「あの世で着たり履いたりしてもらうためのもんだ。賽《さい》の河原はもう見てきた？」

さらっと言われてびっくりする。境内の岩場のことだとわかった。

「いえ、まだです」

「名前を書いた手ぬぐいが木の枝にいっぱいぶら下がってるがら。死んだ人に使ってもらうために遺族の人たちが持ってぐんだ」

萌絵が知っている供養という行いはお墓や仏壇の前でするものだが、ここは何かが違う。リアリティーがありすぎる。不躾《ぶしつけ》なくらい剝きだしになった「死者への思い」が、おびただしい「物」という形で現存し、これでもかこれでもかと迫ってくる。

「どっがら来だの？」

「東京からです」

「それはまた遠ぐから。ひとりで来たの？　イタコの口寄せ？」

「口寄せではないんですが、大垣タヅさんというイタコさんにお訊《たず》ねしたいことがあって。今日はいらしてないようで」

「土日は大抵来でるんだけどね」

「連絡を取ることはできないでしょうか」

「どっかさ電話番号があったような……。あっ、タヅさんの弟子なら来でるよ」

「お弟子さん？　イタコさん来てるんですか」

男性が「おーい、コーキ」と外へ声をかけると、地蔵像のそばにうずくまって風車を直していた作務衣《さむえ》の男性が振り返った。

萌絵は驚いた。二十歳そこその若者だ。中性的な柔らかい顔立ちをしている。唇がほんのり紅《あか》く、透明感のある白い肌が韓国アイドルみたいだと萌絵は思った。

「こちらのお嬢さんがタヅさんに訊《き》きてぇごどがあるんだと」

「えっ、カカ様にですか」

イタコの弟子というから女性かと思ったが、やっぱり男性だ。

「なんでしょう。口寄せでしたら今日は来てないので」

萌絵は慌てて名刺とスマホを取り出し、簡単な経緯を告げて、ミサヲのアルバム写真を画面に出した。

「こちらに写っている土偶らしきものについて調べています。昭和四十年代の写真なのですが、こちらの方、大垣さんではないかと」

「カカ様だ。若いなあ」

と無邪気に笑っている。弟子というが、何者だろう。

「この土偶はうちのカカ様のオシラサマですね」

「オシラサマ……。これが？」

一般的には木棒に着物を着せるのだが、土偶を使うとはユニークだ。

「どなたかが作ったのですか。それとも何かで手に入れたんでしょうか」

「さあ。古いものだとは聞いたけど」

やはり、大垣タヅ本人に訊いてみなければわからないようだ。

「大垣さんに直接お話を伺うことはできますか。少しの時間でいいんですけど」

「ちょっと待ってください」というと若者はスマホを取り出し、どこかに電話をかけはじめた。

「……うーん、留守みたいですね。後でこちらから連絡させましょうか」

連絡先を交換することになった。萌絵が礼を言って去ろうとすると、先ほどの年配男性が「せっかくだから案内してあげたら」と若者に言う。

「いいですよ。ガイドも仕事のうちですから」

萌絵はありがたく受けることにした。

若者の名は、斉藤晃生《さいとうこうき》。恐山で寺の雑務をしているという。

「大垣さんのお孫さんか何かですか」

「自称弟子です。イタコになりたかったんだけど、男はなれないと言われたんで、お手伝いをしながら、今は恐山で働いてます。カカ様からは『坊さんになれ』と言われたんだけど、なんかそれもちがくて」

小石だらけの岩場の道を歩いて行く。日差しをよけるところもないので、剝きだしの白い岩肌がやけにまぶしい。そここにケルンのように石が円錐《えんすい》状に積んである。まさに賽の河原だ。あの世で石を積む幼子の霊のために参拝者が石を積んでいくという。

ふたりは荒涼とした白い道を歩いて行く。

「霊媒師を目指してるんですか？　もしや霊能力がおありで？」

「いえいえ、全然。ヵヵ様の口寄せに感動したんです」

無数の風車が回る乾いた音がする。

大師堂に供えられた小銭は真っ黒になっている。硫化水素のためだ。蒸気が吹き出す高温の穴の周りは岩が黄色や朱に染まっていた。

「実は、震災の津波で母を亡くしまして」

萌絵ははっとした。晃生《こうき》は小石を踏みながら、

「実家が気仙沼《けせんぬま》なんですけど、まだ遺体も見つかっていなかった頃、母の供養のため恐山にきました。もう三年経つから亡くなったんだろうな、とは頭ではわかってるんだけど、どうしてもまだ実感がなくて。口寄せはあんまり信じてなかったし、気が進まなかったけど、父が母の言葉が聞きたいと言うので、無漏館で並んだんです。その時のイタコがヵヵ様で。口寄せが始まったら、僕と母しか知らない子供の時の会話を話し始めたものだから、びっくりして。……ああ、このひとお母さんだ、本当にお母さんがおりてきてるんだって」

萌絵もびっくりした。やはり、そういうことは本当にあるのか。

「お母さんはおばあちゃんたちとあの世で元気でやってるから、安心しろって。そう言

われて、やっと……震災からやっと、やっと泣くことができたんです」

帰ってこない母の死を、その時ようやく受け止められた。やっと「母は死んだのだ」と悲しむことができたという。タツの前で、止まらない涙を流し続けた。

「終わった後、カカ様から『もうすぐ見つかりますよ』って言われて、その半年後、本当に母の骨が見つかって。顎《あご》の骨の一部だけでしたけど。ようやく納骨することができました」

「そうだったんですか……」

「イタコとはすごい仕事だと思いました。だって、死んだ人へはどんなに気持ちを伝えたくても二度と伝えられないでしょう？　伝えられないから苦しいんです。いくらカウンセラーみたいなひとに話してもだめなんです。だって本人じゃないから。本人に伝えなきゃ意味がないんです。でもここに来れば伝えられるんです。イタコは死んじゃった本人と話をさせてくれるんです。気持ちを、伝えさせてくれる。そればかりか、言葉を返してもらえる。こんなことって他にありますか」

八角円堂の鐘が鳴る。堂内は奉納された遺品で溢《あふ》れんばかりになっている。おびただしい遺品や供物から発せられる死者の煮染《にし》めたような濃い気配が、湿度を帯びて、むわっとふたりを包みこむ。あたかも、亡き人々の息づかいや体温がそれらにこもっているかのように。

恐山では決められた場所でしか線香をあげられない。硫化水素が噴いていて引火の恐れがあるからだ。岩場には参拝者が立てた戒名入りの石塔や墓標めいたものが無数にあるが、線香はここの香炉に供える。

萌絵も線香を供え、拝んだ。

お堂の裏にはようやく木が生えている。枝に名前が書かれた手ぬぐいがたくさんぶらさがっている。お盆の後であるせいか、新品の手ぬぐいが多かった。

そこから少し歩くと、視界が開け、目の前に宇曽利湖《うそり》が現れる。極楽浜《ごくらく》という名の通り、その美しい光景はまるで浄土だ。

「永倉さんもどなたか亡くなったご家族が？」

「うちは小学生の頃におばあちゃんが。でも一緒に住んでなかったので、実は命日もよく覚えていないんです」

「おばあさん、いますよ。ここに」

晃生《こうき》は湖の向こうに横たわる宇曽利山を眺めている。

「会えてるはずです。きっと」

晃生と別れ、萌絵は帰路に就いた。

「不思議な子だったな……。晃生くん」

話し方もおとなしく穏やかだった。恐山にいると俗気が抜けてしまうのだろうか。なんだかこの世の人ではないみたいだった。

田名部の街に戻り、間瀬家に寄ると、いろはが先に帰っていた。曾祖母《そうそぼ》の経過はよく、早ければ週明けには家に帰れそうだという。

「それより萌絵さん、見つけたんです、斗南神社の話！」

いろはがテーブルに広げたのは旧斗南藩士の子孫が作った顕彰会の冊子だった。先祖から伝え聞いた話をまとめたもので数十冊ほどの中から探し出してくれたのだ。

「ここです」

斗南藩の開拓拠点として建設された「斗南ヶ丘」の話だ。丘陵地帯を開墾した区画を一番町から六番町まで屋敷割りして長屋を建てた。そこに移り住んだ藩士の話だった。

「〝……さらに開墾を進めていた時、土の中から多数の土器が出てきた。中でも目を惹《ひ》いたのは土偶だった。故郷の会津塗を思わせる朱漆で塗られた立派な土偶で、唐人凧《とうじんだこ》のような姿をしている。権大参事・山川浩《やまかわひろし》が『吉兆《きしやく》なり。斗南ヶ丘の守り本尊として祀《まつ》るべし』とお堂建立を発案したが、折からの廃仏毀釈を鑑《かんが》みて神像とみなし、小さな祠《ほこら》に祀って斗南神社と名付けた〟……か。やっぱり本当に出土してたんだね」

「斗南神社がどうなったかも、ほら、ここに」

いろはが頁《ページ》をめくって指さした。

斗南藩の消滅した後もしばらくは斗南ヶ丘に祀られていたが、藩士たちが次々と去る中で、神社を祀る者もいなくなり、神像を田名部の寺に預けたとある。

「藩庁が置かれた円通寺《えんつうじ》かなって思って、さっき住職さんに聞いてきたんだけど、そんなものはないって。他のお寺なのかも」

善は急げ、とばかりに萌絵といろはは田名部中の寺院を虱潰《しらみつぶ》しに訊《たず》ねてまわった。だが、斗南藩士から土偶を預かったという寺は、見つからない。住職が知らないだけで蔵の奥に忘れられている可能性もあるが、手がかりが無いまま、あたりは暗くなってしまった。

「お寺じゃなくて神社って可能性は……？」

「神社……。このへんで由緒あるといえば、田名部神社があるけど」

街灯が灯《とも》り始めている。社務所も閉まってしまったので、調査は明日に持ちこしだ。

田名部川の船着き場跡で、萌絵は恐山での話をいろはに聞かせた。大垣タヅのもとにある土偶のようなものは「オシラサマ」で、その由来はわからない。弟子である斉藤晃生からの連絡待ちだと伝えた。

「思ったんだけど、ミサヲさんはタヅさんのオシラサマを見てたから、あんな言葉が出てきたんじゃないかな」

それは「死者が話している」という口寄せの前提を否定しかねないが、半ばトランス状態になっているイタコの脳内で、彼女自身の記憶のイメージが想起されることがないとは言えないのではないか。と、萌絵が言うと、

「それはない」

いろはが断言した。

「だって、ひいばっちゃは目が見えないもの」

萌絵は「あっ」と口を押さえた。

「ごめんなさい。そうでしたね」

「つまり、斗南神社の土偶も見てはいない。話で聞いたことはあるかもだけど」

「〝唐人凧のような土偶〟か。唐人凧ってなに？」

検索すると、会津唐人凧という民芸品があるらしい。四百年前に大陸から長崎に伝来し、それが会津に伝わった凧で、上部がずんぐり丸く、下部が舌状になっていて、あっかんべーをした人の顔が描かれている。江戸時代、唐人凧を闘わせて遊んだといい、戊《ぼ》辰《しん》戦争《せんそう》では籠城《ろうじょう》した鶴ヶ城《つるがじょう》内から唐人凧を揚げて市中の味方を鼓舞したとの逸話があった。

「西原《さいばら》くんたちが掘り当てた土偶と似てるといえば似てるけど、腕はもっとしっかり水平に伸びてるような」

「凧というなら板状土偶のほうが凧っぽいかも」

青森の縄文に詳しいいろはが指摘した。

「私、明日《あした》も斗南神社の土偶の行方を調べてみるので、萌絵さんはタヅさんのほうを」

「だね。手分けして調べてみよう」

ちょうどそこへ斉藤晃生からメッセージが届いた。

「明日タヅさんと会えるみたい。場所は……階上町《はしかみちょう》？」

「ああ、階上町の寺下観音《てらしたかんのん》」

そこは、恐山や津軽の賽《さい》の河原地蔵尊などとともにイタコが来る寺として知られている。イタコが来る場所は「イタコマチ」と呼ばれ、タヅはその近くに住んでいた。

さっそく段取りをつけて、今夜はこのまま間瀬家に泊まらせてもらうことにした。

その夜のことだ。

「え！　藤枝《ふじえだ》教授が八戸に来てるんですか！」

忍《しのぶ》から聞いた萌絵はひっくり返りそうになった。

しかも一緒に手倉森《てぐらもり》のもとを訪れたと聞いて「嘘でしょ」と泡を吹きかけた。

「西原くん、大丈夫だったんですか？　大げんかになったりは」

『うん……まあ、険悪すぎて、こっちは凍死しかけたけどね』

忍の声がげっそりしている。

だが様子を聞くと喧嘩《けんか》ばかりだったわけでもなさそうだ。藤枝教授の苦い過去を知り、無量《むりょう》も何か感じるものがあったらしい。口を開けば罵《ののし》るばかりだった無量が、意外にも、あげつらったり嘲笑《あざわら》ったりもせず、神妙そうだった。

『見方が変わったのかな。わからないけど』

忍には無量の心境の変化が感じ取れるのだろう。藤枝の理由を理解して、怒りに身をまかせられなくなった無量は、板挟みになっているようにも見える。

『しばらくは葛藤《かっとう》するかもな。……こっちは引き続き、〝戸来郷古神誌〟の裏をとるつもりだ。偽書とわかってるものを村の観光PRに使われても困るしね』

たった一体の土偶の出土から、えらい騒ぎになったものだ。

「でもいくらこっちが偽書だと主張しても、あの手倉森さんが納得するでしょうか」

『問題はそこなんだ。納得してもらうためには、偽書を作った張本人に白状させるのが近道なんだけど』

「作った張本人というのは、やっぱりその、朝霞孝三《あさかこうぞう》氏……なんでしょうか」

断言はできないが、限りなくクロに近い。朝霞はすでに勤め先をやめていて、手倉森に連絡をとってもらっているが、会ってもらえるかどうか。

『どうして〈きりすと土偶〉が出土する前に〈きりすと土偶〉のことが書けたのか。そこを明らかにしないと抜け道を与えてしまうからね。あんなトンチキな古文書が本物にされないためにも、それだけははっきりさせないと』

頭脳明晰《めいせき》の忍もこればかりは足を使って調べるしかない。

「私のほうも、何かわかったらすぐ伝えますね」

エールを送り合って通話を終えた。

萌絵は無量の胸中を思った。

右手を焼いた祖父のことを「憎い」ではなく「怖い」と言っていた。

本来なら祖父にぶつけるはずの怒りや憎しみも、父親にぶつけているきらいがある。

そうなってしまうのは「祖父が怖い」から、というだけでもなさそうだ。

無量だって祖父が犯した捏造《ねつぞう》の罪深さは十分理解している。だが祖父への愛着ゆえに、世間から断罪されて捨てられた瑛一朗《えいいちろう》を自分までもが「悪人」とみなして断罪することができずにいるのかもしれない。だから、ともすると爆発しかける負の感情をまるごと藤枝にぶつけている。萌絵にはそう見えるのだ。

藤枝は「そうしていい相手」なのだと頑《かたく》なに思い込むことで、ぶつけどころのない怒りを発散している。

もしかして、藤枝もわかっているのではないか。無量に対して、あんな態度をとり続けるのも「息子が無心になって怒れる相手」で居続けるためなのでは。

その藤枝に対して、無量が何か心を動かしたのだとしたら、それは彼自身の中で過去への向き合い方が微妙に変わってきたということに他ならない。

「……相良《さがら》さんがついてるから、きっと大丈夫だよね」

間瀬家の窓から釜臥山を仰ぎ、萌絵は思った。

会津人たちが故郷の磐梯山《ばんだいさん》を重ねたという釜臥山の右肩には、小さな星が輝いている。

＊

翌日、萌絵は大垣タヅに会うため、階上町《はしかみちょう》に向かった。

八戸の南にある海に面した町だ。寺下観音は奈良《なら》時代の高僧・行基《ぎょうき》が伝えたという観音像を祀る古刹《こさつ》で、観音霊場でもある。観音堂と潮山《うしおやま》神社というふたつの堂宇があり、鬱蒼《うっそう》とした境内には涼やかな渓流の音がして、霊験あらたかな空気だ。

その山門で、晃生《こうき》と落ち合った。

「わざわざ、すみません。お付き合いさせてしまって」

「いえいえ。僕も久しぶりに階上に来たかったので」

寺下観音から十分ほど歩いたところに、大垣タヅの自宅がある。

「あら、いらっしゃい」

タヅはにこやかに萌絵を迎えた。想像したより若い。名前から九十代くらいかと思っていたが、見た目はまだ七十代くらいだ。

「晃生が女性ば連れで来るというから、彼女でもできたのかと思ったよ」

「失礼ですよ。カカ様」

「ふふ、ごめんなさいね。どうぞあがって」

タヅは盲目ではない。今日は口寄せではないので白装束も着ておらず、さっきまで畑にいたような格好だ。優しそうでハキハキした元気のいい人だと萌絵は思った。

「ミサヲ姉さんには駆け出しの頃からよぐ面倒みてもらいました。あの人は当代一のイタコ。姉さんがお山さあがるといっづも大行列。南部イタコも昔は何十人といだんだけども、皆さんどんどんあの世さ行ってしもて」

かつては盲目のイタコが多かった。盲者の生業《なりわい》という面が大きかったからだ。

盲目となった人は視覚以外の感覚が鋭敏になる。その場の空気の変化やささやかな気配も感じ取れるようになり、その感覚を厳しい修行でさらに磨くことによって、霊媒師としての技能を身につける。常人には見えないものを見、感じ取れないものを感じ、神や仏、霊といったものと対話して、その身におろすことができるようになる。

盲目のイタコはだいぶ減ったが、実は今でもイタコになりたい人自体はたくさんいるのだという。だがあまりの修行の厳しさに脱落してしまい、なかなか後継者が育たないのだ。

写真を見せると、タヅは面はゆそうにはしゃいだ。

「恥ンずかしい。ええ、私です。まだ二十代の頃だ」

「こちらの人形らしきものはオシラサマとのことですが」

タヅは実物を持ってきてくれた。木箱の中に二体の「オシラサマ」が入っている。まとっている着物こそ違うが、まぎれもない写真のものだ。二体あったのだ。

「赤と黒……の土偶」

どちらも貫頭型で、衣から頭を出している。一般的にオシラサマは木棒で作られるが、これは陶製だ。背丈は三十センチほど。球形の頭に、立体的な胴体、等身も人体に近い。楕円《だえん》の目とおちょぼ口、黒い方がやや小さく、赤い方には化粧の表現なのか、頰に三本線が刻まれている。写真に写っていたのは赤い方だ。

萌絵はまじまじと二体の「オシラサマ」を見た。確かに、どちらも東戸来遺跡で出土した〈きりすと土偶〉と作風がよく似ている。

正真正銘、縄文時代の土偶なのか、それとも後世に似せて作られたものなのか。萌絵には判断がつかない。

変だなあ、と口を挟んだのは晃生だ。

「オシラサマは家の中でお祀《まつ》りするものでしょ？　なんで恐山に持ってったの？」

「これは大祭ん時、信者さんが持って来だもんだ。お祀りしてらった人が亡ぐなったんで、私が引き取って祀るごどになったんだよ」

まだ修行中の新米イタコだった頃だ。その時たまたま撮られた写真らしい。

「縄文時代の土偶をオシラサマに使うことは、よくあることなんでしょうか」

「うーん、ないねえ。石棒を使ったものはたまに見るよ」

出土品の二次利用だ。縄文時代の磨製石棒に衣をかぶせたオシラサマはあるという。その土偶版といったところか。

「ちょうどお着替えをしてもらうべと思ってらったとこなの」

タヅはオシラサマの衣を脱がせ、本体を見せてくれた。やはり似ている。腰から下の脚はひとつになっていて、肩から先の腕はあえて作っていないようだ。そういえば、シルエットが「唐人凧」っぽいとも言える。

「どうぞ手さ取ってみで」

持ち上げると、やはり木とは違ってずっしり重い。赤い彩色はところどころ剝《は》がれているが、比較的よく残っている。意外に細身で、どちらにも胸とへそを表す突起があり、体全体に施された入れ墨のような模様が神秘的だ。ひっくり返すと、背中に十文字の模様がある。

その下に「明治三十六年伍月《ごがつ》」という紀年銘が入っている。

「見つかった年月日でしょうか。この十字はなんですか」

「なんだろうね。魔除《まよ》けかなあ」

津軽地方の風習で子供の魔除けに十字の印を用いるものがある。新郷村でも生まれた子供の額に十字を描く風習があった。縄文時代にもあったかは、さだかではないので、もしかしたら後から加工したのかもしれないが、二体とも背中に彫られている。

赤い方は顔が優しく女性的に見えた。

「こちらをタヅさんに譲った信者さんはどちらの方でしたか」

「確か、十和田湖のほうのひとだね」

タヅは箱の中から古いメモ書きを取り出した。

「鹿角のひとだ。秋田の」

晃生が「十和田湖の南側だよ」と補足した。鹿角と言えば、大湯環状列石があるところではないか。だとすれば、遺跡から出土した縄文遺物であってもおかしくはない。

「その信者さんによると、これを祀ってたイタコさんは目が見えねがったそうだが、きれいな青い瞳《ひとみ》ば、してだそうだよ」

「青い瞳？　外国の方なんですか？」

「いやいや。どっがらどう見でも日本生まれの日本人だったが、なぜか目ぇだけフランス人形みだいに青がったって」

加齢で目の縁が灰色っぽくなることもあるが、その人は生まれつき北欧の人間のような透き通った青い瞳をしていたという。イタコとしても「よくあたる」と評判で、集落の人たちから慕われていたそうだ。

「住所は書き留めてあるけど、継ぐもんもいねがったそうだからねえ」

そのオシラサマにどういう由来があるのかを調べるのは難しそうだ。

「それより、なんでこのオシラサマのことを調べてるんですか」

晃生に訊《たず》ねられ、萌絵は迷ったが経緯をかいつまんで打ち明けることにした。

これにはタヅも驚いていた。

「はあ。ミサヲ姉さんの口寄せでホトケさんがそったなごどを……」

「お孫さんがいたく動揺してしまって、どうしてそのような言葉が出てきたのか、知りたがっているものですから」

そうでなくとも「埋め戻さなければ人が死ぬ」とは不穏だ。

「ミサヲさんの息子さんのことはご存じですか」

「嫁の弘子さんは知ってるよ。恐山でもよぐ会ってでだしね。息子さんのほうは二回ほど挨拶《あいさつ》ば、しだっけかな」

いろはの亡き祖父・間瀬一雄《かずお》の霊がなぜ土偶の話などしたのか。何か分かることはないかと訊ねたが、タヅには心当たりがないという。

萌絵は「不躾《ぶしつけ》なことを聞きますが」と前置きして、おずおずと訊ねた。

「イタコさんが口寄せをする時って、どういう感じなのでしょう。亡くなった方が憑依《ひょうい》すると聞きますが、何か目に浮かんだりするのでしょうか。それとも口が勝手に話してしまう感じですか」

すると、タヅは「そうねえ」と口寄せの最中の感覚をたどって、

「私の場合はホトケさん（死者）が降りでくるど、頭の後ろから背中のあだりが温かくなって、言葉がひとりでに口から出てくる感じだねえ。私自身が何かを見ているというよりもホトケさんに体を貸してるような感覚なの。だから、話したごどもあんまり覚えでねのよ」

「見えてるわけではないんですね」

「見でるのはホトケさんだから」

口と声だけを貸している。そういうことのようだ。すると晃生が、

「ホトケ様が口寄せで警告をするのはよくあることなんです。ホトケ様にだけ見える未来もあるようなんです」

晃生は師匠の口寄せを何度も見ている。あの世にいる死者だから先のことがわかるのであって、生前のそのひとの行いとはあまり関係ないともいう。

そうなってはもう超常現象の領域だ。あくまで死者が見た未来であって、過去に根拠など求めても意味がない。

大前提として、予言をしたのは「生きていた間瀬一雄」ではない。「すでに死者である間瀬一雄」なのだ。

ただここに大きな問題がある。

死者が発した予知は、果たして信じるに値するのか。

そもそも、それが「死者の言葉」だというのは事実なのだろうか。

タヅと晃生はその後もイタコの話をいろいろと聞かせてくれた。ふたりは親子のように仲が良く、良好な師弟関係なのだと伝わってくる。尤《もっと》も、晃生は男性なのでイタコにはなれない。イタコの師弟ではなく、あくまで晃生の「修養」のための師匠なのだ。

お茶がなくなったので、晃生がポットにお湯を足そうとして席を外した時、タヅがふとこんなことを口にした。

「あの子、すっかり恐山に捕まってしまったみだいでね……」

「つかまってしまった？」

「あんまりにも死ってもんのこと考え過ぎたんだろうね。おかげでいつのまにか恐山がすっかり居心地良ぐなってしまったんだ」

恐山とは死者の世界。この世で一番〝死〟に近い場所。山に溢《あふ》れる死の気配が、晃生にとってはどこよりも落ちつくし、居心地がいいのだ。

「地元であんだけたくさん〝死〟を見で来たがらね。若い人はそれが重ぐて、距離ば置きたがるもんだけどね、晃生は逆だったんだね」

「お母さんのことですか……」

たぶんね、とタヅは小さく微笑んだ。震災の前は派手な性格でラッパーを目指して仙台でライブ活動もしていたという。ラップバトルで優勝するほどの腕前で、今の物静かな姿からは想像がつかない。父親が地元での生活再建を諦《あきら》めて、親戚《しんせき》のいる青森に移ってから、晃生は家に引きこもるようになってしまったのだそうだ。

「本当は地元を離れたぐねがったんだろね。あの子はお母さんが帰ってくるのを待ちたかったんだよ」

父が晃生を恐山に連れて行ったのは、亡き母とせめて口寄せで会わせてやろうとしたためだった。そうすれば母を待つことも諦められるだろうと。

「だが晃生は街さ戻らねぐなった。生き人の世界より、死に人の世界のほうが居心地よぐなったんだ。私らみたいな年配ならともかく、あの子はまだ若い。命の力あるときに恐山さ居続けるのはあまりよぐねえごどは、わがってんだけどな」

萌絵には、晃生の気持ちが分かる気がする。彼は死から離れたくないのだ。そこは母がいる世界だからだ。陸前高田《りくぜんたかた》を思い出していた。被災で激変した故郷。だがその震災すらも時の流れとともにどんどん遠ざかっていく。死者の世界は変わらない。何も変わらない世界だけが、晃生を癒《い》やしているのかもしれなかった。

萌絵はタヅの家を後にした。晃生がバス停まで送ってくれた。

「ありがとうね、晃生くん」

「土偶のことはどうすんです？」

「鹿角に行ってみようかと思う」

たとえ、口寄せの予言に根拠はなかったとしても奥戸来文書のこともある。

これは萌絵の直感だが、〈きりすと土偶〉とそっくりな土偶が、オシラサマとして使われていたこと自体に何かが隠されているのではないか、とも思うのだ。

――環状列石のあるところで赤い土偶が出土したら、人が死ぬ。

「永倉《ながくら》さん、一個、提案があるんですけど、うちのカカ様に口寄せをしてもらうってのはどうですか」

え？　と萌絵は聞き返した。それはどういう？

「その土偶の予言をしたホトケさんを、もう一度、今度はうちのカカ様に口寄せしてもらうんです」

「いろはさんのお祖父《じい》さんを、タヅさんに？」

「はい。口寄せでもう一度、呼び出してもらうんです。そのホトケさん本人に『あれはどういう意味だったんですか』って訊《き》くのが一番の早道じゃないですか」

ナイスアイディア！　などと無邪気には喜べなかった。

萌絵は困惑してしまった。

「えっと……でもそれは……」

「亡くなった人の言葉は亡くなった本人に聞けばいいんです。あれこれ調べるより本人に聞くのが一番確かだと思います。うちのカカ様なら必ずおろせます」

晃生は真剣にそう思っている。萌絵は言葉を濁し、

「うん……そうだね。そうなんだと思うけど、面識もない、赤の他人の私が呼んでも、おりてきてくれるかどうか」

「カカ様に任せればまちがいない」

「でも不謹慎なような」

「なら、そのお孫さんをつれてきてください。ご家族が頼むなら問題ないでしょ？」

萌絵はしどろもどろで「聞いてみるね」とだけ答え、逃げるようにバスに乗り込んでしまった。

確かに晃生の言うとおりなのだが……。

萌絵は「死者の予言を口寄せで確かめる」ことには危うさを感じる。

晃生は自分の体験から「口寄せの言葉は死者の言葉」だと信じているが、萌絵にはそういう経験もない。口寄せを信じるか信じないかで言えば、手放しに信じられるとは言いきれない自分がいる。

イタコはいわゆる生まれつきの霊能力者とは違う。むしろ厳しい修行を重ねて師匠か

らイタコの技法を習得した「技能者」だ。だからこそ、かえって信頼できるように思えるのだが、そのすべてを不用意に真に受けすぎてしまってもいけない気もする。

イタコが「演じている」などとは全く思わないが、その口から出る言葉を「事実」と同等に扱っていいかというと、そこには疑問を感じてしまう。本当かわからない言葉を本当かわからない言葉で確かめることになってしまうからだ。だから「口寄せで確かめる」ことに抵抗があったのだろう。

「本当に、亡くなったお祖父さんの言葉なのかな……」

──大丈夫。それはみんなが思うことだから。

いろはも言っていた。そこは疑ってもいいし、疑わなくてもいい。

イタコの言葉をどう受け止めるかは、そのひと次第なのだ、と。

──だけど、もし本当なら、誰かが死ぬのを私たちが止めないといけないよね。

いろはの言うことにはうなずける。

だが、一体誰が死ぬというのだろう。

やはり間瀬一雄の霊に聞くしかないのか。それが近道なのだろうか。

八戸行きのバスは海沿いの道を走っていく。

太平洋がまぶしい。

＊

同じ頃、無量と忍は盛岡《もりおか》の県立図書館にいた。

郷土史家「朝霞孝三」に話を聞かなければならない。連絡先は手倉森が知っているので、その連絡待ちだ。

無量たちが調べているのは「寛永年間に新郷村を訪れた宣教師について」だ。さくらとミゲルも地元図書館に行って郷土史の文献にあたってくれている。だが明治時代のキリスト教についての記述は多少あったものの、江戸初期のものはキリシタン禁制の高札くらいしか今のところ見つかっていない。

無量たちは東北全体のキリスト教関連文献をあたってみることにした。

「東北のほうも結構キリシタンいたんだね。あちこちに殉教の記録があるわ。仙台藩、米沢藩《よねざわ》、会津藩、久保田藩《くぼた》……大きめのとこほど苛烈《かれつ》な感じ」

キリシタンというと西国のイメージがあった無量は、驚いた。キリシタン改めが強化されていく寛永年間には、処刑や入牢《じゅろう》の記録が次々と出てくる。

「島原の乱が寛永十四年だから、やっぱそのあたりか」

それでも直前の元和《げんな》年間くらいまでは、外国人宣教師も往き来していたようだ。

忍は南部藩の記録を見ていた。

「盛岡にイエズス会の日本人宣教師が来た記録がある。隣の仙台藩に比べると多くはなかったみたいだ。伊達政宗《だてまさむね》はスペインやローマに支倉常長《はせくらつねなが》をやったくらいだし」

ただ禁教令が出た後の弾圧は厳しく、仙台藩から逃れてきた信徒が南部藩領に入ってきたりもしていたようだ。

「面白いことが書いてある。南部藩の金山の話だ」

南部藩（盛岡藩）は現在の岩手県とその周辺が藩領だった。

江戸時代、南部藩は金山開発ですこぶる潤って、民謡『南部牛追唄《うた》』の中でも「田舎なれども南部の国は西も東も金の山」と謡《うた》われたほどだ。

「南部領の金山や銀山にはキリシタンが多くいたらしい。江戸の初めに、衰退してしまった佐渡《さど》金山から移ってきた山師《やまし》三十六人衆のひとり、丹波弥十郎《たんばやじゅうろう》が千人あまりの人足をつれて紫波《しわ》郡の朴木《ほおのき》金山にやってきたんだが、その中にキリシタンが大勢いて、地元の住民に広めたので大いに迷惑したとある」

「それってどのへん？」

「盛岡と花巻《はなまき》の間くらいかな。奥州平泉《おうしゅうひらいずみ》の黄金文化を支えた金山が多い。……でも、こだけじゃないな。お隣の久保田藩――佐竹《さたけ》のお殿様が治めた所謂《いわゆる》秋田藩だけど、その藩境の山奥には金山銀山にキリシタンがたくさんいたらしい」

「金山銀山に？　なんで？」

無量が訊くと、忍は「たぶん」と言い、

「徳川家康《とくがわいえやす》が金山銀山の保護のために作った『山例《さんれい》五十三箇条』ってのがあって、鉱山は一種の治外法権だったんだ。それで東北の山奥の金山銀山がアジール化して、大坂方の残党やあちこちから追われてきたキリシタンが逃げ込む場になったんだろうな」

つまり東北が全国から逃げてきたキリシタンの避難地になっていたということか。

「金山か……。新郷村のあたりにもあるの？」

「わからないが、あたってみる価値はあるかもな」

一旦《いったん》、昼食をとることにした。

昨日、帰ってきてからずっと無量は口数が少ない。考え事をしているようで、父親のことだとは察しがつくのだが、忍が胸中を窺《うかが》おうと問いかけても話そうとしない。話したくない、というよりも、何か忍に対して壁を作っている。そんな感触なのだ。

少し前からそういう気配はあった。

移籍を止められて反発しているのだ、と忍は見ていたのだが、どうもそういうことだけでもないようだ。

――警戒されてる？

以前なら気安く話してくれたことも話さなくなった。微妙に距離を置いている。そんな感じなのだ。

「どうしたんだ？　無量」

冷麺《れいめん》を食べ終えたところで、忍がほほえみながら問いかけた。

「何か、俺に言いたいことでもあるんじゃないのか？」

無量はちょっとドキッとしたように箸《はし》を止め、すぐにまた、つゆに浸っているスイカにかじりついた。

「別に何も」

「鶴谷《つるや》さんに会ったのか？」

無量は嘘がつけない。ギョッとして、

「なんで知ってんの？　もしかして尾行でもしてた？」

「するわけないだろ。亀石《かめいし》所長から聞いたんだ。鶴谷さんから『無量の移籍話が出ているようだが、どうするつもりか』って訊かれたって。鶴谷さんに相談したのか？」

無量は居心地悪そうに麺をすすっている。

「……で、亀石サンはなんだって？」

「所長はおまえの意向を尊重するって」

そう、と無量は素っ気ない。

話が続かないとわかって、忍は麦茶を一口飲んだ。話題を変えて、

「この間、都築《つづき》と会った話はしたっけ」

「都築さん？　石神教《しゃくじん》の？」

「石神教からは離れたみたいだけどね。その都築に言われたんだ。俺は無量、どうやらおまえに依存してるらしいよ」

無量も怪訝《けげん》な顔をした。生活の何から何まで面倒みてもらっている自分が忍に依存している、というならわかるが、その逆は腑《ふ》に落ちない。

「前に降旗《ふるはた》さんにも言われたな。俺はおまえに献身的にふるまうことで自分自身の欠落を埋めようとしてるんだってさ。そんなつもりは全くないけど」

忍がやけに真顔になって無量の瞳《ひとみ》を覗《のぞ》き込んだ。

「……おまえも、俺が重い？」

無量はどう答えればいいかわからなかった。

「忍が自分を大事にしてくんない時は悲しいよ。だって時々俺のためにとんでもない無茶すんじゃん。でも依存じゃないよ。依存してんのは俺のほうだよ」

「じゃあ、なんで距離を置こうとするんだ？」

無量は心の中を読まれた気がした。

ここ数日の警戒はやっぱり伝わっているんだな、と思い、少し考えて、こう答えた。

「……俺さ、ガキの頃、結構頑固だったじゃん？　母さんも手ぇ焼いて、なだめるためにたまに方便使ったりするわけ。するとね、あ、嘘ついてるってわかる時あんの。わかると騙《だま》されたふりしちゃうんだよね。母さんは今、俺が騙されてないと困るんだなって」

忍が真意を読みかねていると、無量も箸を置いて真顔になった。

「……忍ちゃん、本当は俺にマクダネルに行って欲しいんじゃないの？」

思わぬところから刺された気がした。

さすがの忍もこれには咄嗟《とっさ》に返す言葉が出てこなかった。

無量は残りの汁まで全部すすった。麦茶も飲み干すと伝票を手にして席を立ったが、急にきまずくなったのか、振り返って笑顔を浮かべ、取り繕った。

「あ、俺は忍のこと信じてるから。俺には嘘ついたりしないってわかってるから」

先にレジに向かってしまう。置き去りにされた忍はしばし呆然《ぼうぜん》としていた。

「……無量」

その後はまた図書館にこもって史料にあたった。

移籍の話には触れず、黙々と史料を探していたが、忍は集中できずにいる。

やはり鶴谷に会いに行ったのはGRMとの関係を調べるためだったのだ。

無量はもう扉のすぐ前に立っている。ノブに手をかけて一息に開ければ、忍の本当の顔を知るだろう。だが開けることを躊躇《ちゅうちょ》している。だからあんなことを言ったのだ。

――本当は俺にマクダネルに行って欲しいんじゃないの？

その逆だ、と言いたかった。だが図星を指された感じもした。忍自身にも自覚がなかった。

本音は、無量がマクダネルに行ってくれれば、ありがたい。自分が防波堤になって抵抗し続けなくても済む。前に無量から「一緒にマクダネルに行かないか」と言われた時、本当は心が動いた。それだったら自分も楽になれると感じたからだ。

そもそも日本に戻ってきたのは、エージェントとしての仕事のためだった。

無量を連れていくのが仕事だった。

無量が赤の他人だったなら、とうの昔にGRMに引き渡していた。無量でなければ簡単だった。降旗のように口八丁で言いくるめて、外に連れ出すだけでよかったからだ。

——彼が本物の〈奇跡の発掘者《ミラクル・ディガー》〉かどうか、確かめることが君の仕事だ。

——我々には「鬼の手《オーガ・ハンド》」が必要なのだ。

忍の中にはもうひとりの忍がいて、抵抗する忍を醒《さ》めた目で監視している。おまえは何をしてるんだ。契約通り遂行しろ。よく思い出せ、この仕事を引き受けたのは別に無量のためなんかじゃないだろう。たまたま対象が彼だと知って混乱しただけだ。無量を守るために引き受けた、なんて嘘つくな。問題をすり替えるな。無量にしがみついていれば、真人間でいられるとでも思うのか。

あの日、葬式で、棺桶《かんおけ》の中にいる級友の青白い死顔を見ても何も感じなかった。大してショックも受けず、呵責《かしゃく》もなかった。あんなに「助けてくれ」とすがりつかれたのに。

——そうか、君はそっちにいってしまったんだね。

感じたことといえば、それだけだ。むしろ、うらやましく思えたくらいだ。

遺書の内容も聞いた。彼をいじめた人間よりも、彼を救わなかった忍を名指しして恨みの言葉を遺《のこ》していた。聞いたときは笑った。俺へのあてつけで死ぬのかい？　ずるいね、君は。

無量の過去には（自分のせいでもないくせに）あんなに罪悪感を抱くくせに、他人には驚くほど良心の歯車が働かない。壊れた玩具《おもちゃ》みたいだ。真人間でいるのはどうにもこうにも疲れる。実に億劫《おっくう》で、無量のためぐらいにしか人間らしくあろうとは思えない。

頁《ページ》を繰る忍の手が止まっていた。さっきから同じところばかり読んで、前に進まない。都築の言葉が執拗《しつよう》に追いかけてくる。

——人間はそう簡単には変わらないぞ。

うるさい、黙っていろ。今はそんなことを考えている時じゃないんだ。

堂々巡りする思考を断ち切って、作業に集中しようとしたときだった。

スマホがブルッと振動して、忍は現実に引き戻された。

画面に通知が出ている。手倉森からだった。

「朝霞氏が？　本当か」

郷土史家の朝霞孝三と連絡がとれたのだ。

忍たちと会うことを了承し、向こうから時間と場所を指定してきた。こんなに早く反応があるとは思わなかった。

だがこれで直接、話が聞ける。奥戸来文書を発見した時のことも「戸来郷古神誌」のことも一番よく知っているはずだ。

すぐに無量にも知らせた。

「マジで？」

偽書の創作に関わったかもしれない男だ。後ろ暗いところがあるに違いない人間が、こんなにあっさり面会を受け入れるとは。

「いつ？　明日《あした》？」

「いや、今日だって」

「今日！」

「調べるのはまた今度だ。行こう」

ふたりは図書館を出て盛岡を後にした。

＊

朝霞孝三が待ち合わせに指定した場所は、新郷村にある道の駅だった。

十和田湖に向かう国道の途中にあり、道の駅自体はこぢんまりしているが、キャンプ場やレクリエーション施設が併設されているためか、やたらと広い駐車場がふたつ繋《つな》がっている。国道と言っても山間部の峠道で、すでに道の駅は閉店しており、森に囲まれた周辺は日も落ちてどんどん暗くなってきた。

「食堂の前で……ってあるから、このあたりでまちがいないと思うんだが」

店に入って話をするつもりかと思いきや、食堂はとうに閉まっており、あたりは峠近くの山間《やまあい》で、道の駅の他には店どころか、ろくに建物も見当たらない。だだっ広い駐車場には人の姿も見当たらず、物寂しい限りだ。

「本当にここであってる？　他の道の駅なんじゃない？」

調べたが、新郷村にはここしかない。日が落ちたためか、急に寒くなってきた。

「上着持ってくりゃよかったな」

無量は震えている。

「ここで待ち合わせて、自宅にでも案内するつもりかな」

待ち合わせ時間をもう二十分ほど過ぎたが、誰かがやってくる気配はない。

すっかり真っ暗になった駐車場には、街灯が寂しく灯《とも》るだけだ。

忍も腕時計を見て不安になった。

「いくらなんでも遅いな。手倉森さんに連絡してみようか」

とスマホを手に取った時だった。

ふもとのほうからあがってくるバイクがいた。流れるように駐車場に入り、こっちに来たかと思うと、ふたりの車の横に止まったではないか。

「あなたが相良忍さんですか」

フルフェイスのヘルメットをかぶったままライダーは言った。ミラーシールドのバイザーのため、顔は見えないが、声は意外にも女性だった。

「朝霞孝三の代理の者です。案内しますのでついてきてください」

言われるままにバイクの後について走り出した。

数分走って着いたのは国道から少し外れた製材所らしき場所だ。敷地には大きな丸太が積んであるが、作業場には明かりはついておらず、真っ暗で、人気もない。

バイクはそこで止まり、ライトを消した。

忍は窓を開けたが、車から降りるのを躊躇した。無量も不用意には降りなかった。見るからに怪しい場所だったからだ。

「……こんなところに朝霞氏がいるんですか」

すると、丸太の陰からもうひとり、人影が現れた。

体の大きな男だ。帽子をかぶり、マスクをしている。忍たちの方に近づいてきて、こう訊ねた。

「昨日、朝霞先生を訪ねてきた藤枝の連れの者というのは、おまえたちのことか」

「…………。そのとおりだけど何か？」

突然、男が後ろ手に隠していた猟銃を構えて、銃口を向けてきた。

無量と忍は思わず上体を引いた。

「いきなりなにしてんだよ。下ろせよ」

「奥戸来文書に関わるな」

声の太い中年の男は、猟銃の扱いに慣れている。

「これ以上、嗅《か》ぎ回るな。要らぬ詮索《せんさく》をしようものなら命はないものと思え」

「要らぬ詮索って何ですか。それは奥戸来文書を詮索するなってことですか」

男が窓越しに銃口を忍の頭へと向けてくる。

「藤枝に言われて嗅ぎ回っているのか。やつはなんて言っていた」

「……………。特に何も」

相手を刺激しないよう、忍は冷静に言葉を選んだ。

「僕たちは福士《ふくし》家で見つかった時の話を聞きに来ただけです」

「嘘をつくな。奥戸来文書に言いがかりをつけるつもりだろう」

「言いがかりとは何のことですか」

「やつは偽書だと言いがかりをつけて奥戸来文書を闇に葬るつもりだ。都合の悪い真実を歴史の闇に葬り去るつもりだ。そんなことはさせないぞ」

中年男の目元は般若《はんにゃ》のようにつりあがり、血走った目は異様な熱を孕《はら》んで、ギラギラと暗闇の中で油膜のように光っている。

「新郷村から去れ。さもないと、おまえたちの同僚たちがどうなっても知らないぞ」

同僚？　と無量が眼を鋭くした。まさか、さくらとミゲルのことか⁉

「なんであいつらのこと知ってる？　あいつらに何する気だ！」

「おとなしく東京に帰るなら手は出さない。いいから黙って去れ。そして二度とこの村に近づくな」

それだけ言うと、猟銃を構えたまま、中年男は後ずさって、女のバイクの後ろにまたがり、夜の国道に向かって走り去ってしまった。

無量と忍の顔は強《こわ》ばっている。

これは脅迫だ。

始めから脅迫するためにふたりを呼び出したに違いない。

「まさか、今のが朝霞氏……？」

「どうだろう。だが、わざわざこんなことをしでかすなんて。どうやら藤枝さんの言った通りみたいだ」

「やっぱり、『戸来郷古神誌』を作ったのは、朝霞孝三ってこと？」

そこもまだなんとも言えない。だが少なくとも「藤枝に『戸来郷古神誌』を偽書だと証明されたくない」人間がいることだけは間違いない。

――環状列石から赤い土偶が出たら、人が死ぬ。

「まさか、このことを言ってるんじゃないだろうな」

真っ暗な山林は静まりかえっている。

時折、風に枝葉がざわめく他は何も聞こえない。

無量と忍は険しい顔で、バイクが去った闇の向こうをにらんでいる。

第五章　赤と黒の神

『手を引けと脅されただと？』

忍《しのぶ》から顚末《てんまつ》を聞いた藤枝《ふじえだ》は、電話の向こうで不快そうな声を発した。

面識がないため、朝霞《あさか》本人だったかどうかはわからない。だが口ぶりからすると藤枝をいたく警戒していることは明らかだった。

「本人でないなら、朝霞さんからの指示か、それとも取りまきの暴挙か。それもまだわかりませんが、僕たちが朝霞さんにコンタクトをとった後なのは確かです」

『偽書を暴かれるのを妨害したのか。だとしたら学者の風上にもおけん男だ』

藤枝は吐き捨てるように言った。

『こんな脅しを受けて引き下がったとあっては私の矜持《きょうじ》に関わる。私が直接朝霞に会う』

「いけません。それこそ何をされるかわかったもんじゃない。僕が探りをいれます」

『相手は猟銃を持ち出すような連中だぞ。君を危険な目に遭わせるわけにはいかん』

「うまい方法を考えます。ああ、無量《むりょう》は巻き込まないのでご心配なく」

そんなことは聞いとらん、と藤枝の声が不機嫌になった。

『村の議員が関わって利権が絡んでいる可能性もある。油断はするなよ』

藤枝のほうでも朝霞孝三《こうぞう》の居所を調べてみると言い、通話を終えた。

しかし偽書を検証しようとした途端、抵抗勢力が現れるとは。これは思った以上に厄介だ。藤枝を連れていったことが裏目に出たのかもしれない。

「これはこじれるぞ……」

朝霞が意固地になってしまうと認めさせるのも難しい。というより、そもそも始めから創作物を古文書に仕立てようとしていたなら、この妨害も予測できたはずだ。

それにしても藤枝が来たというだけでこれは少し過剰反応な気もする。手倉森《てぐらもり》たちの前では藤枝は疑っているそぶりも見せなかったし、むしろ協力者のように見えたはずだ。

それだけ朝霞が藤枝を恐れているということだろうか。

偽書を摑《つか》ませた過去のせいか？

復讐《ふくしゅう》されるとでも思っているのだろうか。

それとも自分たちが知らないことが、まだ何かある？

「根深そうだな。朝霞さんと藤枝さんの間には何があったんだ？」

忍はホテルの机でノートパソコンを開いた。経歴を詳しく調べることにした。

夜遅くまで調べ続けた忍は、とある論文名を見つけて視線が釘付《くぎづ》けになった。

「……これは……」

＊

翌日、無量は現場に行かなかった。作業はミゲルとさくらに任せて、萌絵《もえ》とともに鹿《か》角《づの》に赴くことにした。〈オシラサマ土偶〉と名付けた大垣《おおがき》タヅのもとにある二体の土偶について調べるためだ。

誘ったのは萌絵だった。昨日の脅迫が不穏だったせいもある。抵抗勢力の目から無量を遠ざけるためもあったが、自分が一緒に行動すれば護衛もしやすいと考えたのだ。

もともと飛び入りの発掘だったので無量が不在でも誰も文句を言わないが、ミゲルとさくらにはくれぐれも別行動はしないようにと固く言い聞かせた。

「西原《さいばら》くんたちを脅してきた人たちに心当たりは？　まさか手倉森さんじゃないよね」

「それはない。年配ってよりも中年って感じ。もっと筋骨隆々としてた。別人なのは確かだと思う。バイク乗りの女は背が高くて若そうだったな。なんだろう、親子かな」

助手席の無量はしきりに首をかしげている。正体は全く見当がつかないが、

「ただどっかで聞いたような気がするんだよな。あの声」

「声？　女の人のほう？」

「うん。気のせいかもしんないけど」

ヘルメット越しのくぐもった声だったこともあり、うまく思い出せない。バイクのナ

ンバーも、製材所に着くまで注意して見ていたわけではないから、うろおぼえだ。

「せめてドライブレコーダーでもついてればよかったんだけど」

「警察には届けないの？」

「危害加えられたわけじゃないし、すっとぼけられたら終わりだしね」

おそらく手倉森家に無量と忍だけで行っていれば、脅迫などされなかったろう。藤枝がいたせいだ。朝霞孝三という男、何か藤枝にただならぬ警戒心を持っているようだ。

「まあ、あんだけ口も性格も悪けりゃ、誰だって警戒するわ」

ハンドルを握る萌絵も苦笑いだ。

「確かに口は悪いけど、私はそこまで悪い人には思えないんだよね。ほら、鷹島の時もなんだかんだで私たちにヒントをくれたでしょ」

「そんなんただの気まぐれでしょ」

「なんていうのかな。言葉は辛辣《しんらつ》だけど、言ってることは割と正しいかもって思う時もあるし。照れ隠しなのかな。そんなとこは誰かさんそっくり」

「誰かさんって誰」

萌絵はしらばっくれる。無量の口の悪いところは父親譲りなのだ、きっと。

「……確かにまあ、全部が全部、正しくないってわけでもないだろうけどさ」

おや？　と萌絵は思った。無量の藤枝観に変化があったようだ。そんな自分を認めるのも悔しいのか、ドアに頬杖《ほおづえ》をついてふてくされている。

「ったく、だからって、あんなやつの力借りんのもウゼえし。こっちだってあんなディスられ方して黙ってるわけにいかないでしょ。見てろよ、あの傲慢《ごうまん》オヤジ。絶対自力で偽書から事実が出てきた理由みつけて、あのデカい鼻明かしてやる！」

やっぱり和解にはほど遠い。相変わらず頭をカッカさせている無量に、萌絵は「はいはい」と肩をすくめた。

車は目的地についた。〈オシラサマ土偶〉をタヅに寄贈した家があった集落だ。

大湯のストーンサークルとは、ちょうど川を挟んで対岸にあたる。環状列石は小高い舌状台地にあるが、その地区は向かいの河岸段丘下にある。

「瀬田石《せたいし》……住所は、このあたりだね」

家がぽつぽつと点在しているが、物寂しい感じがした。祀《まつ》る人がいなくなって「オシラサマ」をあそばせることができなくなったと言っていたが、

「うわ……」

電柱の街区表示板の表記をたどってきた無量たちは、かつて家だったとおぼしき廃屋を見つけた。古い木造の廃屋は屋根が落ちて半分崩れており、窓ガラスも全部割れて地面に散らばっている。残った部分はツタに飲み込まれ、家の中にまで草がぼうぼうに生えている。住人が亡くなった後、取り壊すのも費用がかかるので何十年と放置されていたのだろう。

表札には「諸田《もろた》」とある。

「近所のひとに話を聞いてみようか」

一番近い家を訪れてみたが、家人が若く、そのひとのことは知らないという。畑で農作業中の男性を見つけ、話を聞いてみた。

「諸田のおばあちゃんか。覚えてるよ」

麦わら帽子にタオルを首にひっかけた六十代くらいの男性は、作業の手を止めて、懐かしそうに話に応じてくれた。

「まだ子供の頃の話だ。口寄せはしでねがったが、占いやお祈り事をしでだよ。かあちゃんやばあちゃんも何かあるとちょくちょく通ってたよ」

イタコの中には口寄せはせず、占いや祈禱《きとう》を専門にする者もいる。村の人——特に女性の、良き相談役だったという。

「そう。目が青がったんだ。その頃はもうお婆ちゃんだったがら灰色がかってらったんだども、若え頃は十和田湖の湖面みだいな綺麗《きれい》な色してらったって」

ことのほか神秘的で心惹《こころひ》かれる者も多かった。その人が醸し出す空気感も独特で、この世ならぬところの人のようだった、と男性は語った。

〈オシラサマ土偶〉の写真を見せると「これだこれだ」と喜んだ。

「赤と黒のオシラサマ。あそばせるところ、よぐ見に行っだもんだ」

オシラサマを祀るのは女性の役目だったが、その頃は子供だったので、まるで人形劇を心待ちにする気持ちだったのだろう。そんな懐かしい話は聞けたが、土偶の由来まではわからない。

「ご年配なら分かるかな。この先のお地蔵さんとこの家《え》さ、地元話に詳しいばっちゃがいるすけ聞いてみるどいいよ」

親切に連絡をとってくれたので、さっそく訪ねてみた。割烹着《かっぽうぎ》を着た小柄な年配女性は、古い言い伝えをよく知っており地域の「語り部」活動もしていた。

「あらあ、懐《なつ》がしいねえ。大切に祀ってらってくれたんだね」

写真を見るなり皺《しわ》の深い目を細めた。経緯を告げ、土偶の由来を訊《たず》ねてみると、

「このオシラサマは確か、昔、鉱山掘ってらったら出でぎだもんだって聞いたよ」

「鉱山？　ですか」

「このあたりは、昭和の初め頃から銅山があってね。そりゃ賑《にぎ》やかだったんだよ」

ほらあそこ、と指さした方角に山を切り崩した痕跡《こんせき》がある。小真木《こまき》鉱山と言い、戦時中には金鉱脈も見つかって賑わったが、四十年ほど前の昭和五十三年に閉山していた。

無量たちは九頭竜湖《くずりゅうこ》の鉱山を思い出した。近代の鉱山は一度開発されるとどこも一気に賑わって、病院や遊興施設などが充実し、町全体が活気に満ちるが、閉山とともに人が去ると、途端にその活気が幻だったかのように寂れてしまう。ここもそんな地域のひとつなのだろう。今は鉱毒処理施設が稼働しているのみだ。

「出土したのも昭和の頃ですか」

女性は首を振った。

「諸田のオカミサンの話では、黒いほうは元々、白根《しらね》金山の金掘師の間で祀られでらったものなんだ」

「金山……というとまさか」

「江戸時代のはじめの頃、今の小真木鉱山と山続きのとこから金が採れたんだ。このあたりは白根金山と呼ばれてたんだよ」

かつて南部藩は金山開発で潤ったが、鹿角周辺にあるいくつかの金山の中でも、白根金山は最も古い。黒漆の土偶はその金山で見つかった。当時は金掘師が四千人もいて、このあたりは一大鉱山街だった。南部藩と久保田藩(秋田藩)が金山をめぐって領界争いに発展したこともあったほどだ。

黒い土偶は採掘の最中に、とある金掘衆の手で掘り当てられ、山の守り神として初めは坑道内に祀られたが、その後、金掘衆の親方が家に持ち帰った。金掘工たちは親方の家に集まり、密《ひそ》かに祈りを捧《ささ》げていた。やがて徐々に金は採れなくなり、白根金山は銅山となったのだ。

「赤いオシラサマのほうは?」

女性は少し顔を曇らせ、声を潜めて、

「そっちのオシラサマはね、……怖いオシラサマだと聞いだな」

「怖い、とは」

「明治時代に祟《たた》りでひとが大勢死んだことがあると」

無量と萌絵は、どきり、とした。祟りで、だと？

このあたりの畑を耕していて見つかったものらしい。

「人が次々と亡ぐなっていっだもんだから、オカミサンのお師匠さんが金山神社の祭神にお伺いば立でだところ『毛馬内《けまない》の山師・坂野義右衛門《さかのよしえもん》のもとにある黒いご神体と、つがいとなして祀れば、おさまる』とご神託が下ったんだ」

名指しされた坂野の家には実際に黒い土偶が祀られていた。坂野は金掘衆の子孫だったという。さっそく赤い土偶と黒い土偶を一対にして祀ったところ、ようやく祟りは収まったのだ。以後、その二体は村のイタコが代々引き受けて、オシラサマとして祀ってきたのだ。

——赤い土偶が出土すると人が死ぬ。

あの予言は、このことから来ていたのか？

「それはもしかして〝明治三十六年〟のことでしょうか」

赤い土偶の背中に入っていた紀年銘だ。女性はわからないという。

神妙そうに聞いていた無量が、意を決して問いかけた。

「その金山神社というのは、どちらにありますか」

無量と萌絵は連れだって「二体の土偶」の託宣があった金山神社へとやってきた。

鉱山跡から少し離れた山中にあり、薄暗くひっそりとしている。古い神社で社殿も老朽化が目立ち、今は祭礼の時以外は滅多に参拝者もいないのか、石段は杉の葉に埋もれていて、朝方の雨に濡《ぬ》れ、滑りやすくなっていた。

「ここが金山だった頃は賑やかだったんだろうね」

祭神は金山彦神《かなやまひこのかみ》。鉱山の神様だ。

村のイタコにご神託を授けたという。

「でも黒い土偶が出た時、見つけた金掘衆はどうして隠れて祀ったりしたんだろうね」

萌絵の疑問に、無量はおぼろげながら答えを見つけていた。

「忍によると、江戸の初め頃、南部藩の金山にはキリシタンがたくさんいたって」

「キリシタンが金山に？」

「金山や銀山は一種の治外法権だったから、よそから逃げてきたキリシタンが潜伏するのにちょうどよかったらしい。さっきの話、黒い土偶を金掘衆の親方の家に持ち帰ったって」

「もしかして」

「うん。そのひとたち……潜伏キリシタンだったんじゃ」

無量の洞察を聞いて、萌絵も思い当たる節があった。

「そういえば、あの二体のオシラサマ。背中に十字の刻印が入っていた。つまり、あれは魔除《まよ》けでなくて十字架？　キリシタンだった金掘衆が、黒い土偶をキリスト像代わりにしてたってこと？」

「長崎で潜伏キリシタンの遺物見たでしょ？」

潜伏キリシタンが密《ひそ》かに信仰を続けるために、家の納戸神や観音像をキリストやマリアに見立てて祈りを捧げたり、家のあちこちに十字架を隠したりした。

「土の中から出てきた不思議な土偶を、キリスト像代わりにしたとしてもおかしくない。オシラサマになる前は、キリシタンのキリスト像だったのかも」

萌絵はぽかんと口を開いてしまった。

「確かに、なくはないかも。あの土偶、十字架にかけられたキリストみたいな姿をしているし」

「それと、手倉森さんが持ってた十字形のちっちゃい板状土偶」

古沢地区の者が「おじゅうじ講」の一員になるため、幼い頃に授けられるという十字形板状土偶だ。

「最初あれ見た時、何かに似てると思ったけど、思い出した。原城《はらじょう》の鉛の十字架だ。弾丸を鋳直して作ったっていう簡易十字架。あれに似てるんだ」

島原の乱の時、原城に立てこもった一揆《いっき》勢の中には、乱の最中に、城内でキリスト教の洗礼を受けた者もいた。その人々のために鉛の弾丸を鋳直して小さな十字架を作り、授けたという。手のひらに収まるほどの大きさといい、よく似ている。

「土の中から出てきた十字形板状土偶を、あのへんに潜伏してたキリシタンが、子供に十字架代わりに授けていたんだとしたら？」

「なら、手倉森さんのところのおじゅうじ講の正体は」

萌絵は目を丸くして、

「カクレキリシタンだっていうの？」

まだ確証は何もない。だが、長崎では潜伏キリシタンたちが何代も経るうちに、地元の習俗と混じり合って、元々のキリスト教からはかけ離れた「カクレ（隠れ）」という独特の信仰形態を持つようになっていた。明治時代に布教が解禁されたあとも、キリスト教に復帰しなかった人々のことは「カクレキリシタン」と呼ばれている。

長崎に限らず、他の地域でもそういう人々がいた可能性はある。

全くないことではない。

「もちろん、思っただけで確証はないから、あくまで仮説だけど」

「そっか……」

「あっ、竹内文書は全く関係ないよ。出所が全然違うから」

潜伏キリシタンがいたとなると、宣教師が来ていたことはありえたかもしれない。

――宣教師がキリストの墓を求めてやってきた。

「宣教師か……」

では『三戸深秘録』の一文にあった「基督《キリスト》之墓」はどこから出てきたのか。

ともあれ、手倉森たちのいう「キリスト来日説」とは無縁だと証明できれば、彼らの主張を覆して、奥戸来文書の観光利用をもくろむ元村議会議員たちを説得できるかもしれない。

「けど、どうやって探したら……」

「困った時の文化財課」

萌絵が提案した。市の教育委員会だ。詳しい職員がいるはずだ。

さっそく電話をかけてみて、概要を説明し、潜伏キリシタンに関する史料があったら紹介してほしい、と頼んでみたところ——。

「潜伏キリシタンはいない？」

確かに、白根金山に多くのキリシタンがいたこと自体は本当だという。が、寛永年間にあまりにキリシタンが多いという風聞を受け、南部藩はキリシタン詮議《せんぎ》を行うため、白根金山を留山《とめやま》にしてしまったため、餓死者を千人以上も出してしまい、山師たちはキリシタン排除のための「五人組」を自主的に結成して、山の再開を願ったのだ。

その後も宗門改《しゅうもんあらため》でキリシタンと発覚する者は出たが、武家諸法度《ぶけしょはっと》の改正で、キリシタン改めが各藩に任せられるようになると、その数も減っていったという。

『ただ、記録にないというだけで、実際にはいた可能性は十分あります』

なるほど、と無量と萌絵は納得した。確かに西国のほうでも、キリシタン改めが藩に任されるようになり、世代を経て「類族」という扱いになった後は、発覚しても「転んだ（棄教した）」ということで見逃してもらえる例も多かったようで、だいぶ緩かったとは聞く。

このあたりでは、片っ端からキリシタンを処分しては金山の働き手がいなくなるという切実な理由もあっただろう。

ただ、潜伏キリシタンやカクレ（隠れ）キリシタンがいた痕跡《こんせき》や遺物は、今のところ市内では発見されていないとのことだった。ならば、と切り口を変えて、

「明治の初期に毛馬内にいた山師・坂野義右衛門という人について調べたいのですが、家がどこにあったかなど、何かわかる史料はありますか」

『毛馬内ですか、ちょっと待っててください』

専門の職員に聞いているのか、保留音に変わり、数分待たされ、

『古地図があるそうです。そちらで調べてみてはどうでしょう』

ふたりは図書館に向かうことにした。

行き方を調べていた時、無量のスマホに発掘中のさくらから報告メールが入った。

マジか、と無量がうめき声をあげた。

「どうしたの？」

「環状列石の内側から墓坑らしきものが出てきたって」

しかも二基見つかった。工藤《くどう》によると、やはり他の環状列石や周堤墓同様、集団墓地ではないかとの見立てだった。が、これに大喜びしたのは手倉森だ。

――やはりここは戸来《へらい》王の王家の墓だ！

「戸来郷古神誌」にあった「戸来王」の王墓だと思い込んで、騒いでいるらしい。

――きっと中央部に王の墓があるに違いない。

と勇み足を踏みかけて、工藤の手を焼かせているようだ。

「ありゃあ……。盛り上がってんなあ」

環状列石が集団墓地であることは想定内だった。が、後世の古墳のような、特別な地位のある人物の墓という体裁からはほど遠い。

「今度は『戸来王の墓発見』なんて騒ぎ始めるんじゃ」

しかも、さくらによると、今日は新山《にいやま》元議員たちが地元の偉い人たちをたくさん引き連れて、見学にやってきたという。このままでは「戸来《へらい》王の歴史を甦《よみがえ》らせる会」が今夜にでも祝勝会を開きかねない。

まずいな、と無量と萌絵は渋い顔になった。

「まずいけど、忍も動いてることだし、こっちはこっちで進めよう」

＊

古地図を頼りにたどり着いたのは、かつて南部藩の城代が置かれた毛馬内の町外れにある一角だった。米代川《よねしろ》が合流したあたり、文化財課の職員によると「白根千軒」と言われた鉱山街があったのもこのあたりのようだった。

着いた頃にはもう日も西に傾いていたが、そこで無量はなぜか地元のひとに「古い墓地・墓石」について聞いて回り始めた。墓地を回っては墓石を見ている。

山に入っていったところにも古い墓地跡があると聞くと、腰に道具差しを巻いて、藪《やぶ》をかき分けて探し始めた。萌絵は必死でついていく。こんなこともあろうかと、アウトドア仕様で来て正解だった。

しかし、なかなか目当てのものは見つからないようで、辺りはどんどん薄暗くなっていく。さすがに不安になってきた。

「西原くん、なに探してるの？　墓石に何かあるの？」

土に半分埋もれたり、割れたり倒れたりしている墓石を丹念に見て回る。懐中電灯をあて紀年銘を見たり、墓石の形を見たりしている。

「うーん……。さすがにそう簡単には見つからないか」

「誰のお墓を探してるの？　坂野義右衛門のお墓？」

無量は首を振った。義右衛門本人の墓というわけでもない。

「十字模様とか、お地蔵さんに似せたキリスト像とかが入ってないか見てるわけなんだけど……」

そう簡単に見つかるようなら、すでに文化財になっているだろう。

「もう暗くなってきたから、今日はこのへんにしておかない？　明日《あした》また出直そうよ」

山中には街灯もない。暗くなってくると帰り道もわからなくなりそうだ。道に迷う前に引き返そうと提案され、やむなく無量もあきらめようとした時だった。

ふと何かに呼ばれた気がして、山のほうを振り返った。

暗い山道の奥を、何かに警戒する動物のように、身じろぎもせずに見つめている。

「西原くん……？」

無量は引き返さず、それどころか、なおも山中に続く道を歩き始める。萌絵は慌てた。

「どこいくの。その先はまずいよ。帰れなくなるよ」

「あれは」

道の先が崖《がけ》のようになっていて斜面に不自然な穴が暗く口を開けている。半分土に埋もれて崩れてしまっているが、木枠らしきものが覗《のぞ》いている。

「坑道だ」

古い坑道跡のようだった。無量はしきりに観察する。近代のものではなさそうだ。

「江戸時代の坑口だ。たぶん、古い。金山だった頃のかも」

白根金山は採掘量が減って銅山に移行している。この坑口はほとんど崩れているところを見ると、初期に掘られてまもなく放置されたもののようだった。

無量がまた上のほうをじっと見つめている。坑道には見向きもせず、さらに斜面を登り始めた。

「あぶないよ、西原くん」

「来ないでいい。そこで待ってな」

待ってな、と言われてもおとなしく待つ萌絵ではない。体力と運動神経だけなら無量よりも頼もしい。萌絵は後を追って険しい斜面を上がっていく。

「なんで来んの」

「助手ですから」

「頼んでない」

「おっ。久々に聞いたな。その憎まれ口」

無量と萌絵がほとんど這《は》うようにしてあがったところは、少し平らなテラスのようになっている。木々と下草が生い茂っているが、ところどころに石らしきものが見える。

「あれも墓石かな」

「いや、ちょっと変だ」

「え！　まさか環状列石だっていうんじゃ！」

無量は石をひとつひとつ見て、軍手をはめた手でその形を確認していたが、ふとその手が止まった。腰から下げていた道具差しから手ガリを取り出すと、石が埋もれている周りの土を取り除き始めた。

「これは」

その石は、かまぼこのような奇妙な形をしている。自然石ではない。加工されている。

「墓石だ。たぶん」

「墓石？　これが？」

「長崎で見たのと似てる。かまぼこ形の変形墓石」

まさか、と萌絵も高い声をあげた。

「キリシタンの墓？　これがそうだっていうの？」

無量は周りを見てみたが、かまぼこ形をしているのは、どうやらこれだけのようだ。

「表面に何か彫られてる。十字架……？」

「ではないね。文字かな」

摩耗していてよく読み取れないが、線刻があるのは間違いない。無量はペットボトルの水を石にかけて、リュックの中から文具屋で購入した半紙を取り出した。手のひらをバレンがわりにして拓本の要領で、写し取っていく。

「なに？　三本の線……かな？」

まっすぐ立つ一本の線の左右に、斜めになった線が二本刻まれている。

「これは……」

無量はごくりと喉《のど》を鳴らした。

「三本の、釘《くぎ》？」

「それってまさか」

三本の聖なる釘だ。イエス・キリストを磔《はりつけ》にした時に使われた釘のことだった。聖釘《せいてい》、といえば――。

「イエズス会の紋章？　じゃ、まさかこの墓石は！」

こくり、と無量はうなずいた。

「たぶん、イエズス会の宣教師の墓」

イエズス会の紋章は「ＩＨＳ」の三文字の「Ｈ」の上に十字架が載っている。その下に三本の釘が描かれている。おそらく元々は「ＩＨＳ」の部分も刻まれていたのかもしれないが、何らかの理由で削られてしまい、三本の釘だけが残ったのだろう。

「まさかこんなとこで島原ん時の経験が役に立つとはね……」

「ならやっぱり宣教師もこのあたりに来てたんだ」

ただ外国人とは限らない。昨日、忍が見ていた史料には日本人宣教師が盛岡に来ていたとあった。山奥の鉱山にキリシタンが多いと聞き、ミサを行うために巡回に来る者もあったようだと。

墓の主が何者なのかは、わからない。

「このひとの身元はわからないけど、このあたりに来た宣教師が『キリストの墓』を探しに来たわけじゃないって証明できれば、手倉森さんが言ってた『キリスト来日説』の根拠も突き崩せるわけか」

「……証明ってとこが難しいよね」

ふたりは山を下りた。

念のため、市の文化財課にも「キリシタン墓らしきものを見つけた」と伝えて、画像も送ることにした。うまくいけば専門家に調べてもらえるだろう。

車に戻ると、萌絵のスマホに電話がかかってきた。間瀬《ませ》いろはからだ。

いろはも下北から帰ってきて今日は現場に復帰している。びっくりするほど大勢の大人が動き出しているのを見て、心配している。

『それじゃ大垣タヅさんの赤い土偶は、鹿角のオシラサマだったんですか』

いろははは「斗南神社の赤い土偶」＝「大垣タヅの赤い土偶」説を唱えていたので、肩すかしにあったのだろう。タヅの〈オシラサマ土偶〉はどうやら鹿角の畑で見つかったものらしいと聞き、推理が外れて悔しがっている。

『絶対、円通寺から恐山に奉納されたんだと思ってたのにぃ……』

「え？　恐山に？」

『昨日、私、青森の県立図書館に行ってたんですけど、明治時代の文献に斗南の日新館の話を見つけたんです』

「日新館って確か、会津の藩校だよね」

『斗南に移ってきた後、再建されているんです』

会津日新館から漢書・洋書を運び込んでおり、移住の早い段階で開校していた。はじめは商家の蔵を借りて講堂として、後に円通寺に移り、洋書も買い込んで、会津日新館にあった孔子像も安置した。だが資金不足で定員は六十名と少なく、そこで五戸と三戸に支局を置き、他にもいくつかの分局を置いたという。

『ご存じの通り、会津の日新館は優れた藩士をたくさん輩出した学校で、斗南藩がなくなった後も斗南藩士の学識の高さは際だってて、いろんな分野で活躍してたみたいです。

中でも教育現場への貢献が大きかったって。青森県に学制が敷かれた頃、小学校の設置がなかなか進まなかった時に、斗南藩士がとても頼りにされたみたいで』

斗南藩士（旧会津藩士）からは優れた教育者が次々と現れ、青森県の教育には日新館の遺伝子が引き継がれたと言っていい。

「その日新館が、どうしたの？」

『斗南神社の土偶は田名部のお寺に預けられたってあったでしょ？　私、やっぱり預けられたのは斗南藩にゆかりの深い円通寺じゃないかってにらんだんです。っていうのは、明治政府が明治四年に〝古器旧物保存方の布告〟というのを発していて』

悪名高い廃仏毀釈で寺社や仏像が破壊され、古物商に流れたりしていることを危ぶんだ明治政府が、文化財保存のために発した太政官令だ。該当品目を所有する者は届け出よ、という内容だった。

「へえ。そんなフォローしてたんだ。明治政府ちょっと見直したわ」

『一応、その後、古社寺保存法も作ってるんですよ。……で、円通寺からの届け出がなかったか、調べてみたら、あったんです。しかも土偶が』

「あったの！」

『円通寺は恐山菩《ぼ》提《だい》寺の本坊でもあるでしょ？　もしかして、恐山に移されてたのが、あの写真に写ってたのかな？　と推理したんですけど——はずれたかあ』

いろはは一度没頭するととことんやるタイプだった。

「なら、どこに行っちゃったんだろ」

『子孫の会の本も、もう一度読み直してみたんです。そしたら斗南日新館出身者の中に亀ヶ岡遺跡や三内丸山を研究したひとを見つけて』

「え？　そんな昔に？」

『あのへんの遺跡は江戸時代から記録にあるんですよ。そのひとは会津時代から地元の古墳なんかも調べてて、五戸の小学校教師に抜擢《ばってき》されて移ってるんですけど』

「名前は？」

『間瀬寅之介《とらのすけ》です。間瀬一族のひとでした』

いろはの家に伝わっていないところを見ると、直系ではなさそうだ。

『〈斗南神社の土偶〉もそのひとが持ってったんじゃないでしょうか。しかも、そのひとはハリストス正教会系のクリスチャンになったみたいで』

「クリスチャンだったの？」

『東北のあたりは、禁教令が解かれた時に函館《はこだて》とかからドッと宣教師が来てるんです。戊辰戦争で辛酸なめた士族たちが新しい心の拠《よ》り所を求めたみたいで、洗礼を受けたひとが結構いたんですよ』

萌絵と無量は不思議な符合を感じた。キリシタンとクリスチャン……。

「江戸時代の宣教師と明治時代の宣教師か……」

『まさか寅之介さんの霊が間違って、ひいばっちゃにおりちゃったんでしょうか』

ともあれ、結局のところ〈斗南神社の土偶〉の場合、「赤い土偶が出土して人が死」んだ状況として考え得るのは、移住直後の餓死や凍死というもので、これからよほど異常気象にでもならない限り、餓死・凍死は現実的ではない。直近に影響が出るとは考えにくい。

『〈オシラサマ土偶〉のほうはどうなんでしょう』

明治時代の鹿角でも「赤い土偶が出土して人が死」んだ出来事はあったようだが、土偶の祟《たた》りだということ以外に具体的な状況がわからない。

「明治時代に赤い土偶が二度出土して二度ともその後に人が死ぬ出来事があったからって、今回もそうなるというのは、ほとんど確率の問題のような」

人が死ぬ不幸な出来事自体は、言葉は悪いが、いつでも何らかの形で起きがちで、無理矢理こじつけようと思えば、いくらでもできることではある。

『やっぱりイタコの口寄せの予言なんて、真に受けなくてもいいのかも』

いろはは悲しそうな声になった。

『お騒がせしてごめんなさい……』

「そ、そんなことないよ。そういう警告は無視しないほうがいいよ」

真に受けてはまずい、と自分に言い聞かせたのと同じ口で、萌絵は慌ててフォローした。

「それに〈きりすと土偶〉は、祟りをもたらしたっていう〈赤いオシラサマ土偶〉ともよく似てるし、会津の唐人凧にも似てると言えば似てる。油断しないほうがいいかも」

「つか、もっとでかい問題が残ってるっすよ。手倉森さんのほう」

偽書を本物だと言いふらされて、騒ぎが大きくなると後が大変だ。

火はまだ小さいうちに消しておいたほうがいいが。

「おじゅうじ講は隠れ（カクレ）切支丹の一種なんじゃ……だなんて俺らが言ったところで納得するとは思えないし。どうすんべかなあ……」

無量はさくらの口調をまねして、フロントガラスの向こうを仰いだ。

山の稜線《りょうせん》に赤い星がひとつ、瞬いている。

＊

八戸に帰ってきたふたりから報告を受けた忍は、無量の仮説を聞いて目からうろこが落ちたのか、いたく興奮して、

「カクレキリシタンか。その可能性は考えてなかった。確かに全くないこととも言えない」

どうだ見たか、と無量は得意満面だ。

「これでおじゅうじ講とキリスト教の類似性の謎も解ける。つか藤枝のやつ、腰抜かすぞ」

「おじゅうじ講の祭文の内容を調べれば、カクレである証拠が出てくるかもしれない。長崎の離島でオラショが変化して伝わったように」

「そうか。そこから切り崩す手もありましたね」

萌絵も賛同した。忍は記憶をたどり、

「確か、五島《ごとう》列島のカクレキリシタン信仰でも、生まれた子供の額に十字を描くお授けの儀式があった。おじゅうじ講ともよく似てる」

「なら、新郷村のキリストの墓にこじつけられちゃったアレコレも、実はカクレキリシタンからきてたってこと？」

と萌絵が言うと、横からさくらも、

「〝ナニャドヤラ〟もそっから来てたんだべか？」

「決めつけはできないが」

那無武王朝を支持したいミゲルだけは不満そうだ。

「……逆に那無武王朝がキリスト教より先だったっていう証拠にもならんとか？」

手倉森たちはオラショとの類似を指摘されたら、きっとそう主張するはずだ。

「オラショのベースはグレゴリオ聖歌だと言われてる。グレゴリオ聖歌は西暦十世紀頃に成立したラテン語のチャントだ。尤《もっと》も、古い歌を編纂《へんさん》したものらしいから、その起源は厳密には言えない」

「十分じゃね？　それ言うなら那無武王朝のネーミングのほうがアウトだわ」

萌絵と忍は調査を続けることにして、無量は翌日、発掘現場に戻ることになった。

ホテルの部屋に戻る途中で、忍が無量を呼び止め、自分の部屋に連れてきた。

「……実は手倉森氏の著書の中に、『古文書が見つかった時に新聞記事にもなった』と書いてあったんで、その記事のことを調べてみたんだ」

忍が新聞記事のコピーを差し出した。「新郷村の歴史を解き明かす古文書、民家で発見」と見出しにある。短い記事で古文書の内容には触れておらず、知られざる歴史の解明に役立ちそうだ、とだけ、ある。

「この記事を書いた『野田《のだ》記者』って人に話を聞こうと新聞社に連絡したんだが」

「退職してた、とか？」

いや、と忍は険しい顔をした。

「……亡くなっていた」

「亡くなった？」

「しかも、この記事を書いてから、わずか十日後に」

無量はギョッとして言葉を飲み込んだ。たった十日後だと？

「死因は事故死だ。それも記事になってた。スピードを出しすぎてハンドル操作を誤って民家の壁に激突したようだが、なぜかテールバンパーが破損していた」

「誰かに煽《あお》られたってこと？」

「わからない。バンパーの傷がいつ付いたかはわからず、追突してきたらしき車も結局見つかってないらしい。でも怪しいと思わないか？」

無量も黙り込んでしまう。おおいに怪しい。考えたくはないが……。

「それって殺されたってこと？」

「奥戸来文書の発見に違和感を持って、調べようとしてたのかも」

それが事実なら不穏なんてものではない。犯罪そのものではないか。犯人が誰かはわからないが、人死まで出ているとなると、いよいよ安易に取り扱うのは危険だ。

「朝霞孝三氏についても調べたよ」

忍は椅子をまたいで後ろ向きに座り、背もたれに両肘《りょうひじ》を乗せた。

「朝霞氏は若い頃は日宋《にっそう》貿易の研究で一躍注目を浴びて、周りからも期待されてた研究者だったみたいだ。藤枝教授が偽書騒動に足を引っ張られてなかなか芽が出ずにいた頃、朝霞さんはどんどん論文を発表して、本も出して、講演会では引っ張りだこの、売れっ子研究者だったようだ」

「あの藤枝より？」

「その頃はね。ただライバル視していたのは、藤枝教授のほうじゃなく、意外にも朝霞さんのほうだったらしい」

若い頃の藤枝をよく知る先輩教授に、忍は話を聞いたのだという。

「朝霞さんが藤枝をライバル視してた？」

「ふたりは研究分野も近くて、よく一緒にいたみたいだ。藤枝教授は朝霞さんを兄貴みたいに慕ってたみたいだけど、朝霞さんの方は年下で気鋭の藤枝氏に思うところがあったんだろう。スタートで出遅れた藤枝氏が頭角を現してくると、たちまち学界の注目を浴びるようになって、朝霞さんのほうは日陰に追いやられてしまったらしい」

そうでなくとも藤枝には華がある。学説は切れ味鋭く、言動は過激。次々と学界の常識を塗り替えて、その強烈な個性は台風の目になった。藤枝がスポットライトを浴びるかたわらで、朝霞の存在感は徐々に薄れていった。

「盛岡の大学で講師をやめた頃、突然、貿易史の研究をやめて縄文時代の研究を始めてる」

「縄文時代の？　そりゃまたなんでいきなり」

「転向の理由はわからない。ただ評判はあまりよくない。だんだん迷走しはじめたみたいだ。自分の学説ありきで、そこに考古学の成果を、都合のいいところだけかいつまんで無理矢理こじつけてる。そんな感じがする」

無量が手渡されたのは論文のコピーだ。タイトルは「縄文土偶の形態と巫女《みこ》王に関する考察」。「戸来《へらい》郷古神誌」に通じるものがある。というより、そのベースはこの論文ではないか。

「歴史学者にも考古学者にも全く評価されなかったらしくて、いつのまにか論文の発表も止まってしまってる」

最後の論文からはもう十三年経っている。

「その三年後に『戸来郷古神誌』が見つかったってわけか……」

無量は枕をクッションがわりに抱えて、あぐらをかいた。

「あまりに学説が評価されなかったもんだからヤケになったのかな」

「はじめのうちはだいぶ叩《たた》かれたみたいだ。けど、だんだん相手にされなくなっていったらしい。世間から無視されてる気分になって、被害妄想を募らせたのかも」

「それで、腹いせに古文書を作った、と……?」

気持ちは少しわかる、と忍は苦々しそうに顔を歪《ゆが》めた。

「縄文の常識を変える斬新《ざんしん》な学説で、注目を浴びるはずだったのが全くそうならず、歯がゆいどころの騒ぎじゃなかったはずだ。叩かれた理由も納得いかなかったにちがいない。平静でいられなくなって、だったら自分で『史料』そのものを作ってしまえばいい。そんなふうに考えてしまったんだとしたら」

史料を捏造《ねつぞう》して、それが〝本物〟と見なされたなら、理不尽に自分を叩いた連中もぐうの音も出なくなる。

そんな報復の気持ちもあったのだとしたら。

「……きついな」

無量の脳裏によぎったのは、祖父・瑛一朗《えいいちろう》のことだ。

「……うちのじーさんも、そうだったのかな」

瑛一朗の動機も、焦りだったと言われている。

ただそうなってしまう気持ちも、わからないでもない。

この数日、父の矜持《きょうじ》や祖父の悔しさに、嫌でも心を馳《は》せてしまう無量だ。今までは見えていなかった、見ようともしなかったものが、少しずつ見えるようになってくる。無量自身が経験を重ねてきて、物事に対する解像度があがってきているせいかもしれない、と忍は思った。

「朝霞氏の住んでる家がわかったんだ。明日、訪問してみようと思う」

「……おまえひとりで？」

無量はすぐに難色を示した。

「ヤバいだろ。俺たち脅されてるんだぞ？」

「ああ、でもどこまで本人が関わってるか、見極めないとね」

「なら俺も行く」

「だめだ。ふたりで押しかけたら藤枝氏の手先と思われる」

そうでなくとも無量は藤枝の息子だ。朝霞が藤枝に対して抱いている気持ちは想像に難くない。その男の息子を関わらせることには懸念がある。

忍は代わりにミゲルを連れていくと言った。ミゲルは手倉森の覚えもめでたいし、いいカムフラージュになる。忍も変装するというので、無量は渋々承諾した。

「どうせなら永倉を連れてってほしいとこだけど」

「今回はミゲルのほうが適任だ。強面《こわもて》だしね」

「くれぐれも油断すんなよ」

無量が念を押した。心配された忍は笑顔を返した。

「大丈夫だ。無茶はしないよ」

＊

朝からどんよりとした重い雲が垂れ込め、今にも雨が降り出しそうな天気だ。

忍が訪れたのは、五戸のとある集落だった。あたりは田畑ばかりのひなびた山村で、収穫間近の金色の稲穂が風に吹かれて波のように揺れている。

ふたりが降り立ったのは、ささやかな石垣の上にある赤い屋根の一軒家だ。

母屋の横には煙突のある小屋があり、ブロックを積んだ壁際には薪《まき》が積んである。煙がたちのぼっていて、薪の焼ける甘香ばしい匂いがする。

朝霞とは面識はないが、忍は念のため、手倉森の家を訪れた時とは印象を変えようと、前髪を立ち上げて後ろに流し、八戸のショッピングモールでミゲルがチョイスした全身黒のラインジャージにパーカー、厚底スニーカーに太フレームの黒縁メガネという出《い》で立ちでやってきた。

ミゲルと並ぶとカチコミ感満点だ。

「いやこれ、やりすぎじゃないかな」

「問題ないッス。全然普通ッス。てか忍さん、オラつきが足りなか。イメチェンすっとなら、こげんふうにせんと。……チース！　誰かおらんとかあ！」

呼び鈴を鳴らしたが、誰も出ない。「ごめんください」と引き戸を開けてみたが、家の中は静まりかえっている。留守のようだ。

「うちに何か用か」

突然、後ろから声をかけられた。畑のほうから男性がひとりやってきた。小脇に抱えるザルには、もいだばかりらしき茄子《なす》が入っていた。

「朝霞孝三さんっすか」

「なんだ、うちには借金はないぞ」

「手倉森さんから紹介してもらった者ス。土偶の件で」

ヤンキーコーデの若者ふたりを、朝霞はいぶかしげに眺め回している。

「手倉森くんのとこで発掘している若いの、というのは君たちか」

「手倉森さんの本を読んで奥戸来文書に興味を持ったとです。朝霞先生はあの文書を最初に解読した人やと聞きました。俺たちももっと勉強したかあって言ったら、朝霞先生のとこに行ってみなさいって言われて」

ミゲルには裏表がない。目をキラキラさせている。小器用に演技できないのが逆によかったのか、朝霞は警戒を解いたようだった。

「入りなさい」

忍とミゲルは家にあがった。

玄関に入って驚いた。玄関にも廊下にも本が積んである。本の塔が摩天楼状態で床を埋め尽くしていて、階段にまで積んである。まるで積雪の中に作った道のように、人が通れるところが狭い。いかにも学者の家だ。学者にとって本は財産のうちだから、溜《た》まっていく一方で減ることはない。

「にしても凄《すご》い数だな」

どれも学術書だ。小説や漫画といったものは一冊もない。一体どれだけ読んでいるのか。一応、客間らしきソファーのある部屋に通されたが、そこも本のタワーで埋め尽くされている。執念を感じるほどだと忍は思った。

朝霞は小柄で、髪は真っ白。猫背で、口角が常に下がっている。藤枝の二歳上と聞いたが、ひとまわり年上のように見えた。学界の第一線で気を吐き続ける藤枝と比べてはいけないが、どことなく隠棲者《いんせい》の雰囲気がにじみでている。なまじ藤枝にオーラがある分、比べてしまうと余計に老け込んで見えるのだろう。

朝霞はポットとインスタント珈琲《コーヒー》を持ってきて、テーブルに置いた。

「飲みたければ勝手に飲みなさい」

愛想がない、というよりも、この家では元から客はセルフサービスなのだろう。形も大きさも不揃いな焼き物のカップがいくつもトレーに伏せてあり、上から無造作にふきんがかけられている。カップの数からすると、日頃からそこそこ人が集まるのか。

「裏の小屋、窯ですか。陶芸を？」

「手慰みだ」

「すてきですね」

朝霞はマイペースで、自分のカップを持ってきて、自分の分だけ珈琲を淹《い》れる。いかにも気難しそうでとっつきにくい。同じ学者でも藤枝のほうがまだ社交性がある。

忍たちを猟銃で脅してきた男は、もっと大柄だった。朝霞本人ではないことを確かめると、今度は別の疑問が湧いてくる。あの男女と朝霞の関係だ。

「赤い漆土偶が出土したそうだな」

朝霞の方から話を切り出してきた。

「やはり環状列石だったのか？」

忍は不意をつかれ、慎重に言葉を選んだ。

「はい。奥戸来文書の『戸来郷古神誌』にあった記述どおりだったとか」

探りを入れるように答えた。忍は朝霞が『戸来郷古神誌』の創作者ではないかと疑っている。首謀者だとしたら、なぜ、古文書捏造なんてしたのか。どうして「環状列石のもとに赤い漆土偶が埋まっている」と考えたのか。聞き出したいことは山ほどあるが、不用意に態度に出すのは、よろしくない。なので作り笑顔で、

「やはり、那無武王朝は本当にあったんですね」

と無邪気を装った。が、朝霞は特段面白くもなさげに灰皿を引き寄せ、

「そんな名のものが本当にあったかは知らん。ただ、そういうものが存在した、と記した江戸時代の古文書があるというだけのことだ」

忍とミゲルは肩すかしにあった気分だ。

「福士《ふくし》さんのおうちで奥戸来文書が見つかった時、朝霞先生もご一緒だったと聞きました。さぞかし、興奮したのでは？」

「興奮など、せんな。古い民家で古文書が見つかるなど、よくある」

「いや、その内容がすごいじゃないですか。三内丸山みたいな拠点集落でも王墓のようなものは見つかってませんよね。リーダー的なひとはいたとしても、皆がかしずく王のような存在はいなかったとされてきたのに。しかもそれが女王だなんて斬新――」

ギロリ、と朝霞がにらみつけてきた。忍は口を閉じた。

「何か勘違いしていないか。あれは学説ではない。記述だ。太古の人間が口伝し、古代の人間が文字に起こした『伝承』だ。斬新かどうかは関係ない」

朝霞は「戸来郷古神誌」に対して、手倉森のように熱烈に入れ込んでいる様子はない。明らかに温度差がある。学者の冷静さで「偽書」ではなく「真書」とみなしている。そういう態度をとることで、真実を隠蔽《いんぺい》しているようにも見える。

「……すみません。つい興奮して。でも筑紫大学の教授がわざわざ来るなんて、やっぱりすごい価値がある証拠じゃ」

朝霞が途端に鬼の形相で威嚇してきた。

触れてはいけない話題であることは、火を見るより明らかだ。

「大学教授が見に来たから価値があるのではない。やつらに真の価値がわかるとも思えん」

藤枝が来たことは伝わっているようだ。やはり、心穏やかではいられないのだろう。警戒しているのがありありとわかる。藤枝に暴かれることを恐れているのか。

「いちいち変なこと言ってすみません。それより質問があります。さっき、口伝とおっしゃいましたが、原本はいつ書かれたものですか」

「それは定かでない。縄文時代かもしれないし、奈良時代かもしれない」

「縄文時代に文字はあったんですか」

「すでにあっただろう。まだ見つかっていないだけだ」

独特の史観を持っている。

「使われていたのは神代文字と呼ばれるものだ。もともと神代文字で書かれた大本の書――つまり、原本の原本を漢語で翻訳したのが『戸来郷古神誌』の原本だ」

「原原本は残っていないんですか」

「残っていない。系図と共に安倍貞任に焼かれた、と注釈に書かれてある」

ミゲルが忍の袖《そで》を引っ張った。あまり質問攻めにするとこっちが疑っていることがばれる。忍は詰問口調をやめて表情を和らげ、

「そうなんですかあ。残念だなあ。その神代文字を見たかったのに」

「一部だが『戸来郷古神誌』にも載っていた。これだ」

朝霞が取り出したのは小冊子だ。教科書のようになっている。

「私が解読した。神代文字は現代の五十音にも対応できることがわかった」

忍もミゲルも驚いた。不思議な記号が表になっている。

まさか自分で考えたのか？　大した凝り様だ、と忍は思った。とはいえ、一度作ってしまえば、五十音を置き換えればいいだけだから、文章を作るのは簡単だ。

「これだけの文字があったというのに、全然出土しないのも不思議ですね」

と人畜無害な笑顔で忍が言うと、朝霞はやけに神妙な顔をした。

「むろん、いずれ、この文字が書かれた土器や土版も出土するだろう」

予言のようなことを言ったのを、忍は聞き逃さなかった。ミゲルが横から、

「朝霞先生は遺跡の発掘ばされたことがあるとですか？」

「私は文献屋でね。この手で発掘というものはしたことがない。だが、むろん、遺構や遺物は見ているよ」

「赤い土偶というのは……このあたりではよく出るんですか？」

忍が問うと、朝霞は「多くはないね」と答えた。

「赤い土を使っていて赤く見えるものはあるが、塗料を塗るものは特別だ」

「〈きりすと土偶〉は王の姿を象《かたど》っているから、特別に赤く塗られているんですね」

「そうだ。那無武王朝の王の姿だからだ」

忍は「那無武王朝かあ」とつぶやき、

「南部地方の〝なんぶ〟は〝那無武王朝〟の名前からとってたんですね」

忍は鎌をかけたつもりだった。これで「そうだよ」と答えようものならクロ決定だったが、

「いいや。南部地方というのは南部氏の士族名からついた名だ。那無武王朝は原本にはなく、写本を制作時、この地方とわかりやすいように名称に手を加えたんだろう。古文書では珍しくないことだ。正しくは戸来《へらい》王朝だったと思われる」

なかなか尻尾《しっぽ》を摑《つか》ませない。名称の凡ミスには朝霞も気づいていたのか、のらりくらりかわしていく。

「こんなすごい古文書なら、もっと世間に大々的にアピールすべきです。論文にはしていないんですか」

「この国の学者たちはだめだ。頭が固い。常識外れとみなしたものは、頭ごなしに排除しようとする。簡単には受け入れようとはしないだろう。だから証拠が必要なのだ」

「証拠とは、赤い土偶のことですか」

「そうだ。大きな証拠のひとつだ」

朝霞はしかつめらしく口角をいっそう引き下げた。

「だが、もっと確かな証拠は……文字だな」

「文字？」

「原原本を記した神代文字が出土すれば、間違いない」

忍とミゲルは思わず互いを見て、険しい顔をした。

それから一時間ほど「戸来郷古神誌」の話題に花を咲かせた。打ちとけるにつれ、警戒もとけていったようで、朝霞も徐々に口がなめらかになっていく。

「証拠はもうひとつある。奥戸来文書の巻之七だ。江戸時代初期にバチカンから派遣された宣教師も『キリストの墓』を探してやってきている。これが何よりの証拠だな」

藤枝も「真書」とみなしていた『三戸深秘録』のほうだ。

傷みが激しく欠損の多い古文書だったが、確かに「基督《キリスト》の墓を探している司祭」というような一節があった。脈絡がわからず、どこから来た一文なのか、謎はまだ解けていないが、もしかするとその一節が朝霞に古文書捏造《ねつぞう》をさせる後押しになったのでは……。

忍がプロファイラーのような目つきをしていると、またミゲルからこづかれた。我に返って、また笑顔を作り、

「そうですね。それは大きな証拠になると思います」

やはり、宣教師探しだ、と忍は思った。本当の目的を明らかにして「キリストの墓など探していない」と証明する必要がある。

朝霞の話を聞けば聞くほど、忍はやはりこの男が「戸来郷古神誌」の作者だという思いを強くした。「戸来郷古神誌」は二巻合わせても一万字にも満たないが、朝霞はそれ以上の内容を話し続ける。クールな学者目線を装っているが、話していればわかるのだ。

自分自身が作った物語にのめりこんでいるから、疑いをもつこともない。

「明日の夜、勉強会をやるから、君たちも来るといい」

帰り際に、朝霞に言われた。毎週火曜日に「戸来王の歴史を甦《よみがえ》らせる会」の勉強会をしているという。ぜひ！　と忍たちは明るく応じた。

玄関から出ようとしたとき、ふと朝霞から呼び止められた。

「手倉森さんから聞いたんだが」

「はい」

「先日、筑紫大の教授が連れてきた若い助手というのは、君のことかね」

忍とミゲルは顔を見合わせた。そこで初めて疑われていたことに気づいた。

「それ多分先輩っす」

忍は「無量口調」でとぼけた。

「俺ら、わかんないっす。知ってる？」

ミゲルにふると、いや、とこちらもすっとぼけ、

「西原の友達やろ。あいつ顔広いけん」

「また明日きます」

ぼろが出ないうちに退散した。

車に乗り込むと、ようやく緊張が解けた。

「バレてたかな」

「大丈夫っしょ。いつもの忍さんとカッコが真逆だし」

「ならいいけど」

道路に出ようとしたとき、入れ違いに中型バイクがやってきて朝霞の家の玄関先まであがっていった。ミゲルが思わずブレーキを踏んだ。

「およ？　いまの沙里《さり》さんやなかか？」

「沙里さん？」

「作業員さんっす。こないだまでヒップホップダンサーやってたっていう。ええ？　なんでこげんとこに？」

バックミラー越しに見ていると、黒川《くろかわ》沙里は玄関先でヘルメットを脱ぎ、「ごめんくださーい」と勝手知ったる様子で引き戸を開ける。

「先生ーっ。いますかー」

ミゲルも忍もぎょっとした。朝霞の教え子だったのか？

「待てよ。あのひとどこかで……」

忍の記憶にあるシルエットが、目の前の沙里と重なった。バイクにも見覚えがある。おととい、忍たちを道の駅まで迎えに来た女のバイクと同じではないか。

そのことをミゲルに告げると目をひん剝《む》いた。

「うそやろ」

忍はすぐに車を出すよう指示し、沙里に気づかれる前にその場を後にした。

「沙里さんが忍さんと西原ば脅した一味？　そんなん信じられんばい！」

胸騒ぎがした。

重く垂れ込めた雲から、ポッポッと雨が落ちてくる。

フロントガラスを打ち始めた雨粒を、忍はじっと見つめている。

第六章　歴史を創りたかった男

無量《むりょう》もそのことには全く気づいていなかった。

「黒川《くろかわ》さんなら朝から現場にいたよ。途中で雨降ってきたんで作業中止になったんだわ。それがどうかした？」

終業時間よりも早く帰っていた無量とさくらは、八戸のハンバーガーショップで、忍《しのぶ》とミゲルに合流した。朝霞《あさか》家での出来事を伝えると、無量はうろたえた。

「どういうこと？　朝霞氏の教え子だったの？」

沙里《さり》が卒業した地元の高校には、朝霞が非常勤講師として勤めていた。どうやらその時の教え子だったようだ。さくらによると、沙里は学校の勉強そっちのけでダンスに打ち込んでいた頃で、大会に優勝したのは高二の時。東京のダンススクールから声がかかり、親の心配をよそに上京し、大好きなダンスで食べていく道を選んだ。

「沙里ちゃんは人を脅したりする子じゃねえ！」

さくらは全く信じなかった。

「見間違いだ。でなけりゃ何か事情があるんだ。悪に手を染める子じゃねえもん」

「沙里さん、『キリスト来日説』については、何か言ってなかったか？」

さくらは首を振る。赤い土偶が出土しても手倉森《てぐらもり》のように騒いだりしなかった。それどころか、一番淡々としているように見えた。

「縄文時代は好きだって言ってたけど、手倉森さんみだいな暑苦しい感じじゃ全然ながったよ？　それどころか縄文時代は未来の姿だって」

「縄文が、未来……？」

「そう、遙《はる》か未来の。ずっと先の。電気もなぐなってネットもなぐなって今ある便利なもんが全部なぐなって。文明とかが滅んだ後の景色だって」

縄文にそんな悲観的なイメージを重ねる人間を、無量も忍も初めて聞いた。沙里に言わせれば、人間はいつか縄文に還《かえ》っていくのだ。何もかも喪《うしな》われて、ひとはまた縄文に還っていく。そういう静かな未来の世界を想像するのが好きだと沙里は言っていた。

「沙里ちゃんはな、東京でひどい目に遭っだみでぇでな。一緒にデビューしたグループの子たちから、いっぱい悪い事されて、心がしんどくなっちゃって、大好きだったダンスも嫌になってやめてしまったんだ」

ダンスを見たり音楽を聴いたりするだけでも東京での嫌な出来事の数々が甦《よみがえ》ってしまうので、そのすべてから目を背け、地元に閉じこもってしまった。

「東京が嫌いって言ってでだがら、私もそんなに好きじゃないって言ったら、気が合うねって。縄文の土偶や遺跡見でると安心するんだって。ダンスもSNSもはやりのメイクもバズった動画も、そういうの全部から離れられて、ほっとするんだって。この子は……なんか、とっても傷ついてきた子なんだなってわかったんだ。そんな沙里ちゃんが、無量さんたち脅すわけがねえべ！」

さくらのまっすぐな言葉に、無量も忍たちも口をつぐんだ。

いろはが縄文ダンス計画に誘った時も、沙里は頑《かたく》なに拒んでいた。いろはのように髪色やメイクで自分を表現することを楽しんだりせず、いつもすっぴんでシンプルな格好でい続けるのは、それが一番落ち着くからだ。さくらが言うとおり、静かであることを好む沙里が、猟銃で人を脅す人間とつるむのには、何か事情があるに違いない。

「……その『事情』を知るためにも、協力してくれないか、さくら」

いつも「さん」づけの忍から呼び捨てにされて、さくらは背筋がのびた。

「うん。もちろんだ」

「ひとつ気がかりなことがある。無量、〈きりすと土偶〉の出土状況についてだ。万が一にも誰かに埋められたという可能性はないか」

無量は驚き、すぐに否定した。

「ない。大型土偶を、もし現代の人間が表土から掘って埋めようとするなら、二倍くらいの穴を掘らないといけない。そんなでかい穴の痕跡《こんせき》は、素人でも見りゃわかる」

「遺構面まで掘り下げた後に埋めた可能性は？」

「ない。土でばれる。まず色。昨日までなかった土坑痕《あと》がいきなりできてたら、そりゃばれる。あと、しまり。いくら踏み固めたとこで、何千年も地下で固められてた土と同じにはならない。バレない確率は限りなくゼロだ」

「つまり、捏造《ねつぞう》ではないんだな」

「捏造は無い。だよな、さくら」

掘り当てた当の本人であるさくらもうなずいた。

「なんでそんなこと聞くの？」

「朝霞氏だ」

忍は鋭い目つきで、

「『戸来郷古神誌』は神代文字で書かれてたことになってる。神代文字が縄文時代に使われていたと主張していたが、それを最も裏付ける証拠は、その神代文字が記された遺物が土の中から出てくることだ」

無量たちはその言葉で察した。

「まさかそれって」

「朝霞氏は神代文字はいずれ出土するだろうって言ってた」

「おい、まさか神代文字が書かれた土器を、朝霞氏が捏造しようとしてるって言うんじゃないだろうな！」

忍は黙って無量を凝視している。その、まさかだ。

「朝霞氏は藤枝教授が来たと知って、ひどく神経質になってた。あの反応から見るに、藤枝氏に暴かれるのを恐れてる。証拠固めに焦って遺跡に手を出すかもしれない」

「まじか……」

無量は絶句した。さくらが横から、

「朝霞ってひとが、本物でない文字入り遺物を埋めようとしてるってこと？」

埋めるとしたらおそらく「文字を入れた土器片」だろう。既存の土器片を用いれば偽装は十分成り立つし、何より朝霞の家には陶芸小屋があった。縄文土器に似せて作ることも可能だ。

「冗談じゃない……。そんなことさせてたまるか」

「つーか、朝霞本人が埋めるとは限らんやろ。一番ばれないのは、担当してる作業員が『出土したてい』で埋めることやし」

ミゲルは島原での発掘で「黄金の十字架」をあたかも自分が掘り当てたかのように見せかけたことがある。あのときはすぐに無量にばれたが、捏造工作をするなら「担当している作業員自身」が手元に埋めるのが一番ばれにくい。

「他の土器片と一緒に出てきたって小細工されたら見破れんかもしれんやろ」

確かに、と忍たちは沈黙した。一番危ないパターンだ。

だが無量は「見破れる」と言い切った。

「土器片は大体土器一個分がまとまって出てくる。同じ種類の土器片にいきなり別のが交ざってたら確実にばれる。玄人なら捏造が簡単じゃないことくらいわかる。問題は、発掘初心者や素人が気安くやらかすことだ。コイツみたいに」

「俺は二度とやらんて！」

「調査員が少なくてチェックが甘い現場もある。そうでなくても朝霞氏の仲間がこの現場にはふたりいるわけだ」

手倉森と沙里。どちらかが「神代文字の書かれた何か」を埋める可能性は十分ある。

那無武王朝が実在したと証明するために。

「……尤《もっと》も、あのふたりも『戸来郷古神誌』が朝霞氏の創作だとまでは思ってないかもしれないけど」

「絶対させねー」

無量は一見冷静だが、腹の底は怒りで煮えくりかえっている。

「捏造なんかさせてたまるか。明日《あした》の発掘、さくらは沙里さんに、ミゲルは手倉森さんに張りつけ。絶対目ぇ離すな」

「隠しカメラでも仕掛けたほうがよかとやなか？　逆に泳がしといて犯行現場を押さえれば、朝霞が嘘ついとる決定的な証拠になるぞ」

「泳がすのはだめだ。現場に手は出させない」

無量は「埋める」という行為自体に強烈なアレルギーがある。

「朝霞さんはたとえ捏造工作がばれても、自分が神代文字を創作したことまでは白状しないだろう。とにかく未然に防ごう」

翌日から厳戒態勢をとることになった。

ミゲルとさくらはハンバーガーを平らげて、先にホテルに戻っていった。

無量は、冷めてしなしなになったオニオンリングをかじりながら、ピリピリしている。忍の胸中も穏やかではない。相良悦史《さがらえつし》が西原瑛一朗《さいばらえいいちろう》の捏造工作を押さえた時と、嫌でも状況が重なるせいだ。

「これで朝霞がほんとに現場に手ぇ出したら、藤枝《ふじえだ》のせいだぞ」

「それはちがう、無量。藤枝氏がいたおかげで偽書とわかったんじゃないか」

「わかってるけど！」

藤枝が現れたせいで朝霞を刺激したのだ。これで朝霞が祖父の轍《てつ》を踏むことになったら、取り返しがつかない。無量が心を乱すのもわかるので、忍はなだめた。

「嘘を嘘で塗り固めるようなことはさせない。まだできることがきっとあるはず」

「いたいた、西原くん！」

そこに現れたのは萌絵《もえ》だ。いろはをつれている。

こちらも今から夕食のようで、トレーにはポテトとハンバーガーが載っている。

ふたりが笑顔で現れてくれたおかげで、空気がほぐれてテーブルが明るくなった。

いろはと忍はこれが初対面だから、まずは挨拶《あいさつ》だ。

「それより聞いて！　白根金山のキリシタン墓の主、身元がわかるかもしれない」

まじか、と無量がポテトをくわえて身を乗り出したので、萌絵はうなずいて、

「うん、やっぱり宣教師が来てたって。『伴天連《バテレン》ポルコ』と『ジュアン掃部《かもん》』『パウロ清《せい》左衛門《ざえもん》』ってひとたちなんだけど、鹿角の肝煎《きもいり》の家に残ってた史料にその人たちのことが」

萌絵の大金星だ。白根金山周辺の潜伏キリシタンを巡回していた宣教師は、三人。そのうちの司祭ポルコと同宿（司祭の協力者）の日本人ジュアン掃部は寛永七年（一六三〇年）に、その九年後の寛永十六年（一六三九年）にパウロ清左衛門が鹿角を訪れている。

「ポルコ神父は毛馬内で亡くなってしまったみたい」

すでに各地でキリシタンの捕縛や処刑が始まっていた時期だ。急な病だった。

「外国人宣教師か。イエズス会の修道士だとすると、あの墓がそうかもしれない」

「私もそう思う。見るからに格上のひとのお墓だったでしょ。パウロさんは、ポルコ神父が亡くなったと聞いて、そのお墓を探しに来たんじゃないかなって」

「やっぱり宣教師のお墓だったのか。……ん？　宣教師の墓…キリシタンの墓……」

あ！　と無量と忍が同時に声をあげた。

「まさか！『キリストの墓』って、そういうアレ？」

「キリスト自身じゃなくて、キリスト教徒の墓？　つまり〝基督之墓ヲ探シタル〟は、キリスト教徒の墓を探してたってことか！」

基督之墓の謎が解けた。

古文書にはありがちな意味の取り違えだ。「三戸深秘録」は藤枝によると明治時代に記された「真書」だという。「基督」の当て字が使われ始めたのは明治初年頃だから、この著者が当時はまだ珍しい「基督」という当て字を「キリスト教徒を指すもの」と勘違いして使用した可能性がある。

「それで〝基督之墓〟って書いちゃったのかよ。まぎらわしいぃ」

「つまり、『三戸深秘録』は司祭ポルコの墓を探しに来た日本人宣教師パウロ清左衛門のことを指してたってことでしょうか」

「まだ断定はできない。あくまで鹿角の話だし」

同じ南部藩とは言え、新郷村は十和田湖の東、鹿角市は十和田湖の南。そこそこ距離が離れている。パウロが戸来まで来た記録は見つかっていない。

「そうだな。まだいっしょにしちゃだめか……」

「いろはさんのほうは？」

「私は元斗南藩士・間瀬《ませ》寅之介《とらのすけ》のことを調べてたんですけど」

会津藩時代から古跡や古墳を調査していた考古学者だ。斗南藩がなくなってからは、斗南日新館から五戸に移り、学校教育のために尽力してきた。

「実は寅之介が調査した古墳図を集めた本が盛岡の南部大学にあるとわかって、すぐに見に行ったんです。そしたら、ありました！〈斗南神社の土偶〉が！」

無量と忍は身を乗り出した。

「あったの!?」

これです、といろはがスマホを見せた。土偶の絵だ。寅之介が執筆した『南部集古図』の中に『斗南ヶ丘ヨリ出デタル土偶』として描かれていたのは——。

「これ……」

十字形板状土偶だった。

顕彰会の冊子の記述とも特徴が一致する。「故郷の会津塗を思わせる朱漆で塗られた立派な土偶で、唐人凧のような姿をしている」——確かに赤い唐人凧だ。

しかも、どこかで見た覚えがある。

「……これ、手倉森さんちのおじゅうじさまに似てない？」

「似てる。というか、そっくりな気が」

「それとですね、寅之介は土偶が出た場所のことも調べたみたいで、こんな測量図も」

ただのメモではない。土偶が出たところの周りにあった石まで描かれている。しかも石は環状に置かれてあり、丁寧に測量までしてあった。

「寅之介さんは斗南ヶ丘が遺跡であることに気づいたんだ。だからこんな図まで」

「入植地は一日も早く完成させなきゃならなかったはずです。本当なら、こったな測量してる場合じゃないのに、寅之介さんは工事を止めてまで記録に遺《のこ》したんだ」

無量が思い出したのは東日本大震災の復興発掘だ。生活再建が急務だった中でも、壊されて二度と戻らない運命にある遺跡を、記録に残す大切さを、この会津人はわかっていたのだ。

「待てよ。盛岡の南部大学って朝霞さんが講師をしてた大学じゃないか？」

忍が気づいて、無量たちも「あっ」と驚いた。

「ってことは、朝霞さんもこの本を見てた？」

「これはどう見ても環状列石だ。環状列石から出た赤い土偶。『戸来郷古神誌』の戸来王の王墓のくだりはここからとったものなんじゃないのか？」

萌絵と無量も顔を見合わせた。

「これが元ネタってこと？」

「でも、土偶の形がちがうよ。こっちの図は板状系。古神誌の図は中空系」

「まだあるんです。萌絵さんも見て」

と、いろはがスマホを操作して、別の画像を見せた。それも寅之介が書いた集古図の一頁だった。別の土偶の図が描かれている。

「えっ、これって」

一見、無量たちが掘り当てた〈きりすと土偶〉とそっくりだった。

が、よく見ると、模様がちょっとちがう。萌絵が思わずいろはのスマホを自分のほうに引き寄せて、ガン見した。

「〈オシラサマ土偶〉！　相良さん、これ赤いほうの〈オシラサマ土偶〉です！」

「なんだって。これが？」

萌絵もスマホを操作し、大垣《おおがき》タヅが所有する赤黒ペアの〈オシラサマ土偶〉の画像を見せて比べた。

「背中の十字はないけど、顔と胸の模様が同じだ。間瀬寅之介は本当に熱心にこの周辺の遺物を調べてまわってたんだな」

キャプションには「朱漆之神像ナリ」とある。

「しかも発見日時は『明治三十五年六月』とありますね。〈オシラサマ土偶〉に入った紀年銘より十一ヶ月前です」

場所は「三戸郡野沢《のざわ》村」とある。野沢村は一部が後に合併で新郷村となっている。但し、こちらには環状列石は描かれていない。遺構は見当たらなかったようだ。

赤い〈オシラサマ土偶〉は、鹿角では「地元の畑から出た」と伝わっていたようだが、真実はどうやら野沢村で出土して、その後、鹿角のイタコに引き取られたのだろう。

添えられていた一文には「ケガジ之神ト呼バレタル土偶」とある。

「〝ケガジ〟とは？」

「八戸の言葉で〝飢饉《ききん》〟のことです」

いろはが答えた。

「南部のあたりは昔から夏に〝やませ〟という北東の冷たい風が吹いて、冷害が起こりやすいんです。調べてみたら、明治三十五年は大凶作の年だったようで」

全く稲が実らないようなひどい冷害だった。米不足を見込んで米を囲い込んで価格が高騰し、貧しい者には手に入らず、深刻な飢饉が発生し、命を落とした者も多かった。

「もしかして、鹿角で聞いた『この土偶の祟《たた》りで人が死んだ』とは飢饉のことでしょうか。〝ケガジ之神〟というのはそういうこと？」

無量と忍も合点した。この土偶が出土した直後に大凶作になり、飢饉となった。不吉な土偶という意味で〝ケガジ之神〟と呼ばれたのだろう。

「それが『赤い土偶が出ると人が死ぬ』の出所か」

斗南での飢饉の例もある。当時の人々に「赤い土偶は不吉なもの」とみなされた可能性もある。

「……それでイタコさんに預けられて、鹿角の黒い土偶とペアにされて祟りがやんだ。つまり、飢饉が終わった、ということですね」

飢饉の直前に出てきた。それが「怖いオシラサマ」の正体のようだ。

「ねえ、『戸来郷古神誌』に描かれていたのは、この赤いオシラサマ土偶なんじゃないかな。やっぱり朝霞先生は寅之介さんの集古図を見てたんだよ。〝環状列石に埋まっている赤い土偶〟の元ネタは、このふたつの土偶の合わせ技なんじゃないかな」

萌絵の指摘に、無量も「そうか」と手を打った。

「そういえば、朝霞先生の古神誌にも〝朱漆の神像〟って書いてあった。それって、寅之介さんの集古図に書いてある〝朱漆之神像ナリ〟から引用したのかも」

だとすれば、納得できる。

実は朝霞自身も、本当に「環状列石」から「朱漆の神像」が出てくるとは思っていなかったのかもしれない。それが本当に出土したから、驚いたのだ。

そして、これは「戸来郷古神誌」が「真書」になれる、またとないチャンスだ。

自分自身の想像が現実になったと知ったら、ますます那無武王朝の妄想が強化される。天啓を感じて、朝霞は自分の創作が本当の歴史だったように思えてきてしまったかもしれない。

「そこに藤枝が現れたんだ。まずいな。朝霞氏、マジで暴走するぞ」

やはり、どうにかして偽書である決定的証拠を見つけないといけない。

朝霞氏はこの数日のうちに、自分が作った神代文字を発見させて、那無武王朝を「正史」にさせてしまうかもしれない。

「ほんとに勘弁してくれよ。そんな野望、大迷惑でしょ」

「……ところで、あの〈斗南神社の土偶〉のほうはどこに行ったんでしょうか。どの文献を見ても、記録が見つけられなくて」

そのことだけど、と忍が言った。

「もしかしたら、福士《ふくし》家に記録があるかもしれない」

「福士さんちですか？　奥戸来文書が出てきた」

「手倉森家のおじゅうじさまは、ここに描かれた〈斗南神社の土偶〉とよく似ていた。もしかしたら、それが突破口になるかもしれない」

忍は鋭い目になって、

「寅之介が古沢地区に来ていた可能性がある。福士家の蔵には江戸時代の杣山《そまやま》の記録があると聞いたけど、それらの福士家文書がいまどこにあるのか調べられるだろうか」

やってみます、といろはが元気よく答えた。

八戸バーガーを食べ終えた後で、忍は朝霞の陰謀についてふたりに伝え、萌絵は工藤《くどう》調査員への説明役を引き受けることになった。

「つか、俺ら、いつになったら帰れんの？」

そうでなくともカメケン・メンバーは超過滞在で経費を遥《はる》かにオーバーしている。亀石からはとっとと帰ってこい、と怒られているが、こんな状況で去れるわけもない。

「仕方ない。宿泊代はバイトして稼ぐか……」

冷めたカフェラテを前に頭を悩ませていると、忍のスマホにメールが届いた。

「藤枝教授からだ」

びく！　と無量が目を吊《つ》り上げ、今度は何の横槍《よこやり》か、と身構えた。メール本文には〝219頁を読みなさい〟とだけある。ファイルが添付されている。忍は驚き、

「イエズス会の報告書だ」

どうやら史料に当たってくれたらしい。萌絵は感動し、

「藤枝教授、口は悪いけど、やっぱりいいひと……」

「んなわけない！」

「助け船を出してくれたみたいだ。中身は……」

ファイルを開いた忍は突っ伏しそうになった。

「……ラテン語……」

「ほら見ろ。嫌がらせだ」

「ま、まあ、いいや。あとで翻訳しよう」

カメラの設置準備もしなければならない。チーム・カメケン＋《プラス》いろはは、各人、明日に備えることにした。

＊

それでもさくらは懐疑的だったのだ。

いくら「偽書を真書にしてしまいたい」願望を持ったにせよ、遺跡で捏造《ねつぞう》まではしないだろう。まともな人間なら、やっていいことと悪いことぐらいわかる。教師までつとめた大人の良識がそこまでぶっ壊れるわけがない。

翌日は作戦通り、さくらは沙里に張り付いた。ミゲルも手倉森に張り付いて、トイレのタイミングまで合わせるほどだ。さくらも工藤に頼んで同じグリッド担当になった。

目を離すな、と言われたから、ずっと見ていた。すると沙里が気づいて、

「どうしたの？　なにか？」

さくらは慌ててごまかした。

沙里は決して社交的ではないが、さくらとは気安く話すし、心を許している感じがする。さくら自身が人見知りで見た目も素朴だから、似た者同士、安心してくれているのだろう。安心してもらえるのはうれしい。そんな沙里に裏の顔があるとは思えない。

いつも通りにきちんと仕事をしているし、無量たちの思い過ごしだろう。

地面は昨日の雨でぬかるんでいる。土も湿って重たくなっている。

「あ、ネコいっぱいになっちゃったね。捨ててくるね」

と沙里が一輪車《ネコ》を動かそうとしたので、さくらが「待って」と止めた。

「こっち終わったから、私がやる。沙里ちゃん続けてていいよ」

と言い、さくらが代わって一輪車に載せた土を排土置き場へと運んでいった。

そんなさくらを見送って、沙里がカーゴパンツのポケットから取り出したのは、平たい石のようなものだ。震える手のひらの中のそれをしばらく見つめていたが、やがて意を決すると周りを窺《うかが》って、湿った土を掘り始める。すでに出土していた複数の土器片が顔を覗《のぞ》かせている足下の土を、背中で隠すようにしながら移植ごてで掘り、それらに紛れ込ませるように「石」を埋め込もうとした。

その時だ。

「石」を持った右手が、いきなり後ろからつかまれた。

ギョッとして沙里が振り返ると、驚くほど近く真後ろに無量がしゃがみこんでいる。

いつのまにそこにいたのか。沙里は全く気づかなかった。気配も感じさせなかった。

「黙って。そのまま動かないで」

無量は沙里の手の中にある「石のようなもの」を取り上げようとした。沙里は抵抗を見せたが、無量はその手首を強く握り、沙里の指を剝《は》がすようにして「石」を取り上げる。しばし、それを凝視して、

「これは何？」

沙里は真っ青になっている。

土器片だ。手のひらに収まるほどの。

だがよく見れば、表面に記号のようなものが彫られている。五文字分ほどの記号は、疑惑の「戸来郷古神誌」にも書かれてあった「神代文字」によく似ている。

「な、なんのことですか」

「全部カメラで撮ってる。これは誰から渡されたの？」

「何を言ってるのかよくわかりません。何も知りません」

「今なら大事《おおごと》にはしない。これを埋める前にやめたってことにしてあげられる。だから、質問に答えるんだ」

「誰が埋めたりなんて」

「沙里ちゃん」

ハッとして沙里が顔をあげた。目の前にさくらが立っている。顔を強《こわ》ばらせて立ち尽

くしている。

「……やっぱり、埋めようとしてたの？」

「さくらちゃん……」

「信じてたのに」

その一言で、沙里は抵抗する気力を喪《うしな》ってしまった。しゃがみこんだまま、うなだれて、膝《ひざ》を抱えこんでいる。

＊

間一髪、沙里が「土器片」を埋めようとする瞬間を捉《とら》えて、未遂に終わらせることができたが、沙里はなかなか本当のことを話そうとはしなかった。

沙里を現場のプレハブ事務所につれてきた。工藤調査員と無量とさくらが事務所にこもり、カメラの映像を一緒に確認した。工藤も衝撃を隠せないでいる。まさか自分の現場で遺物捏造が行われようとは思いもしなかったのだろう。

沙里の言い分は「土器片は自分が別の場所で見つけた」というものだった。たまたま畑仕事をしていて見つけたもので、誰かに指示されたりはしていない、と。

「じゃあ、なんでここに埋めたりしようとしたの？　市の文化財課や博物館に連絡をしようとは思わなかったの？」

「畑でたまたま拾ったものだから、信じてもらえないと思ったんです。遺跡から出たものなら、そこの出土物にさせてもらえると思って」

あまりにも稚拙な考えで、遺跡発掘を仕事にしてきた者の言い分とも思えない。だが、沙里はそれで通そうと決めたのだろう。それ以外は黙秘を貫いている。

「指示した人をかばってるの？　そんなことしなくていいんだ。その人がやろうとしてることは間違ってる。いいなりになんかならなくていいんだよ」

沙里は頑《かたく》なに首を振る。

これには無量たちも手を焼いた。

確かに土器片だけでは証拠にならない。それによく見ると、神代文字らしき記号は、完成した後に傷を付けたものではなさそうだ。縄文土器の文様と同様に、焼く前に沈線《ちんせん》を入れてある。「神代文字が入った縄文土器片」として見ても違和感がない。

だんまりを決められたら、そこまでだ。手が出せない。

「それ、本当に四千年前に焼かれたもの？」

ドアが開いたので振り返ると、忍と萌絵がいた。知らせを聞いて駆けつけたところだ。

「窓開いてて聞こえちゃったよ。しめといたほうがいいよ」

「やべ」

「手倉森さんは気づいてないみたいだね。彼は仲間じゃないようだ。ひとりでやったの？」

沙里は沈黙を通している。忍と萌絵は問題の「土器片」をルーペで観察した。やがて、納得した。

「朝霞さんの家にも陶芸の窯があったね」

沙里がドキッとして顔をあげた。

「縄文土器を真似た器を焼くのが趣味で、道の駅で売ったりもしてるそうじゃないか」

「ち……ちがいます。これは本物です！」

「沙里さん。いまはね、土器に使われた粘土——胎土を分析すれば、その成分から、どの土を使ったかわかるんだ。それに焼成温度も。当時の土器の焼き方は、今の機械で焼くのとは全然違うからね。どんなに隠しても調べればわかってしまうんだ」

沙里の表情に動揺が浮かんだ。忍は圧を与えるように語り続け、

「年代測定の精度もあがっていてね。一般的には炭素年代測定があるけど、たとえ土器に付着物がなくても、バルク有機物を測定すればわかる。バルクとは土器に付随するすべての有機物のことだ。胎土の中の磁鉄鉱から地磁気を測定する方法もある。地元の粘土を使ったくらいじゃ偽装できない」

「でも先生は縄文時代の土器と同じ土層の粘土を使ったって！」

あっと沙里が口を手で押さえた。が、遅い。沙里は語るに落ちてしまった。

青ざめている沙里を見下ろして、無量が言った。

「やっぱ朝霞さんなんすか」

「……」

「朝霞さんに指示されたんすか」

「もういいよ」

横から割って入ったのは、それまで黙っていたさくらだった。

「もういい。私と沙里ちゃんで話すから、みんな出てって」

いつになく毅然《きぜん》としたさくらの迫力に圧《お》され、無量たちは顔を見合わせたが、黙って言うとおりにすることにした。

残ったさくらと沙里はプレハブ事務所でふたりきりになった。

口を開いたのは、さくらだ。

「沙里ちゃん……。ごめんね、なんか気づいてあげられねぐて」

責められるかと思った沙里は、意外な言葉に驚いた。

「断れない理由があったんだよね。ほんとはあんまりやりたくねがったんだよね」

「さくらちゃん……」

「事情とかよくわがんねぇけど、困ってることあったら私、力になるから。私は沙里ちゃんの味方だから」

さくらは大きな黒い瞳《ひとみ》で沙里の顔を覗《のぞ》き込み、冷たくなっている沙里の手を両手で包んだ。励ますように力をこめると、強ばっていた沙里の顔がみるみるゆるんでくる。

沙里はぎゅっと目をつぶって、大粒の涙をこぼしながら、手を握り返した。

*

事務所の外に出た無量たちはすっかり厳しい顔つきになっていた。

「まさか本当に捏造《ねつぞう》しようとするとは……」

工藤調査員は対応に苦慮している。どんな理由があったにせよ、こんな重大な不正を働こうとした作業員を明日も現場に来させるわけには行かない。

「残念ですが、解雇させてもらうことになりそうです」

「ですよね……」

朝霞は何が何でも「神代文字」が実在していたことにしたいらしい。それが「戸来郷古神誌」が「真書」である証明になる、と思い込んでいるに違いない。

「沙里さんは止められたけど、他にもまだ仲間がいる。なんなら作業員の中にまだ仲間が紛れこんでるかも。同じ手を使ってくるかもしれない」

「朝霞さんが急に動き出したきっかけって、やっぱり藤枝教授だよね。そんなに藤枝さんが怖いのかな」

朝霞の心境を理解できない萌絵は首をかしげるが、忍にはうっすらとその胸中が想像できた。

「復讐《ふくしゅう》されると思ってるんじゃないかな」

「復讐？　誰から？　藤枝さんから？」

「藤枝氏は若い頃、偽書を見破れなくて痛い目に遭ってるだろ？　もしかしたら、あれは朝霞さんが故意に掴《つか》ませた偽書かもしれない」

「故意って、偽書とわかってて藤枝さんに紹介したってことですか？　悪意があったってこと？」

忍は腕組みをして「想像だけど」と前置きし、

「朝霞氏は一方的に藤枝氏をライバル視してた。藤枝さんの才能に気づいていて彼の足を引っ張ろうとしたのかもしれない。嫉妬もあったろうし、自分よりも才気溢《あふ》れる藤枝氏を恐れて、出る杭《くい》を打っておきたかったんだとしたら」

「偽書事件の報復を怖がってる？　でももう三十年以上前の話だと」

「時間は関係ないんだよ。むしろ加害者のほうが水にも流せず、後ろ暗さに怯《おび》えていることもある。藤枝氏は脅威なんだ。だから追い払おうとするし、暴かれる前になんとしても証拠を作ろうとする」

朝霞には「戸来王の歴史を甦《よみがえ》らせる会」の教え子たちや新山《にいやま》元議員のような那無武王朝信奉者もいる。自分では手を下さず誰かにやらせるつもりだろう。もちろん「偽書を真書にするために」とは信者たちには言わない。「これが那無武王朝の証拠だから」と言うはずだ。渡された「神代文字の土器片」が偽物だとも知らずに共犯にさせられる者も出るかもしれない。

「そうなったら面倒だな。由来もわからない神代文字の土器片があちこちから出てきたりしたら、検証だけでも大変な手間を取られる」

「……………。やっぱり出る」

ずっと黙っていた無量がぽつりと呟《つぶや》いた。萌絵が、

「出るってどこから？　この村から？」

「ちがう。勉強会。今夜、朝霞さんの勉強会やるんでしょ。俺、出席する」

だめだ、と忍が即座に言った。

「おまえは手倉森さんたちからは藤枝氏の仲間と思われてるし、万一、藤枝の息子だって朝霞さんにバレたら、何されるか」

「それでも行く。朝霞ってひと、藤枝のことどう思ってたのか、聞いてみたい。だって朝霞氏を闇堕《やみお》ちさせたのは藤枝の日頃の言動かもしれないでしょ？」

朝霞のほうこそ被害者なのではないか、と無量は疑っているのだ。

「藤枝からヤな目に遭ったから足引っ張ったんじゃない？　俺が知ってる藤枝は性悪の卑怯《ひきょう》者なの。それが正しいかどうか、確かめる」

「手を引けって脅されてるんだぞ。おまえの身に何かあってからじゃ遅い」

「なら私も行きます」

萌絵がボディーガードを申し出た。

「私はノーマークだと思うし。てか、みんなで行けばいいんじゃないかな。勉強会、み

んなで出れば怖くないってやつよ」

それはどうかと忍も思ったが、一理ある。確かに大勢で押しかければ、向こうも簡単には手を出せないだろう。

どの道、朝霞とはいずれ話をつけなくてはならない。

「戸来郷古神誌」が朝霞の創作であるという決定的な証拠は、まだない。だが少なくとも「偽書」である証拠は、藤枝の助け船もあって固まりつつある。客観的証拠が増えれば、朝霞が認めなくても、新山たちの思惑を止められるはずだ。

「わかった。ただし、あくまで穏便にだぞ」

事務所の中から言い争う声が聞こえてきた。「沙里ちゃん待って」とさくらの声が響き、ドアが開いた途端、沙里が飛び出してきた。

「沙里さん」

忍が咄嗟《とっさ》に沙里の手を捕まえて、引き留めた。沙里は強く振り払い、

「信じない！　先生が古神誌を作ったなんて嘘だ！　私は信じねぇがら」

さくらから真相を聞いて、沙里は受け入れられなかった。大声を出したので、作業員たちも驚いて手を止め、こちらに注目している。

「そんなの濡《ぬ》れ衣《ぎぬ》だよ！　そったなことするひとじゃねぇもん！」

「沙里ちゃん落ち着いて」

「見損なったよ、さくらちゃん！　私は先生を信じる！」

沙里は全身で拒絶して去っていく。まずい、と思った忍が後を追おうとするよりも早く、無量が動いて沙里に立ちはだかった。

「どいてよ！　よそもんのくせに！」

「昔さ、さっきのあんたと同じこと、ひとにやらせた奴がいるんだけどさ、そいつの家族どうなったか、知ってる？」

無量の奇妙な問いかけに、沙里は怪訝《けげん》な顔をした。

「家庭崩壊しちゃった上に、そいつ、頭がどうかしちゃって孫の手ぇ焼いちゃったんだよね。埋めたのは嘘の土器じゃなくて、よそから持ってきた本物の石器だったけど、実行犯になっちゃったひとは死んじゃって、関わってたひとみんな、不幸な目見ちゃったんだけどね」

「そ……それがなに？」

沙里が突っかかってきたので、無量はおもむろに革手袋を外した。ひどいヤケド痕《あと》に覆われた右手を、沙里の目の前に突きつけた。

「これ、そのときのヤケド」

沙里は息をのんだ。

右手全体が生々しい熱傷痕に覆われている。指の癒着を手術で剝《は》がし、何度も皮膚移植を繰り返した。それでもきれいになりきらず、盛り上がった肉が鬼の顔のようになってしまった右手から、沙里は目が離せなくなった。

「……まさか、そのひとの孫って……」

「何が言いたいかって言うとね。埋めようとした遺物が、偽物か本物かは、どうでもいいの。埋めようとしたこと自体が大問題なの。不正をやらせた時点でアウトだし、もう信用失ってるの。うちのじーさんがそうだった」

　無量は右手に革手袋をはめながら、

「今まで苦労して積み重ねてきた功績も、みんなパァになっちゃうの。あんたの先生もそう。もういくら『那無武王朝は実在した』って言っても相手にされないよ。だってこんな不正やらかすヤツ、信用できないもん。別にあんたのせいじゃない。そいつの自業自得なの。だって自分からオオカミ少年になっちゃったんだから」

　沙里は言い返す言葉が出てこない。

　無量の傷跡の惨《むご》さはどんな言葉よりも雄弁で、黙るほかなくなってしまったのだ。

「そいつ庇《かば》う前にもう一度、冷静に考えてみ。騙《だま》してるのはどっちなのか。あと、言いづらいことも言ってくれる友達ってレアだよ。大事にしてね」

　それだけ言うと、無量は現場に戻っていく。沙里は立ち尽くしている。

　自分の手のひらを見つめて、考え込んでしまった。

＊

朝霞に連絡したところ、勉強会に出席できるのは三人までと言われてしまった。ここは無量の護衛を優先し、腕っぷしに覚えのある萌絵とミゲルが付き添う。忍とさくらは待機だ。

夜七時から朝霞家で行われる勉強会に備えて、近くの定食屋で早めの夕食をガッツリ食べた。萌絵は駐車場でウォーミングアップに余念がない。

「よし、裏がとれたぞ」

席でノートPCと向き合っていた忍が拳《こぶし》を固めた。

「イエズス会の報告書にパウロ清左衛門のことが記してある。五戸を出発し、戸来村から十和田にかけての信徒を巡回した後、鹿角に出て、逝去した司祭ポルコの後を引き継いだと」

まじか、と牡蠣《かき》フライに嚙《か》みついた無量が顔を近づけてきた。

「つか、おまえラテン語まで読めたの？　すごくね？」

「いや、読める友人に訳してもらった。というか藤枝教授は読めるんだな。やばいな」

「イヤミだろ。読めんなら訳してからよこせっつの。それより宣教師、本当に来てたんだ。このへんにもキリシタンはいたんだな」

「そう読める。となると、おじゅうじ講の正体はやっぱりカクレキリシタン講か」

福士家の『三戸深秘録』にあった「基督之墓を探してやってきた宣教師」とは、パウロ清左衛門に違いない。この戸来村から十和田へと街道を抜けて、鹿角まで向かい、そこで司祭ポルコの墓と対面したのだろう。

「これで『キリストの墓を探しに来た宣教師』の謎は解けた。あとは『戸来郷古神誌』の偽書証明だけだ」

「でもどうすんの。論文でも書くつもり？」

　さすがの無量たちも発掘はプロだが、論文をまともに書いたことはない。何ヶ月かかることやら。

「それでもやるしかないなら、書くさ」

　忍は学者ではないが、本気で「偽書証明」するつもりのようだった。

「ただ今日の勉強会で変に論破するようなまねはしないほうがいい。学者ならともかく、俺たちみたいな素人がろくに準備も無く反論しても、返り討ちに遭うのが関の山だ」

「だよな……。」

　そこでこれ、と忍がボイスレコーダーを差し出した。

「勉強会の内容を録《と》ってきてくれ。今日のところはそれで十分だ」

「朝霞氏か……。どんなおっさんなんだろ」

「はあっ？　なんやてええ！」

　隣でとんかつを食べていたミゲルがいきなり大声をあげたので、無量は身をそらした。

「な、なんだミゲル。いきなり」

「これこれ。これ見てくださいよ！」

ミゲルがスマホをふたりに見せた。ネットニュースの記事だった。見出しを読んだ無量と忍は「はあっ？」と声をあげた。

「な……なんだ、この記事！」

暗くなってくると、外はもう秋の虫の大合唱だ。

先に夕食を食べ終えた萌絵は、駐車場の空きスペースで、突きと蹴《け》りのシャドーをし続けている。なんだか胸騒ぎがしてならなかった。

——赤い土偶が出たら人が死ぬ。

間瀬ミサヲの口寄せの予言が頭にこびりついているのだろう。手を引け、と脅されている上に、無量は藤枝の息子だ。不穏な事態にならなければいいが。

そんな萌絵を眺めて、縁石にしゃがみこんでいるのは、さくらだ。

浮かない顔で頬杖《ほおづえ》をついて時々ため息をついている。

「元気ないね、さくらちゃん。沙里さんのこと？」

うん、とさくらは憂鬱《ゆううつ》そうにうなずいた。

「このままけんか別れするんだべかなあ。せっかく友達になれたのに」

しょんぼりしている。萌絵も同情して、

「……朝霞先生のこと、よほど信頼してたのかな。すぐには受け入れられないよね」

「高校の恩師だったんだって。東京のスクールさ行ぐって決めたときも背中押してくれたみたい」

　失意を抱えて地元に帰ってきて沙里が連絡をとったら、うちに遊びに来ないかと誘ってくれた。夫婦揃って歓待してくれて、畑や陶芸を手伝ったりして、どれだけ慰められたかわからない。

「奥さんが去年亡ぐなったみたいで淋《さび》しそうにしてでだがら、高校の先輩ＯＢが勉強会やろうって提案したんだって」

　そのＯＢが新山基治《もとはる》後援会の副会長で、勉強会に参加した新山がすっかり那無武王朝の虜《とりこ》になってしまい、『戸来王の歴史を甦《よみがえ》らせる会』を結成するきっかけになったのだ。

　沙里は流れでその勉強会にも出るようになったという。

「……そうかあ。そんな恩人なら、なおさら偽書を作ったなんて信じたくないよね」

「沙里ちゃん、つらいだろうなあ……」

　優しいさくらは、一緒になって落ち込んでいる。

　萌絵は駐車場の灯りに惹かれたように飛んでいる白い蛾をぼんやり眺めた。

　スマホが着信を知らせた。画面を見ると発信者は「斉藤晃生《さいとうこうき》」とある。八戸のイタコ大垣タヅの弟子だ。突然、なんだろう、と思いながら電話に出た。

『もしもし、永倉《ながくら》さんですか。恐山で会った斉藤晃生です』

「はい、先日はありがとうございました。おかげさまで色々」

〈オシラサマ土偶〉のことかな、と思ったが、晃生の声がやけに硬い。

『あの、永倉さん、いまどちらにいますか』

「どちら……ああ、発掘現場の近くです。新郷村の」

『師匠から伝言です。師匠が今朝、妙な夢を見たと言っていて』

「夢？　……ですか」

『永倉さんこれからどこか行きますか』

「はい、勉強会に」

『それは赤い屋根の家ですか。裏に煙突付きの小屋がある』

萌絵はドキッとした。朝霞の家には陶芸小屋があると忍が言っていたからだ。

「えーと、屋根の色はわかりません。何かあるんですか」

『気をつけてください。うちの師匠、時々アッソバセの正夢を見るんです。今朝もうちの赤と黒のオシラサマをアソバセてる夢を見て、オシラサマがこう言ったそうです』

「なんて？」

『〝できれば行かない方がいいけど、どうしても行かなきゃならないなら、青い服のひとに気をつけて〟と』

萌絵は、サーッと青くなってしまった。これはタヅの予知夢というやつか。あの赤と黒のオシラサマが萌絵に警告をしてきたというのだ。

『うちの師匠の夢は当たるんで、気をつけて』

それだけ告げて、晃生は電話を切った。萌絵は一気に不安になってしまった。

「こ、これって信じていいのかな……さくらちゃん」

「い、一応用心しといたほうがいいべ。何も起こらねがったらラッキーってことに」

店に戻ってくると、テーブルを囲んで無量と忍とミゲルが何やら顔をつきあわせて、ああでもないこうでもないと騒ぎ立てている。

「何かあったの？」

「あっ、萌絵さん。大変なんす。これ！」

青森県の話題を配信するネットニュースに、ある記事が載っている。萌絵もさくらも思わず「げ！」と野太い声をあげた。

「〝幻の那無武王朝を新たな観光の柱に〟……ちょちょちょ待って。これって！」

「新山元議員のインタビューだ。『戸来王の歴史を甦らせる会』のことしゃべってる」

今日配信されたばかりの地元新聞の記事だった。

例の奥戸来文書の中の「戸来郷古神誌」の内容を堂々と語っていて、それを裏付ける（と思われる）土偶が出土したことまで暴露してしまっている。その上で、那無武王朝を地元の一大テーマにして、新たな観光需要の掘り起こしをしたいなどと意気揚々と述べていた。

「えっ、これやばいでしょ。だいたい土偶の出土はまだどこからも発表してないよね」

「してない。これ工藤さん激怒するやつだぞ」

「古神誌のこともこんなにおおっぴらに語っちゃって、大丈夫？」

忍と無量も頭を抱えている。

「大丈夫じゃない。とはいえ、すでに手倉森さんが本にもしてるし、これが初めて世に出るってわけじゃないけど」

……まあ、その時はあまり注目されなかったようだが。

「でも、地元でガチガチの支持基盤もって何十年も当選してきた人が言ってるインパクトは大きいぞ」

すでに工藤には連絡済みだ。あくまで「地元観光の旗振り役」の発言というだけで、村の公式見解でもなんでもないが、それでも記事を読んでいると、もうすでに各方面が動き出しているような印象を与える。

「一番やばいのは古神誌を正史みたいに語ってるとこだ。いろんな方面からぶっ叩《たた》かれるぞ、これ」

「どげんすっと？」

「まずは新聞社に抗議を入れて配信を止めてもらうのが先決だな。この件は僕が引き受ける。無量たちは勉強会に行ってくれ」

気がかりだったが、もう出かけなければならない時間だ。

忍にまかせて、無量と萌絵とミゲルは朝霞の家に向かうことになった。

＊

朝霞の家の前にはすでに車が何台も駐《と》まっている。

玄関の明かりがこうこうとついていて、家の中からは人が集まっているにぎやかな気配が伝わってきた。

ミゲルの運転で到着した無量たちは、アウェーの試合に赴く選手のような気分だ。

――それは赤い屋根の家ですか。

萌絵はしきりに屋根を見ている。夜で見づらいのもあるが、くすんだレンガ色っぽく見える。赤か青かでいえば赤だが、わかりやすい真っ赤ではない。だがその後ろに、忍が言った通り陶芸の窯があるらしいブロック壁の小屋がある。煙突もある。

やはり、タヅが夢に見たオシラサマの警告は、当たってしまうのだろうか。

「おお、いらっしゃい。ミゲルくん。そちらがお友達かね」

朝霞が玄関で三人を迎えた。

「相良さん『来られなくなってすいません』だそうです。こっちはうちの事務所の永倉萌絵さん、こっちが西原無量先輩っす」

朝霞は驚いて無量を見た。

「君が〝西原無量〟くん、かね」

確認をするように言う。無量は頭を下げた。朝霞は好々爺《こうこうや》のように微笑んで、

「よく来てくれたね。あがってくれたまえ」

と中に招く。玄関には靴がたくさん並んでいる。襖《ふすま》がとっぱらわれて二間続きになった広い座敷には座卓が四つ並べられ、参加者たちが並んで座っている。出席者は十五名、顔ぶれは老若男女問わずというところで、皆、仲がいいのか和気藹々《あいあい》としている。床の間の前にはホワイトボードが置かれ、そこが朝霞の席だった。

青い服を着ている者はおらず、萌絵は胸をなで下ろした。

「あ……」

末席に黒川沙里の姿がある。

入ってきた無量たちをじっとにらんでいる。萌絵は「まずい」と思った。沙里がこの場で「この人たちは先生の敵」だと言い出したら、たちまち立場が悪くなる。

朝霞が三人を紹介すると、なにも知らない参加者たちは拍手をしてなごやかに迎えた。

「よそからも参加してもらえるのはうれしいことだね。ではさっそく始めよう」

忍とミゲルが最初に訪れた時とうってかわって、朝霞に気難しい研究者という印象はない。長く教壇に立ってきたこともあってか、講義も手慣れたもので、萌絵は久しぶりに学校の授業を受けている気分になってきた。

「……那無武王朝がシャーマンである女王を頂点にした社会であることは、皆さん、知ってのとおりだが、その権威の根幹にあるのは、やはり神をおろすという特殊な能力にあ

る。その役割は現在の天皇にも通じる。それが何か、わかるひとはいるかね。全国の植樹祭に出席するのは天皇陛下の大事な公務だが、それよりも大事なおつとめだぞ」

語り口は軽やかでわかりやすく、生徒にも人気があるのはわかる気がする。

こうして聞いている分には楽しい歴史の授業だ。だが、その内容はガッツリと「戸来郷古神誌」なのだ。

話はよどみなく面白く、しかもほどよく根拠や証拠もまじえて説得力もあるので、疑問をはさむ余地なくスルスルと聞いてしまう。ただよくよく意識して聞いてみると、明らかに「想像」が入り込んでいて、考古学的にも科学的にも裏付けがあると思えない内容なのだ。

質疑応答も活発で、参加者の質問は終始「那無武王朝は実在している」という前提ありきのやりとりだ。そういう「世界設定」の中で全員が話すので、萌絵たちはすっかり蚊帳《かや》の外に置かれてしまっている。

「――つまり、巫女《みこ》である女王を崇《あが》めていた庶民が、神をおろした時の女王の姿を土偶に写したんですね。だから土偶は皆、女性の姿をしているわけですね」

「そうだ。神と巫女王はひとつだから、巫女王が社会の頂点に立ち、その巫女王たちが連合してひとつの王朝を築いたんだね。大湯の環状列石はその巫女王たちの墓であり、首長連合の象徴というわけだ」

「完全女系社会ということですか」

「蟻の生態に似ているね。群れにとって一番大事なのは出産だ。神をおろし、子を産む。それができるのは女性だ。我々男性はひたすら狩りをして群れを守って闘って、また狩りをしてへとへとになって、働き蟻の一生を終えたんだろうね」

笑いが起こる。萌絵は空気を読んで愛想笑いをしたが、無量は笑わない。あまりに無愛想なので、萌絵はヒヤヒヤしている。

「そうそう、古神誌の通りに赤い漆塗りの土偶が発見されたそうでね。ここにいる彼らが掘ったそうなんだが」

おお、とどよめきが起こる。注目が集まり、萌絵は冷や汗をかいた。

「おそらくキリストが来ていた頃の戸来王の土偶にちがいない。キリストが来ていた那無武歴二〇五一年当時の女王は遠和多比売《とわだひめ》だ。キリストは男性だったが、巫覡《ふげき》の能力に秀でていたため、特別に神殿で縄文祭文を学び、それが西洋に伝わってグレゴリオ聖歌のもとになっているんだ。節回しが似ているだろう」

出席者たちは感心している。

「まさに縄文語がラテン語に影響を与えて……」

「与えてない」

無量が口を開いた。

「与えてないすよ。影響なんか」

朝霞が目を剝《む》いた。

出席者もポカンとなり、萌絵とミゲルも「やばい」という顔をした。だが無量はおかまいなく、

「縄文語がキリストを通じて西洋に伝わるなんてあるわけないでしょ。おじゅうじ講の節回しが似てたんだとしたら、それは縄文から伝わったもんじゃない。キリシタンのオラショの名残っすよ。縄文時代なんかじゃない」

ひいっと萌絵は焦り、慌てて無量の服を摑《つか》んだ。小声で、

「空気。空気よんで」

「だがね」

朝霞が穏やかに言い諭すように言った。

「実際にローマ教皇がキリストの墓を探すために宣教師をよこしているんだよ。バチカンも認めているんだよ」

「基督《キリスト》之墓を探しに来た宣教師っていうのは、鹿角で死んだ外国人司祭の弔いのために墓を探しに来た日本人宣教師のことなんすよ。ローマ教皇に命じられたわけでも、それが使命だったわけでもない。江戸時代の隠れキリシタンの名残を、二千年前のキリストの足跡にこじつけてるだけじゃないすか」

萌絵は必死に「言葉。言葉えらんで」と服を引っ張り続ける。

「黙ってようと思ったけど、もう限界っす。なんでみんな揃いも揃って、ありもしないことをさも事実みたいにまじめに語ってるんすか。おかしいでしょ」

ミゲルも慌てて「西原、いいから落ち着けって」と止めたが、

「落ち着けないから言ってんだよ。キリストは日本になんか来てないし、戻ってきて死んで墓なんか立ててない。このへんでたまに瞳《ひとみ》が青いひとが生まれるっていうのも、海外から来て日本で死んだ宣教師の血筋かもしれないし、船で漂流してきた白系の血筋かもしれない。なんでそういう疑いも持たずに、納得しちゃえるんすか」

朝霞の表情も変わってしまっている。

「西原くん。君は議論したいのかね」

「議論？　ああ、議論になるならね。受けて立ちますよ。俺は学者じゃないけど」

「キリストの来日はなかったというのかね」

「ありません。マホメットも来てない。『戸来郷古神誌』は事実じゃない」

「偽書だというのかね」

「創作物っすよ。創作物なら創作物として発表すればいいのに、本物の古文書に見せかけようとした。それが罪だって言ってるんすよ！」

朝霞が勢いよく立ち上がった。無量は一歩もひるまず、

「なんでっすか。親父に偽書を使わせたおかげで命拾いしたくせに、なんで自分から偽書を増やそうとするんすか」

「やはり君は藤枝の息子なのか。西原瑛一朗の孫なのか」

「そうっす。捏造《ねつぞう》やらかした西原瑛一朗の孫っす。だけど藤枝の息子とは死んでも名乗

りたくない……！」

座敷にいた出席者が一斉に立ち上がった。萌絵とミゲルも立ち上がり、無量を背中で守って身構える。一触即発の空気になった。

「なんのつもりっすか。これ」

「藤枝の息子と聞いては、このまま手ぶらで帰すわけにもいかん。ゆっくりもてなしをさせてもらおう。……佐原《さはら》」

背後の襖がピシャッと開いた。そこに立っていたのは屈強な若い男だ。

青いシャツを着ている。

萌絵は息をのみ、ミゲルが「力尽くで突破するか」と小声で無量に言ったが、無量は首を振った。

「俺も朝霞さんと話がしたい。もてなしを受けよう」

第七章　おじゅうじさまの正体

無量《むりょう》はひとり、他の部屋に連れていかれてしまった。

講義は中止になり、萌絵《もえ》とミゲルはその場で待たされた。参加者のうちの数名は帰宅したが、朝霞《あさか》と近い者たちは残った。なんとも重い沈黙の時間だ。萌絵は無量が心配で仕方がないが、襖《ふすま》は固く閉ざされ、部屋から出ることもできない。

——青い服のひとに気をつけて。

きっとあの男のことだ。あの男が無量に危害を加えたら、と思ったら気が気でない。

やがて数名が呼ばれて部屋を出ていった。残ったのは女性二人だ。すると、萌絵の向かいに座っていた五十代くらいの女性が小声で話しかけてきた。

「……ねえ、あなたたち。あの連れの男の子、『戸来郷古神誌』が本物じゃないって言ってたけど、あれは本当なの？」

萌絵はミゲルと顔を見合わせ「ええ、まあ」と曖昧《あいまい》に答えた。ここにいる人たちは那無武王朝が本当の歴史だと信じているはずなので、迂闊《うかつ》に直球で答えたら、さっきの沙《さ》里《り》のように激しく攻撃されかねない。できれば穏便に済ませたい。

「その……よくできてますけど、本物とは言えないんじゃないかなあって言ってる専門の方がおりまして」

だいぶ軟らかく答えた。すると女性はパッと破顔して、

「やっぱりそうだったんだ。なぁんか変だなあとは思ってだの。でも私、歴史に詳しくねぇし、みんなは本当だと思ってるみだいだがら、言い出せなかったんだけど」

「あるわけねえべ。縄文時代にキリストが来だだなんて」

と奥からもうひとりの七十代くらいの女性が口を挟んできた。

「私はわがってだよ。だってどうしたって胡散臭《うさんくさ》いもん。先生の話が楽しいがら合わせてあげでだの」

「なあんだ。ユキコさんもそうだったの」

どうやら真に受けているのは一部の人間だけで、中には半信半疑どころか作り話だろうと思いながらもつきあっていた人もいるようだ。それでも、

「まあ、昔の人が書いた古文書だもんねえ。あてにならないよねえ」

朝霞自身が創作したとまでは思っていないらしく、萌絵とミゲルは別の意味で心配になった。これがばれたら朝霞は地域の人の信頼まで喪《うしな》いそうだ。

「どうするんだろう、これ……」

二階の洋間では、無量と朝霞がソファーに腰掛け、向き合っている。

　ドアの外には「佐原《さはら》」と呼ばれた青シャツの屈強な男が立ち、誰も近づけない。

　そこへ沙里が茶を運んできた。無量のほうは見ず、すぐに去ろうとしたので朝霞に呼び止められた。

「黒川《くろかわ》くん、君も同じ現場で働いていただろう。そこにいなさい」

　沙里は気が進まないようだが、言うとおりにした。

　無量はじっと朝霞をにらんでいる。一見、冷静だが、内心はそうでもない。議論なら受けて立つ、と啖呵《たんか》を切った手前、逃げるわけにも行かない。ただ、今なら多少のことなら言い返せる自信もある。それもこれも事前に藤枝《ふじえだ》の「戸来郷古神誌」批判を聞いていたおかげだ。こんな形で助けられるのは不本意だが、遺物や遺構のことならともかく、複合的な観点に持ち込まれたら自分の知識だけで太刀打ちするのは厳しかっただろう。あとは集中して議論に備えるだけだ。ここに藤枝はいない。忍《しのぶ》もいない。自分しかいない。話し下手なんて言い訳にはできない。自分が言葉で闘うしかないのだ。

　そんな無量の闘気が伝わるのだろう。朝霞がふと、

「……似てるな」

　と言った。無量が怪訝《けげん》な顔をすると、

「若い頃の藤枝に目つきがそっくりだ」

「はあ？　似てないっす。全っ然似てないっす」

「初めて会った時から生意気な男だった。不遜《ふそん》を絵に描いたような性格で、自分が世界

で一番偉いような口をきいた。あの根拠の無い自信は一体どこから来たものだったのか。本当に憎たらしい男だったよ」

「ああ、それはわかるっす。めっちゃわかるっす」

「憎たらしいやつだったが、どこか憎めなかった。妙にあぶなっかしくて、こんなやつを受け止められるのは俺しかいないと思ったもんだ」

朝霞の物言いに、無量はちょっと驚いた。意外な感じがしたのだ。

「同級生でまともに友人と呼べるのは同じ下宿のやつぐらいじゃなかったかな。藤枝は苦学生だったが、大学にいた誰よりも才気があった」

「苦学生だったんすか、あいつ」

「奨学金で入学した。夜は道路工事現場で働いていた。知らなかったのか？」

無量は父親のことを何も知らない。朝霞はソファーに身を預け、

「天才ってタイプじゃない。ただ何かひとつのことにのめりこむ力が尋常じゃなかった。いつ寝てるのか、と思うぐらい論文を読んでいたし、時には講義中の教授に議論をふっかけるほどだ。あの強烈なパーソナリティーに自尊心を脅かされる思いをしたやつは、ひとりやふたりじゃなかっただろう」

「朝霞さんもやつの毒舌の被害にあったんすか」

「被害を受けたとは思わん。ただ、ああいう人間は、時に、いるだけで周りの人間を萎《い》縮《しゅく》させる。自分の平凡さを見せつけられる思いがするもんだ」

それでも「自分は自分」と割り切れれば問題ないが、そうでない人間には毒だ。そうでなくとも学者で上を目指す人間は著しくプライドが高い。常に評価がついてまわる世界で、論文を発表すれば俎上《そじょう》の魚だ。学問の世界に議論は必須《ひっす》だが、そこに感情は持ち込まない、というのは建前で、あんなにわかりやすい勝ち負けの世界もない。

「俺もあの容赦の無い口にさんざん叩《たた》きのめされた。もちろん研究上のことで人格攻撃ではない。わきまえていても徹底的な批判に遭うと人はその相手が憎くなるものだ」

朝霞は遠ざかった過去の気持ちを思い返すように、天井を眺めた。

「真正面からやり返せる気概が、私にあればよかったが、そこまで口が達者でもなくてね。いつも議論で負けて惨めな思いをしたもんだ。なのにその舌の根も乾かないうちに『今日は金がないからメシを食わせてくれ』なんて甘えられると、ちょっと可愛くてね。突き放すこともできなかった」

そんなある日、朝霞は教授から、とある学会誌への論文掲載の話を持ち込まれた。権威ある学会誌で、院生の身で掲載されるのは名誉なことだった。教授の期待の表れでもあった。朝霞はここぞとばかりに張り切って渾身《こんしん》の出来の論文を仕上げたが、届いた会誌にはなぜか自分のものが掲載されていなかった。それどころか、載るはずだった頁には、藤枝の論文が載っていたのだ。

どうやら教授が朝霞の論文の出来映えに不満で、代わりに藤枝の論文を送ったらしい。

「プライドを深く傷つけられた。あれがきっかけだったなあ。藤枝を敵とみなして心底憎むようになったのは」

あからさまに「憎む」と口にした朝霞を、無量はじっと見つめている。

「……その腹いせに偽書を摑《つか》ませたんですか」

「あいつは喜んでたよ。興奮して私に礼を言った。こんないい史料を紹介してくれて感謝する、とね」

「偽書とわかってて紹介したんですか」

「越前《えちぜん》国の地誌は私のフィールドで、専門家の間では山論を優位にするために書かれた偽書が多いことで知られていた。だが専門外の藤枝は知らず、たいそう興奮して堂々と主要文献に用いた。偽書などとは考えてもみなかったのだろう。それは史料を信用したのではない。それを紹介した私を信用しきっていたからだ」

無量は痛いような顔をした。

「……人を信用して史料を疑わないなど、研究者なら、決してあってはならないということを、きっとあいつは私から学んだだろうよ」

後ろで聞いている沙里も立ち尽くしている。罪の自白のような語りに困惑している。

無量は胸苦しさをこらえて、訊《たず》ねた。

「その仕返しをされるって思ってたんすか。今日まで。怖かったんすか、藤枝が」

「仕返し？　そんなもの、されるわけないだろ」

朝霞はやけに悟り澄ました顔をしている。

「学者であることもやめてしまった人間に、教授まで上り詰めた男が、今更仕返しなんてする理由もないじゃないか」

無量は言葉が出てこない。ただただ、痛々しいものを見るような目をしている。

「君が私に訊《き》きたかったのは、こういうことだろう。君は私を通して、父親を知りたかったんだ。そうだろう？」

「……別にそんなんじゃないす」

「君は父親をいたく嫌っているようだ。私も藤枝が嫌いだ。私に恨み言をいうでもなく、報復するでもなく、いつのまにか私が持てなかったもの全てを手に入れている藤枝を、一生嫌いでいるだろう。どうだ、西原くん。一緒に藤枝の鼻を明かしてみないか」

無量は怪訝な顔をした。……鼻を明かす？

そうだ、と朝霞はソファーから身を乗り出した。

「神代文字の土器片を、君が掘り当てたことにすればいい。『戸来郷古神誌』の神代文字は実在した。藤枝が偽書と判断したあの文書は、実は本物だった。そういう筋書きはどうだ。あの藤枝に恥をかかせてやろうじゃないか」

「本気で言ってんすか」

「本気だ。私は藤枝が青くなるところを見てみたい」

無量は警戒をあらわにした。

「西原瑛一朗《さいばらえいいちろう》の孫に、そんなことできると思ってるんすか」

「だからこそ、だよ。西原くん」

悪魔がささやくように、朝霞は言った。

「藤枝の義理の父と実の息子が、ふたりして捏造《ねつぞう》をしでかすんだ。これに勝る復讐が他にあるか」

無量は黙っている。そのまなざしは明晰《めいせき》だった。

「あんたはもうどうにかして藤枝をやりこめたいんすね」

「君もそうだろう。君は藤枝に捨てられたんだろう。あの事件で。だからそんなに藤枝を憎んでいるんだろう」

朝霞はお見通しだった。無量たち家族のことも。藤枝との確執も。

「あいにくですけど、俺はあんなやつのためにわざわざ手を汚すつもりはない。復讐とかにも興味はない。何よりあんたに利用されたくない」

「下のふたりがどうなってもいいのかね」

これには沙里がギョッとした。朝霞は初めから萌絵たちを人質にとったつもりだったのか、自信ありげに、

「私の教え子たちは忠実に『戸来郷古神誌』を守ってくれるよ」

無量は表情も変えなかった。泰然として、

「やれるもんなら、やっちゃってみてくださいよ。返り討ちに遭うのが関の山っすから」

まったく動じない無量の不遜な態度に、藤枝を重ねているのか。朝霞は目を伏せて苦笑いを浮かべた。

「少しぐらい動揺してくれてもよさそうなもんだ。いい同志を見つけたと思ったんだがね」

「これ以上、傷が広がる前に、自分から白状してくださいよ。『戸来郷古神誌』はインチキだって。全部自分が書いた創作だって」

「それはできない」

「なんで」

「あれは〝真史〟だ。〝真史〟となるべき歴史だ」

〝正史〟という言葉は使わず、朝霞は言った。

「君たちよそ者は、あと数日後にはこの土地を去るだろう。だが我々は住み続ける。この土地の上で死ぬまで住み続けることになるだろう。『戸来郷古神誌』はまだ始まったばかりだ。これから第二、第三の古神誌が出てきて、この地の歴史になっていく。この発掘が終わっても、これから次々と出てくる神代文字の土器片を、よそ者の君たちには止められまい」

無量は思わずソファーから立ち上がった。

「あんた、まだ土器片を埋めるつもりか」

「埋める？　なんのことだ。出てくるんだ。土器片はいくらでも出てくる。いくらでも無限に」

　そのための陶芸小屋だと無量はようやく気づいた。ふざけんな、と言い、

「どんなに巧妙に埋めたってバレる。そんなんで簡単に捏造できるほど発掘調査は甘くない。発掘なめんな」

「黙って去ってくれるなら、君たちを見逃そう。だがこれ以上、口を挟むつもりなら、その口をどうでも閉じてもらうしかない」

　無量はさっと青ざめた。

「まさか、十年前の新聞記者。その人も『戸来郷古神誌』がインチキだって暴こうとして死んだっていうのか。あんたたちが口封じのために」

「！……先生、どういうことです！」

　沙里も聞き捨てならなかったのだろう。朝霞が「佐原」と呼ぶと、ドアが開いて青シャツの男が現れた。

「このまま黙って去り、二度とこの村に近づかないと約束するなら見逃そう。だが今後この村から新たな古神誌や神代文字の土器片が出てきた時、何か余計な発言をしようものなら」

「俺を殺そうっていうのか」

「いいや。死ぬのは」

　次の瞬間、青シャツの男が沙里の喉《のど》に後ろから腕を回し、そのまま喉を絞め上げる動

作をした。無量が思わず「やめろ」と叫んだが、朝霞は動じず、

「この村の人間だ」

無量は絶句した。意味がわからなかった。

「俺たちじゃなくて、地元のひとを人質にするつもりか」

「赤い土偶が出土するのは不吉の証《あかし》だ。古神誌をインチキ呼ばわりする連中が、ひとりずつ、死んでいくかもしれないな」

――赤い土偶が出たら、人が死ぬ。

無量は我慢できなくなって怒鳴り返した。

「相手間違えんな！　殺《や》るんなら俺を殺れ！」

その時だ。ドアの向こうから萌絵とミゲルが勢いよく飛び込んできた。萌絵が青シャツの男に後ろから猛然と蹴《け》りをくらわし、もろとも倒れ込みかけた沙里をミゲルが受け止める。沙里を保護して、萌絵が朝霞に拳《こぶし》を向けて、威嚇した。

「これ以上あなたがたの好きにはさせませんよ」

勉強会の女性ふたりに協力してもらって座敷を抜け出した萌絵たちだ。青シャツの男が腰から特殊警棒を引き抜いて、萌絵に向ける。ミゲルが無量と沙里をかばって、男に向かって突進のポーズを取る。両者がにらみ合った時だった。

玄関の呼び鈴が、鳴った。

場の空気にそぐわない可愛い音色に、緊迫した空気が弾《はじ》けた。

「誰だ」

　応対に出た教え子が二階にあがってきて、朝霞に言った。

「先生にご来客です。藤枝と名乗る方が」

　朝霞が驚いて思わず腰を浮かせた。無量たちも耳を疑った。

「藤枝だと？」

　部屋を飛び出した朝霞に無量も続き、お互いを押しのけるようにして階段を駆け下りた。

　玄関に立っていたのは、まぎれもなく藤枝幸允《ゆきのぶ》本人ではないか。

「藤枝……どうして」

「久しぶりですね、朝霞さん」

　視界の端に無量を捉《とら》え、藤枝は言った。

「なんだ、おまえも来ていたのか」

「なんだじゃないだろ。こんなとこまでなにしにきた」

「届け物があってな。郵送してもよかったんだが、受け取り拒否されて送り返されても困るので直接手渡すことにした」

　外にはタクシーが待っている。本当に届けるためだけに来たようだ。

　手には大学の名が入った大きなクラフト封筒を抱えている。

　これを、と朝霞に差し出した。

「なんだ、これは」

「論文だ。『戸来郷古神誌』を査読した上で、あれは『偽書』だと判断した。論文にまとめたので君に読んで欲しい」

朝霞の表情がみるみる凍りついていく。無量たちもこれには驚きを隠せなかった。

「わざわざ論文にしたのか。あんたが自分で？」

「もちろんだ。私以外に誰が書く」

黒表紙にはしっかりと「藤枝幸允」の名が入っている。藤枝は常に多くの論文を抱えている日本で最も多忙な歴史学者のひとりだ。その藤枝がわざわざ「戸来郷古神誌」のために時間と手間を割いて、正式な論文に仕上げ、しかもはるばる福岡から自ら持ってきたのだ。

「なかなかいいものに仕上がった。ぜひ読んでみてくれ」

朝霞は黒表紙を開き、中身を漁《あさ》るように見た。要点だけをまとめた薄っぺらなものではない。何項目にもわたって引用と批判を繰り返し、わずかな漏れも許さない徹底ぶりだ。無量たちに語った内容をより論理立てて構成し、無駄なく論じ上げて、隙が無い。

朝霞の「戸来郷古神誌」は完膚なきまでに批判し尽くされている。

内容だけでなく、古文書の体裁にも言及している。使用した紙、古紙に見せかけた工作痕《こん》、古民家での発見状況の不自然さ……、現代の人間による捏造《ねつぞう》された文書である可能性を示唆するものだった（ただこれについては化学分析の結果を待つとしてあえて結論は出していなかった）。

朝霞は呆然《ぼうぜん》と立ち尽くした。魂が抜けたような表情で、かろうじて立ってはいるが、顔面蒼白《そうはく》で言葉も出てこない有様だった。

藤枝がまさかここまでしてくるとは思ってもみなかったのだろう。

「発見した本人に見せるのが礼儀だと思ってね」

藤枝と朝霞を囲む教え子たちが不穏な空気を醸している。佐原が警棒を握り直している。いまここで口封じする手もあるが、どうするか。そんな様子だ。

だが、藤枝はそんな危うい空気を読んでか読まずか、

「助手には一応、三日後に当研究室のサイトにアップするよう指示してきた。その後、学会誌にも載せるつもりだ」

それが意味するところを、朝霞も無量たちも悟った。

三日以内に「江戸時代の古文書」であることを取り下げて、創作物であることを表明しろ、と言外に勧告しているのだ。

藤枝はよきにつけ悪しきにつけ、注目を浴びる研究者だ。「戸来郷古神誌」はいまはまだ知名度も低く、ほとんど知られていない〝古文書〟だが、一度論文が発表されたら、藤枝の名によって「戸来郷古神誌」の存在は世に知れ渡ることになる。すでに藤枝が「偽書」の烙印《らくいん》を押した古文書として、だ。

それどころか、現代人の手で捏造された古文書とわかったら、もう観光資源どころの

騒ぎではない。まちがいなく地元のマイナスイメージになる。

そうなるよりは、あらかじめ「創作物」と認めたほうがダメージは少ない。

藤枝はそう朝霞に突きつけているのだ。

「反論があるなら論文を書け。それ以外の方法での反論は受け付けん。『戸来郷古神誌』が偽書でないと主張するなら反証してみせろ。研究者なら論文を書け。朝霞」

朝霞は屈辱に震えながら、藤枝をこれでもかとにらんでいる。

「……。ひとつ聞いてもいいか。藤枝」

「なんだ」

「これを書くのに、どれくらいかかった」

藤枝は平然と答えた。

「正味三日だな」

朝霞は愕然《がくぜん》とした。

「……私が十年の歳月をかけてきたものを、たった三日……」

朝霞は打ちのめされた様子で、頭が真っ白になってしまったのか、しばらく玄関に立ち尽くしていたが、やがて教え子たちに「帰れ」と言った。無量たちにも、

「君たちも帰れ。勉強会は終わりだ」

強ばった顔で言った。

「今からこれを読まなければならない。皆、帰れ」

「先生」

沙里が心配して残ろうとしたが、朝霞は断った。

「黒川くん、さっきはすまなかった」

外に出され、戸が閉められた。玄関から明かりが消え、家の中がしんと静まりかえったのを見て、萌絵はひどく不安になった。

「大丈夫でしょうか。朝霞先生。思い詰めたりしないといいけど」

「研究者なら突きつけられた論文は読まなければならない。こんなことで首をくる男じゃない。帰るぞ」

タクシーに乗り込もうとした藤枝を、無量が呼び止めた。

「わざわざ九州くんだりから引導渡しに来たのかよ」

「おまえが頼りないからだ」

「あんたの力なんか借りなくても偽書だと証明してみせた。余計なことすんなよ」

「おまえがモタモタしている間に、あの先走った元村議どもが大騒ぎして、地元にとんだ不名誉をもたらしたことだろうよ」

無量はつまった。実際そうなりかけているのだから言い返せない。

「そうだよ、西原くん。朝霞先生はともかく、例の新山とかいう議員さんの発言を撤回させないと」

「なんだと？　もう何かやらかしているのか」

萌絵が説明すると、藤枝は憤慨して、

「土偶が出たくらいで先走るにもほどがある。もういい、私が直接、話をつけよう」

「いかんとです、お父さん。手ぇ引けって脅されとっとにそりゃマズか！」

「お父さんとか、俺が呼ばないのにおまえが呼ぶな」

あの、と沙里が声をかけてきた。

「なんか……いろいろすみませんでした」

「いや全然。というか、あのとき俺たち脅した男は誰なの？　朝霞さんの教え子？」

沙里は少し言い淀《よど》んだが、腹をくくり、

「うちのOBの樺山芳樹《かばやまよしき》さんです。新山《にいやま》さんの後援会の副会長をしてる人で」

あの「戸来王の歴史を甦《よみがえ》らせる会」の発起人でもある。地元で建設会社を経営していて、朝霞の「戸来郷古神誌」に心酔しており、手倉森《てぐらもり》以上にのめりこんで熱心に推していた。新山元議員に那無武王朝のことを伝えたのも樺山で、観光資源としてのアピールを最初に提言したのもその男だった。

後輩たちにとっては頼もしいOBだが、物事を強引に押し通すところがあり、周りからは「おっかない人」と思われている。沙里が無量たちを呼び出した時も、強面《こわもて》の先輩からの命令だったので断れなかったのだ。

「朝霞先生がたとえ偽史だと認めたとしても、樺山さんが納得しないかもしれません」

無量は萌絵と顔を見合わせた。

どうやら手強い相手がもうひとり、いるようだ。

＊

結局、藤枝は帰りの飛行機に間に合わなかったため、無量たちのいるホテルに泊まることになった。一息つく間《ま》もなく、無量は藤枝の部屋に呼ばれた。

「入れ」

藤枝は浴衣《ゆかた》に着替えていた。すでにシャワーを浴びた後のようで、髪をセットしていない藤枝はいつもより幾分若く見えた。

「なんだよ、いきなり」

「着替えのシャツがない。コンビニのでいい。買ってきてくれ」

「そんなの自分で買ってこいっつの。どんだけ人使いが荒いんだよ」

「朝霞から返事が来た」

無量はぴくりと背筋を伸ばした。あの後、宣言通り論文を読みきって、さっそく電話をよこしたという。藤枝はベッドに腰を下ろし、

「〝論旨〟については理解した。だがこの論文は『戸来郷古神誌』の批判に終始して、おじゅうじ講という『四千年続いてきた信仰形態』の存在を否定することに対しては、何の論拠も示していない。おじゅうじ講を崩せない限り、那無武王朝を否定することはで

きない〟……だそうだ」

　無量はちょっと驚いてから、そうきたか、と臍《ほぞ》をかんだ。

「しぶといね……。意外と」

「そう簡単には白旗は揚げない、と言いたいらしい。そうこなくてはな」

「イエズス会の報告書のことは言った？」

「言った。真書である『三戸深秘録』の記述〝基督之墓を探しに来た宣教師〟については崩せたが、それだけでは那無武王朝が原始キリスト教に影響を与えた説を否定できない。おじゅうじ講という『物証』がネックになってる」

　古神誌の内容は学術的に否定できても「おじゅうじさま」が現にある。

　四千年続いたという講の存在が「戸来郷古神誌」の証明にもなってしまっているのだ。

　藤枝もそこを崩す方法がすぐには見つからないのだろう。頭を悩ませている藤枝を見て、無量が言った。

「……あれはたぶん、カクレキリシタンの一種だ」

「カクレキリシタン」

「元々はキリシタンだったんだろうけど、潜伏したまま世代を重ねて土俗信仰と混ざり合った所謂《いわゆる》、隠れキリシタン。明治になってもキリスト教に復帰することなく、この集落だけのスタイルのまま、ずっと続いてたんだと思う」

「……そうか。おまえもそう思うか」

藤枝もその可能性については気づいていたようだ。

「カクレキリシタンが十字形板状土偶を十字架代わりに使っていた。遺物の二次利用というやつだ」

長年、里の外には秘されてきた、と手倉森は言っていた。あまりに大きな神威ゆえに迫害を受けたため、時の権力者の目を逃れながら、ひそかに祀《まつ》られてきたという。それはまさに、潜伏キリシタンの姿そのものだ。

「だが、イエズス会の報告書だけでは、論拠が弱い。五戸から戸来を〝巡回した〟宣教師がいた記録はあるが、古沢地区にキリシタンがいたとは明言されていない。それに墓の存在が事実かどうか、せめて物証があれば」

「物証ならある」

なんだと、と藤枝は目を見開いた。

「何を見つけた」

「鹿角でイエズス会士の墓を見つけた」

「墓を、だと？　本当なのか」

「鹿角でキリシタン墓を見つけた。三本釘《くぎ》の陰刻が入った、かまぼこ形墓石。摩耗して名前までは確認できなかったけど」

信じがたい、という顔で、藤枝は無量をまじまじと見ている。墓は何よりの証拠だ。報告書の文章が事実であると示す最も雄弁な物証だ。

それをもう見つけていたというのか。

「だがあの講もイエズス会士が巡回していたキリシタン組だと断言できるのか?」

「可能性は高いけど証明する方法がない」

無量も椅子に座り込んで、いらだったように爪を噛《か》んだ。

「……おじゅうじ講がカクレキリシタンだと証明できれば一番いいんだ。一体、いつから『四千年前から祀られてきた』ことになったのかはわからないけど、それがつい最近だとしたら、明らかに朝霞先生の『戸来郷古神誌』の影響ってことになる。あと手倉森さんがそう思い込んでるだけって話も」

学説よりも感情の問題だ。あれだけ入れ込んでいる人間に、そうじゃないと言ってもムキにさせるだけだろう。

「なおさら、カクレキリシタン講とは認めないいんじゃ」

そこに萌絵からメッセージが入った。

思いがけない事態が発覚した。

「忍とさくらが戻ってない? どういうこと?」

知らせを受けて、無量と藤枝も萌絵の部屋に向かった。すでにミゲルもいた。

萌絵はオロオロしている。

「ふたりと連絡がとれないの」

忍とさくらが帰ってこない。

こちらの顚末《てんまつ》を知らせるメッセージもとうに送ってあるのだが、いっこうに既読がつかない。すでにホテルに戻っているのかとも思っていたが、その様子もない。どこかで夜食をとっているにしても、もう十一時だ。呑気《のんき》に飲みに行く状況でもない。

「私たちが朝霞先生のもとに乗り込んだ時は、近くで待機している手はずでした。その後の行方が分からないんです。全然返事がなくて、ふたりとも電話にも出ない」

「何か心当たりは」

「新山元議員のインタビュー配信を止めさせるとは言ってました」

配信先の新聞社に押しかけでもしたのかと思い、問い合わせたが、担当の者がいないと言われ、忍たちらしき者も来ていないという。

「もしかして新山本人に連絡をとったのか？　それヤバくないか」

無量たちの頭に浮かんだのは、樺山だ。「戸来王の歴史を甦らせる会」の発起人で、無量たちを脅してきた――。

「手倉森さんが何か知ってるんじゃ」

電話をかけたら、家人にはまだ帰っていないと言われた。「新山先生のところに行く」と言っていたらしい。

胸騒ぎがした。

とはいえ、こんな夜中では動くに動けない。朝を待って捜すことになり、一旦《いったん》解散しようとしていた矢先、意外な人物から連絡が来た。

沙里だ。

ミゲルはさくらと沙里と三人で休日に出かけたときに連絡先を交換していた。いや、電話番号は沙里のものだったが、電話口の向こうにいたのは——。

『ミゲル？　私！　さくらだよ！』

その声はまぎれもなく、さくら本人だ。

「さくら？　おい、おまえどこにおっと⁉」

『私、いま沙里ちゃんち。それより大変！　相良《さがら》さんが！』

さくらによると、あの後、忍が新山の事務所に配信取り下げを求めて連絡を入れたという。すると、詳しい話が聞きたいと言われ、ふたりは事務所ではなく、後援会の副会長宅に呼ばれた。

そこまで聞いて無量たちはピンときた。樺山だ。樺山に呼びつけられたのだ。

『忍さんが副会長に配信を取り下げてって頼んだんだけど、断固拒否されて、急におっかねえ口調で、手ぇ引けぇって脅されだもんだがら……。誓約書にサインするまで帰れねぐなったんだ』

家には怖い手下のような者たちもいて、スマホと車のキーを取り上げられてしまった。監禁状態にされてしまった忍とさくらは、帰るに帰れず、最終手段で忍が一計を案じ、腹痛を訴えて自分に見張りの目を引きつけている隙にさくらを逃がした。無量たちに知らせるためだ。

真っ暗な中、外に飛び出したさくらの前に、樺山経由で事態を聞きつけた沙里が運良くバイクで現れ、保護されたという。

『いまは沙里ちゃんちにいるから私は大丈夫。でも忍さんが』

さくらは、自分を逃がしたせいで忍がひどい目に遭っているのでは、と半べそをかいている。忍からは「言いなりになるつもりはないが、とりあえず朝まで様子を見る。朝になっても帰らなかったら警察に通報してくれ」と伝言を託されていた。

「どうする、西原」

ミゲルも萌絵も顔面蒼白《そうはく》だ。相手は猟銃を持っているし、それに。

「十年前の新聞記者さん。『戸来郷古神誌』を暴こうとして亡くなったっていうのは、まさか」

無量もその疑いを消せなかった。もし、それに樺山たちが関わっているとしたら。

「だからって、手を引くわけには……」

「だったら、やつらに『戸来郷古神誌』が爆弾だと教えてやればいい」

後ろでやりとりを聞いていた藤枝が、言った。

「そいつを抱えていると、いずれ破裂して自分たちが大けがする羽目になると」

「つか、どうやって？　偽書でも偽史でも、本物にしてやろうって気満々だし、あんたの論文が出たくらいであきらめるほど物わかりいい連中だとは、とても」

朝霞にとっては藤枝が「専門知の世界」で最強ポジションにいる、とわかっているから、その論文の威力も理解できるが、門外漢の樺山たちには通じない。

「せいぜい、イチャモンばつけてくるただのクレーマーやろな」

「向こうは、那無武王朝に近づくとヤケドするって言いたいんだろうけど、だったら、こっちも攻めるしかないんじゃね？」

無量の言葉に、藤枝も同意した。

「やはり『おじゅうじ講の起源は四千年前』なる主張を砕くしかあるまい」

あのう、と萌絵がおそるおそる手をあげた。

「間瀬《ませ》寅之介《とらのすけ》の著書に〈斗南神社の土偶〉の図があったんですけど、あれ使えませんか」

いろはが調べていた『南部集古図』だ。

「寅之介さんは斗南から五戸に来てますし、あの図には明治三十五年って年号が入ってました。斗南から土偶を持ち込んだ可能性もあります。西原くんもおじゅうじさまとそっくりだって言ってたでしょ？」

「実は斗南神社の土偶でした、ってことにすんの？」

「そうできたら、四千年前から祀《まつ》られてたってアリバイが崩れるかなーって」

「アリバイて……」

藤枝にも経緯を話し、画像を見せた。事実に反するものをゴリ押しするのには反対のようだったが、寅之介の寄贈である可能性はわずかながらある、と藤枝は言う。

「その間瀬寅之介がそこまで熱心な研究者なら、五戸周辺の土偶はあらかた調べ上げているはずだ。確かに、我々が見たおじゅうじ講の本尊は、この集古図のものとよく似ていた。逆にあれだけの土偶が載っていないということもあるまい」

「単純に、秘仏的なやつだから見せてなかったんじゃない？」

「だが我々には見せただろう」

「朝霞先生に訊《たず》ねるのは、どうでしょう。『戸来郷古神誌』で赤い土偶が環状列石から出土する、と書いたのは、寅之介の『南部集古図』に目を通してたからじゃないでしょうか。手倉森さんの師匠だし、おじゅうじさまもその目で見てるはず」

けど、とミゲルが横から口を挟んだ。

「正直に話すとですかね」

ふと藤枝が何か思い出したように、一度部屋に戻ってタブレットを持ってきた。何かを探し始めたので、無量たちが覗《のぞ》き込んでみると、画面には「三戸深秘録」の写しがある。奥戸来文書は手倉森家を訪れた時、一通り目を通していたが、写したのは一部分だけだった。

「これだけか。全文がわかればいいのだが」

「それって奥戸来文書の六巻と七巻ですよね。沙里さんなら手に入れられるかも。勉強会で古神誌だけじゃなく他の奥戸来文書も取り上げてたって」

深夜だったが、すぐにまた沙里に連絡を入れた。すると勉強会で使ったレジュメがあるという。そのテキストを画像で送ってもらうことにした。一時間ほどかかったが、ようやく目当ての記述が見つかり、藤枝が「これだ」と目を輝かせた。

「これを使う」

「なに？」

「おじゅうじ講はもともと肝煎《きもいり》だった福士《ふくし》家で行われていたはずだ。何らかの理由で手倉森家に祭主が移ったのだろう。だとしたら、鍵《かぎ》は福士家にある。永倉《ながくら》君、千波《せんば》君、君たちは福士家の縁者と古沢地区の人に聞き込みをしてくれ」

おじゅうじ講の起源は江戸時代のキリシタンだと証明できれば、那無武王朝説は説得力を失う。四千年続いた信仰ではなく、ほんの四百年の「新しい信仰」だと。

「おまえは私と来い。無量」

へ？　と無量は目を剝《む》いた。

「明日の朝だ。福士家を掘る」

「掘ってどうすんの。何探すの」

「明朝六時にロビー集合だ。解散」

それだけ言うと、藤枝は部屋に戻ってしまった。

無量たちは置いていかれて、呆然《ぼうぜん》としている。

「あのオヤジ！　説明ぐらいしろよ」

「西原のお父さん、頼もしか……」

「父親って言うな」

「とにかく相良さんを無事に助けないと。言うとおりにしよう、西原くん」

こうなっては「行かない」とも言えない。無量は半ばヤケ気味に従うことにした。

＊

その頃、忍はトラックの荷台の中にいた。

そこは樺山家の庭だった。さくらを逃がしたのがバレて、トラックの荷物室に閉じ込められてしまったのだ。幸いひどい暴力は受けなかったが、完全に監禁状態だ。

「いつものパターンで土蔵に入れてくれたほうがまだマシだったなあ……」

きっかけは新山元議員のインタビュー記事だった。樺山は「穏便に話をしよう」と約束したのに、ほど遠い扱いだ。あのインタビューが不適切である旨を、工藤は配信元だけでなく新山本人にも抗議してしまったらしい。その新山から詳しい説明を聞きたい、と言われて呼びだされたというので、忍は不穏な気配を感じて、代わりに自分とさくらが行く、と申し出た。

樺山を一目見て、あのときの猟銃の男だと気がついた。

──あれほど手を引けと言ったのに。

どうやら首謀者はこの男だったらしい。「戸来郷古神誌」を利用して観光開発。それはまあ、いい。キリストの墓もそんなところだ。だが樺山の野望は、先にテーマありきでPRして、あからさまな偽史を既成事実にしてしまおうとしている。

話を聞けば聞くほど、樺山は朝霞の書いた那無武王朝に心酔しているようだった。熱烈な支持者で、ほとんど信仰と化している。「那無武教」とでも名前を変えた方がいいのではないか、と忍が思ったほどだ。

――二度と首を突っ込まないと誓約書を書け。

書かなければ帰さない
と言われ、いまに至る。

「さくらさん、無事に無量たちに伝えられたかな」

外で何が起きているのかもわからない。秋の虫の音が聞こえるばかりだ。

朝霞との対決はどうなったのか。無量たちこそ無事なのか。心配は尽きなかったが、トラックの荷物室の中では手も足も出ない。

大の字に転がった。亡くなった新聞記者のことが頭をよぎった。樺山のあの心酔ぶりを見ていると、確かに口封じもしかねない。

「まずいな……。第二の犠牲者にはなりたくないぞ」

助けが来るまでどこまで粘れるか。その間にできることはないか、と算段を巡らせていた時だった。

荷物室の外でゴトゴトと物音がした。

忍は飛び起きた。外に誰かいるのか？　壁に耳をあて、人がいるならば気づいてもらおう、開けてもらおうと扉を叩こうとした時だった。ふっと扉に隙間ができ、外気が入ってきた。見るとさっきまでガッチリ閉められていた扉が少しだけ開いている。押すと、扉が開いた。

「出られる……？」

さっきのはレバーを解除する音だったらしい。外に出て、周りを見回したが誰もいない。誰が開けてくれたのだろう。さくらなら、いないのもおかしい。誰かが樺山に気づかれないよう助けた？　沙里か？　まさか手倉森ではあるまい。それとも樺山の家人か誰かが、見かねて救出してくれたのだろうか。

庭にたくさん駐《と》まっていた車がなくなっている。忍をトラックに閉じ込めたので、手下たちは帰ったようだ。家の中にいるのは樺山とその家族だけか。

スマホと車のキーを取り返したいが、樺山に気づかれたら元の木阿弥《もくあみ》だ。イチかバチか忍び込むか、このまま逃げるか。

ガラス越しに覗き込んだ部屋は客間だった。スマホがないか、探す忍の目に、飛び込んできたものがある。

「なんだ……？」

座卓の上に置いてある書類のようなものだ。建設会社の名前が入った大きな封筒だった。樺山の稼業も建設会社だが、名前が違う。

忍を閉じこめて油断したのか、サッシには鍵がかかっていなかった。忍はそっと忍び込むと、座卓の上の封筒に手を伸ばし、月明かりで中を見た。

「これは……」

＊

翌早朝、無量は藤枝が運転する車で古沢地区に向かうことになった。

車の中で父親とふたりきり、なんて何年ぶりだろう。

ふたりで長距離ドライブなどしたことがない。遠くに出かける時はいつも母親が一緒だったし、父子だけで車に乗ったのはせいぜい近所のモールに行く時くらいだ。

そういえば、父との車内での会話は、日常会話というよりも、化石や恐竜の話だったり、無量が知らない歴史のことだったり、とにかく何かを教わることが多かったから、親子というより先生と生徒のようだった。子供の頃は好奇心旺盛《おうせい》だったから、その時間が楽しかった。父とふたりでいると、知らないことをたくさん知ることができて、質問すれば何でも答えが返ってくる。幼い知識欲を十分満たしてくれる父が好きだった。

小学校にあがると、父はますます多忙になって、週末どころか月に一、二度しか帰らなくなったが、それでも家にいるときは、話しかければいろんなことを教えてくれた。

他の子供のように父親とキャッチボールをしたり、釣りにいったり、一緒に化石を掘ったこともないけれど、知識を増やす喜びを教えてくれた。そんな気がする。

ハンドルを握る藤枝の横顔を盗み見て、無量の心は束の間、子供の頃に戻っていた。

疑問をひとつ投げれば、その何倍もの答えが返ってくる。時にはもっと先の答えへと導いてくれる。それは今も一緒だ。何も変わっていない気がした。

「なんだ。何か疑問でもあるのか」

無量は我に返り、「なんでもない」と答えた。本当は、ある。疑問はたくさんある。

そういえば、藤枝が再婚したという話はついぞ聞いたことがない。離婚後ずっと独り身なのだろうか。西原瑛一朗の娘婿、という肩書き目当てに打算で結婚した男なら、すぐに別の肩書き目当てに打算的な再婚をするはずだ。なぜそれをしないのか。

尤《もっと》も、母を捨てた藤枝が、別の女と幸せな家庭を築いたりなどしていたら、無量はいま以上に激しく藤枝を侮蔑《ぶべつ》していただろうが。

藤枝の人格は信用していないが、「問えば必ず答えてくれる人」という謎の信頼感だけはある。

だからこそ、訊《き》いてみたい。なぜ、再婚しないのか。

なぜ、無量たちを捨てたのか、と。

自分の保身のために家族を捨てたという憶測はおそらく間違っていないだろうが、それでも訊いてみたいのだ。藤枝自身の口から、答えを。

「訊きたいことがあるなら言いなさい」

無量は心を読まれた気がした。藤枝も実はずっとそれを待っているのではないか、そんな気さえした。

「…………。母さんは元気か、とか、そういうこと訊かないわけ？」

藤枝は口をつぐんだ。一度訊いてしまったら、無量は止まらなかった。

「あんたが逃げたのは、じーさんが許せなかったから？　捏造やらかした身内に耐えられなかったから？　でもそれって俺と母さん捨ててまですること？」

一旦口を開けば、責める口調になってしまう。冷静になど無理だ。訊きたいことはその理由でも、気持ちのほうが前に押し出てきて、いやでも恨み言になってしまう。

「俺と母さんがどんな思いしたと思ってんの？　父親のくせに無責任だと思わなかったの？」

「離婚を申し出たのは、おまえの母親だ」

無量は意表をつかれた。え？　と言ったきり、言葉が出てこなかった。

「私の立場を気にかけたのだろう。だが、判を捺《お》したのは私自身だ。そういうことだ」

無量は藤枝のほうから縁を切ったのだと思っていた。今の今までそう思い込んでいた。疑いもしなかった。だが確かに、どちらから切り出したのか、母親からはっきり聞いたことはなかった。

「母さんのほうから……」

藤枝も問われた以上のことは語らない。車内は重い沈黙に包まれた。

無量は困惑したまま、結局、それ以上なにも訊けないまま、目的地に到着した。

車を駐めた場所は古沢地区にある福士家だった。正確には福士家があった場所だ。

朝日が差し込むヒバ林では鳥がしきりに鳴き交わしている。ひんやりとした空気の中、近くのせせらぎの音が聞こえ、あたりには車の音もなく静かなものだ。

住む者がいなくなった福士家の母屋は、すでに取り壊され、更地になっている。古い蔵だけが残されているが、あたりは下草が生え、民家だった痕跡《こんせき》はほとんどない。

「母屋の屋根裏が奥戸来文書の発見場所だったが、取り壊されてはもう検証もできんな」

蔵には買い取りできなかった家財が残っているが、瓦《かわら》屋根も草ぼうぼうになって、漆《しっ》喰《くい》も崩れかけている。

「で？　こんなとこ連れてきて何掘んの」

腰に道具差しを巻く無量に、藤枝がタブレットを差し出した。画面には昨夜、沙里から送られてきた「三戸深秘録」の一節がある。藤枝は手倉森家で奥戸来文書を読んだ時、この文章が載っていたことを記憶していたのだ。

「〝【三郎塚】。耶蘇《やそ》の類族たる三郎兵衛《さぶろべえ》なる者、検見《けみ》の役人と争うて年貢を納めざる由にて討手に捕らわれしが、磔《はりつけ》となりて、古沢之肝煎《きもいり》屋敷の裏山に埋められたり。この塚に瘧疾《ぎゃくしつ》の立願致せば効験あり〟……意味がわかるか」

「耶蘇は……確かキリシタンのこと。キリシタンの三郎兵衛が年貢を納めなくて磔にされて、古沢の肝煎んちの裏山に埋められた。その塚を拝むと……瘧疾って何？」

「マラリアのことだ」

「キリシタン塚を拝むとマラリアが治る？」

「迷信の類《たぐい》だが、その手の言い伝えは各地に残る。異端者や刑死者の塚が、畏怖《いふ》されて供養され、いつしか神様扱いになる。身近な御霊信仰というところだ」

「その三郎塚を探すつもり？　なんで」

「この地区にキリシタンがいた証拠になる」

藤枝はタブレットを操作し、

「墓の紀年銘が判明できれば、なおいい。行くぞ」

藤枝は革靴で山に入っていく。無量は慌てて後を追い、藤枝の前に出た。

「そんな靴で山に入んな。危ないだろ」

「問題ない」

「こういうのは俺のほうが慣れてる。いいから、あんたは後からついてきて」

藤枝はちょっと驚いた。無量は手ガリで下草を払いながら、細い山道をあがっていく。たくましく山に入っていく無量の後ろ姿に、感慨深さを覚えている。

「鹿角でキリシタン墓を見つけた時も、結構、深いとこにあった。集落の墓は今は下にあるけど、潜伏キリシタンは山ん中に葬られたみたいだ。きっと痕跡が――」

背後の藤枝が脚を滑らせて手をついた。無量は思わず振り返り、

「大丈夫？」

「問題ない」

「一昨日《おととい》の雨でぬかるんでる。俺が足跡つけるからそこ踏んで」

無量は斜面にさしかかると、作業ブーツのつま先で、土をえぐるようにして足場をつける。革靴への配慮だと藤枝も気づいた。

だいぶ歩き回ったが、それらしき塚の痕跡はいっこうに見つからない。

「ここじゃないのかな……」

「古沢地区にある肝煎は福士家、屋敷の裏山といえば、この川の左岸だ。この山で間違いないはずだが」

「壊されたとか」

「としても、痕跡くらいはあるものだ」

三時間ほど山中を歩き続け、日も高くなってきた。

「このへん、電波も怪しいな」

「忍くんはどうなった」

「永倉に任せてある。伝言通り、朝になっても連絡がなかったら通報してるはず。つか、ミゲルもいるから、警察着く前にカチコミに入ってるかもしんないけど」

「いい同僚だな」

無量は鳩が豆鉄砲をくったような顔をした。

「あんたもひと褒めることあるんだな」

「歴史家の使命とは何か、わかるか。無量」

唐突に名を呼ばれ、一瞬、どきり、とした。

「突然、なに？　そんなん過去の事実を明らかにすることでしょ」

「それもある。それ以上に〝警告者〟であることだ」

藤枝は急な斜面に軽く息を切らしながら、

「人間は過去に膨大な過ちを犯してきた。歴史家は誰よりもそれをわかっているはずだ。いまを生きる人間は、目を離していると容易に同じ間違いを繰り返す。権力というやつは特にな。まるで引力でもあるかのように同じ方向に行こうとする。だから監視しなければならない。だが現代人というやつは忘れるのだ。忘れた現代人に、歴史家が警告をし続ける。それが歴史家の存在意義でもある」

「それがあんただっていうの？」

「遺跡を掘ること、古い物を残すこと。それらが生活に優先されることはない、という者もいる。だが違う。我々は人間の功績を知るのではない。過ちを知るためにあるのだということを忘れるな」

無量は背中から投げかけられる藤枝の言葉を、黙って反芻《はんすう》する。なぜそんなことを突然伝えてきたのか。多少の困惑もあった。

　方々探し回ったが、何の成果も得られないまま昼近くになり、一旦《いったん》、福士家の跡地におりてきた。用意してきたおにぎりを食べ、休憩をとる。そこに集落で聞き込みをしていたミゲルが合流した。

「忍が樺山んちから消えた？　どういうこと⁉」

　萌絵の通報を受けて警察が樺山家に入ったが、車は見つかったが、本人がどこにもいない。樺山は「帰った」の一点張りだったという。

「逃げたのか？　まさか殺して埋めたなんて言うんじゃ」

「不吉なこと言わんでくれ」

　スマホが見つかったので警察が回収し、さくらが取りに行っているという。

「おじゅうじ講のことは何かわかったか？」

　と、横から藤枝が割って入ってきた。

「あ、はい。集落の方に聞いてみたら、なんかやっぱり、四千年前からある信仰っていうのは、後付けみたいです」

　藤枝と無量は、やはり、とうなずき合った。

「十年ぐらい前に、歴史のえらか先生の研究でそういう由来がわかった、とみんな思ってます。それまでは、江戸時代からあった風習やと言われてたようで」

「やはり朝霞の影響だな。手倉森氏が『戸来郷古神誌』に影響を受けて、皆に伝え、そういうことになったんだろう」

まさに〝湧説《ようせつ》〟だ。「四千年前に始まった風習」に突然させられた。

「ただカクレキリシタンって自覚もなかですね。俺に言われて逆にびっくりしてました」

「キリストをおじゅうじさまと呼んだり、隠語に言い換えた痕跡がある。世代を重ねて原型からかけ離れてしまったんだろうな。祭主のほうはどうだ？」

「それも元々は福士家の役目だったそうです。跡継ぎがいなくなったんで、十五年前くらいに手倉森家に」

「何が四千年前からだ。嘘つきまくりじゃねえか！」

無量が憤慨している横で、藤枝は〝おじゅうじ講四千年説〟を崩す道筋が見えたのだろう。

「この裏山の現在の所有者は？」

「福士家です。山はまだ処分してないみたいですね。いま萌絵さんが縁者の方に確認を」

萌絵に連絡をとると、館鼻岸壁の朝市で会った分家筋の男性とちょうど連絡がとれたところだった。

「古い墓石らしきものがある？　ほんとか！」

『うん、西側斜面に小さな山神社があって、奥のほうに古いお墓があるって』

二股《ふたまた》に分かれた川の上流側だ。明治時代になって家の近くに墓をたて、先祖代々まとめて祀《まつ》るようになったが、江戸時代の頃は山中にあったという。男性に書いてもらった簡単な地図を頼りに、無量たちは捜索を再開することにした。

出発しようとしていたところ、今度はさくらからメッセージが入った。

『忍さんのスマホに忍さんから通知が入ってる！』

どうやら自力で脱出して無事らしい。やることがあるからまだ戻れないが、心配するな、と短い通知欄で知らせてきていた。無量たちは胸を撫《な》で下ろした。

「忍が無事とわかればこっちも本気出せる。墓を探そう」

「念のため、千波君。君は一部始終、動画で記録をとりたまえ。証拠にする」

捜索を再開し、今度は西側斜面にまわりこんで川沿いに四十分ほど歩き続けた。

歩きにくい道を上流に向かって進んでいくと滝の音が聞こえてきた。

「あれ、鳥居やなかか……？」

さほど標高は高くないが、集落からはだいぶ奥まっている。小さな滝のようになった奥の斜面に朽ちかけた鳥居があり、扁額《へんがく》は「山神社」と読める。石段らしきものも見つかった。その先を登っていくとひっそりとした平坦地《へいたん》に出た。見れば、小さな加工石らしきものがたくさん土から顔を覗《のぞ》かせている。三人で手分けしてそれらが墓石だと確認した。

「江戸時代の仏教式石塔だ。でも戒名がない」

「潜伏キリシタンの墓には、たまに戒名のなかもんがあっとよ」

島原出身のミゲルが詳しい。当時は弾圧があったので、潜伏キリシタンも仏教式の石塔を用い、戒名を入れねばならなかったが、あえて戒名を入れず、野石を使うものもあった。それがせめてもの抵抗だというように。

「ここは人目につかないからあえて戒名を入れなかったのかも。それよりこの丸い白い小石はなんだろ。たくさんある。これはわざとか？」

「この小石はおそらく墓参のたびに十字に並べるためのものだ。こんなふうに」

藤枝が実演してみせた。潜伏キリシタンのならわしだった。明らかによそからもってきた白い小石は、十字架を作るためのものらしい。

「こっちの墓石はわざと倒しとる。変形墓石……切妻蓋《きりづまふた》石型ったい」

まちがいない。キリシタン墓だった。変形墓石は幕府の取り締まりの対象にもなり、疑わしいものは破壊されてしまうが、ここのものは奇跡的によく残っている。

「ただ彫りはなか」

初期のキリシタン墓碑には見られた十字架や洗礼名は、もはや、ない。かと言って仏教式にもできないという抵抗が、この墓地の石から伝わってくる。

大事なものこそ隠さなければならない。命がけで信仰を何世代にもわたって守り続けた人々だ。いつしか隠しきること自体が信仰の形になっていったに違いない。

無量が見つめていた墓石の上に不意に西日が差し込んできた。何かに呼ばれた気がして、光源を目で追うと、その先のこんもり盛り上がったところから光が差している。

はっとした。

梢《こずえ》の具合が作用して、光源が放射状の美しい光条を成している。

その周りでは、微細な埃《ほこり》が反射して、小さな天使が舞っているようにも見えた。

無量がふらりと立ち上がり、その光が差し込んでいるところまで近づいていく。

ハレーションを起こした土まんじゅうのもとに落ちた木々の影のひとつが、無量の目の前に美しい十字を成している。そこには小さな墓石が顔を覗かせている。

何かの天啓を受けたような顔をして、無量は自分の右手を見た。

しばらくじっと見つめてから、誰へともなく、

「いいんすか？　掘っても」

ミゲルと藤枝が振り返った。そして怪訝《けげん》な顔をした。無量が何か目に見えないものと対話しているように見えたからだ。

軍手をはめた無量が移植ごてを道具差しから引き抜いた。物も言わずにその墓石の手前を掘り始めようとしたので、藤枝が「待て無量」と制止した。墓石群からはぽつんと離れており、何があるとも思えない。ミゲルに急いでその場所を撮るよう命じた。

「この墓石の前を掘るんだな？　無量」

無量がうなずいた。早く掘らせてくれ、と目が訴えている。藤枝は許可した。途端、物凄《ものすご》い速さで無量が掘り始めた。辺りにはまだ下草もあったが、剪定《せんてい》ばさみで草の根を切り、取り除いては、さらに掘る。

「どこまで掘るとか？　西原」

答えない。無量は周りに目もくれず黙々と掘り続ける。藤枝はその姿に目を奪われたように凝視し続けている。無量の発掘を時折「犬」と揶揄《やゆ》する藤枝だが、自分が考えていた以上に本能むき出しで掘り続ける無量に、どこか畏怖《いふ》を感じたとでもいうような、そんな表情をしている。

突然、移植ごての先が何か固いものに当たった。指先に響くその感触は明らかに石のたぐいではなかった。

「陶磁器……？」

無量は土をのけていく。土の底が突然、白くなった。姿を見せたのは、陶磁器らしきものだ。藤枝は息を呑《の》んだ
「記録だ。記録をとれ。君は状況も説明しろ、千波君」

と藤枝が指示する。出土状況の記録が第一だ。それがないと物証が成立しない。動画をとりながらミゲルが音声で日付と時間と状況を語る。藤枝が写真を撮り、無量はさらに全体が現れるまで掘り進めた。陶器の大きさは弁当箱くらい。青みのある薄墨のような色の染付が美しい。百合《ゆり》のような植物が描かれている。

「これは……初期伊万里《いまり》か」

「伊万里焼？　これが？」

「ああ、江戸時代初期。元和から寛永年間にかけて作られた草創期の伊万里焼だ。まだ製法が未熟で、素地に歪《ゆが》みがあり、釉《うわぐすり》むらが独特のとろりとした風合いになっている。

藍《あい》一色の染付が特徴だ」

無量が肩越しに藤枝を振り返り、

「このまま蓋開けていいすかね。それとも取り上げてからにします？」

「開けたまえ。責任は私がとる。これは筑紫大学藤枝研究室による試掘調査だ」

穴の底にある伊万里焼の陶箱を、三人で囲むようにのぞき込む。無量が手を伸ばし、

「よし、開けるぞ」

陶箱の蓋を外した。

そこにあったのは黒ずんだコインのようなものだ。５㎝ほどの楕円《だえん》形をした金属板で、
中央に人の姿が浮き彫りになっている。

「メダイ……だ」

聖母マリアが彫り込まれた美しいメダイだった。とても精巧に作り込まれた銀製と思
われるメダイで、マリア像の周りにはラテン語らしき文字が記されている。メダイと共
にもうひとつ、小さな棒を十字にくっつけたようなものが入っている。

「鉛の十字架……？」

とミゲルが言ったのは、地元島原の原城で見つかった出土物とそっくりだったからだ。

島原の乱で立てこもった一揆《いっき》勢が鉛弾を鋳直して作った、あの不格好な十字架に。

「島原の乱の遺物がなんでこんなとこに」

いや、ちがう。と無量は言った。

「これは……十字形土偶だ」

ペンダントヘッドになりそうなほど小さな土偶が、本物のメダイと一緒に収まっている。無量は手倉森が言った言葉を思い出した。おじゅうじ講で生まれた赤ん坊は、ひとりにつきひとつ、おじゅうじさまを授けられると。

「土偶の十字架と聖母マリアのメダイ……。これは潜伏キリシタンの墓だ」

ミゲルは力が抜けたのか、へなへな、と膝《ひざ》をついた。藤枝もその小さなふたつの遺物が示す歴史の意味に気づき、奇跡の瞬間に立ち会ったように言葉を失っている。

「記録しろ……」

と呟《つぶや》くのが精一杯だった。数奇な巡り合わせとしか思えない、数千年の時を隔てたふたつの遺物がひとつの箱に収まっている。それらが墓前に埋まっていたことの理由を思い、その意味を無量は噛《か》みしめていた。

「ここに眠ってるひとの遺品だろうな」

十字架によく似た縄文の土偶に「おじゅうじさま」と名付け、この山間《やまあい》の村で密《ひそ》かに祈り続けてきた人がいた。聖母のメダイはかつてこの村を訪れたイエズス会の宣教師が残していったものだろう。おそらく海外から持ち込まれた貴重な品だ。本来、このような東北の山奥で見つかるような遺物ではない。十字架も満足に身につけられなかった信者たちが、その信仰の証として何よりも大切に守り続けたものに違いない。

「初期伊万里ということは、少なくとも元和年間以降に埋められたものだ。メダイを所有していることが幕府に露見したら罰せられる。だから埋めたのか。もしくはこの場所でひっそりとミサを行ったのか」

メダイも十字形土偶も、掌《てのひら》に収まるほど小さい。このささやかなふたつの遺物には「大切なものは秘密にする」と教えられて生きてきた人々の想いと祈りが詰まっている。

「切ないね……」

無量は呟いて、メダイを手に取り、裏返すと「ＩＨＳ」の三文字が入っている。イエス・キリストを表している。

無量は顔をあげて、梢から差し込む光を見上げた。

あの光が導いてくれた。自然にそう思うことができた。

澄んだ風が森に吹く。

木漏れ日はキラキラと瞬いて、秘された墓地に眠る人たちを静かに照らし出している。

第八章　安寧の王国

そこからは急展開だった。その発見を公的機関に認めてもらう必要があったためだ。

感傷に浸る間もなく、ただちに新郷村の文化財課の職員に連絡をつけ、急遽《きゅうきょ》駆けつけてもらった。根回しのいい藤枝《ふじえだ》は昨夜のうちに調査概要をメールで送っており、これが試掘であることを伝え、工藤《くどう》にも連絡をして「遺物は土の中から出てきたもの」「土地主の許可は得ていること」という二点を証明した。村の職員からあらためて調査を行う約束もとりつけた。

知らせを聞きつけて、萌絵《もえ》といろはも古沢地区に駆けつけて、物証発見を喜んだ。

「それより忍《しのぶ》と連絡はとれたのか？　あいつ、一体どこに」

急《せ》き立てる無量《むりょう》に萌絵が親指を立ててみせた。

「相良《さがら》さんも物証を手に入れたって」

何の？　と無量が首を傾げる。萌絵は藤枝に向かい、

「それよりいつ乗り込みますか？　明日？　それとも」

今夜だ、と藤枝が言った。

「これ以上、一分たりとも朝霞《あさか》とあの連中を野放しにはさせておけん」

「だけど、いくら物証が揃ってもそう簡単に認めるかな。おじゅうじさまとメダイが一緒に埋まっていたことも、かえって自分たちに有利なこじつけをしてくるんじゃ」

「その通りだ。だからこそ伝え方が重要だ」

正攻法で物証を突きつけても、のれんに腕押しということもある。

朝霞派が無視できない、何かうまい「伝え方」があるはずだ。

「そのことなんですが、私たちにひとつ考えがあります」

萌絵が申し出た。隣に立ついろはが言った。

「その役目、私にやらせてもらえませんか」

＊

新山《にいやま》元議員のインタビューが配信されて三日が過ぎた。

地元FMで縄文時代をPRする番組を持っているいろはが新山元議員に急遽出演を依頼した。週一回ほんの十五分とはいえ、いろはがパーソナリティーを務める、なかなかの人気番組だ。

手倉森《てぐらもり》家にお邪魔して、おじゅうじ講と那無武王朝の話を聞く、という内容で、録音した取材音声を後日編集してラジオで流すと伝えてある。新山元議員のインタビュー記事は、埋蔵文化財調査センターからの抗議で一部訂正することになったが、配信停止にはならなかった。それどころかラジオ局から取材を申し込まれて気をよくしている。

「地元のラジオ局さんに取り上げてもらえて、実にありがたいですよ。ぜひ有権者の皆さんにも広めてもらいたい」

議員返り咲きを狙う新山はご機嫌だ。そのマネージャーのように寄り添っている強面《こわもて》の男は樺山《かばやま》だった。

「地元テレビ局への出演話も進んでいましてね。大手広告代理店経由で首都圏での大々的な観光キャンペーンも行う予定なんですよ。新郷村の新たな売りになります」

手倉森家での収録が始まる。無量は廊下にいて、襖《ふすま》の隙間から様子を覗《のぞ》いている。樺山はあのとき無量と忍を脅してきた男に姿も声もそっくりだった。

「……まちがいない。やっぱり、あいつだ。ふてぶてしい顔してやがんな」

「あんな強面相手に、ほんとに通じっとかな」

ミゲルが心配している。いろはたちの作戦が成功するかどうかは、無量も半信半疑だが、もう後には引けない。

「マイクテス、マイクテス。あーあー、本日は晴天なり、テステステス」

元放送部の萌絵がキャップをかぶって機材スタッフを兼ねたディレクターに扮《ふん》している。

「ではお三方、マイクの調整しますので少ししゃべってもらえますか」

座敷には集落の人たちも続々と集まってきている。準備が整い、そろそろ収録が始まろうとしていたとき、最後のひとりが現れた。

朝霞ではないか。

何も言わず、末座に腰をおろす。樺山と手倉森も気づいて「先生」と破顔した。初めてのメディア出演で若干の警戒もある。どんな質問が飛びだしてきても朝霞がいてくれれば答えてもらえるという安心感が半端ない。

「はい、それでは録《と》っていきます。皆さんよろしくお願いします」

萌絵のキュー出しで収録は始まった。

「皆さん、こんばんは。みんなで土器土器《ドキドキ》、縄文DJ・ILOHAです！　今日は新郷村にお邪魔しております。縄文時代から続くという謎の風習を、いまも守り続けている方々からお話を伺います」

いろはの澄んだ声は聞き心地もいい。その後ろには萌絵がキャップを目深にかぶってストップウォッチと首っ引きだ。マイクの前に座るのは、新山と手倉森だ。その後ろには樺山もいて、敏腕マネージャーのように収録の様子を見守っている。そして、廊下では無量とミゲルが聞き耳を立てている。

「……わあ！　こちらが縄文時代からお祀《まつ》りしているという、おじゅうじさまですか。すてき！　とても立派な十字形板状土偶です。手倉森さん、四千年前からこちらの地区でお祀りしているとのことですが？」

「はい。縄文時代から先祖代々お守りしてきた戸来王ゆかりのおじゅうじさまです」

メディアで取り上げられるのは初めてだったためか、声も弾んでいる。手倉森がおじゅうじ講と那無武王朝について語り、新山が観光キャンペーンについて語る、という流れだったが、手倉森は説明に熱が入りすぎて、なかなか終わらない。

だが、いろははさすがプロだ。突っ込みを入れたくなる話にも興味深そうに相づちを打ち、大げさに感激こそするが、キリスト来日などの怪しすぎる話は華麗にスルーして、手堅くまとめに入っている。

「四千年も前の縄文人から途絶えることなくご祈禱《きとう》を続けているだなんて驚きですね。縄文時代は巫女《みこ》に神を降ろしていたそうですが、おじゅうじさまの祭主さんも口寄せのようなことをするとのことですが」

「昔は口寄せで吉凶を占っていたそうです」

「実は私、リスナーの皆さんはご存じの通り、曾祖母《そうそぼ》が恐山のイタコをしておりまして、縄文の巫女には親近感を覚えます。……あのう、手倉森さん。ひとつお願いがあるのですが」

「なんでしょう」

「縄文時代から続く貴重な祭文をぜひ聴いてみたい、というリスナーの皆さんのために、少しだけ聞かせていただけないでしょうか」

「はい。いいですよ」

「えっ。よろしいんですか」

ここまでは打ち合わせ通りだ。古沢地区の「貴重な祭文」は実は樺山が計画する那無武王朝ツアーの売りでもある。「縄文時代の祭文」を聴く体験で人を呼び込む寸法だ。そのさわりをラジオで流すことで宣伝につなげたい狙いがある。

「では、私が祭文を唱えますので、鐘を鳴らしたら〝おじゅうじさま、おじゅうじさま。ごろうりや、ごろうりや〟と声を合わせて唱えてください」

ここでディレクターの萌絵が一旦《いったん》、収録を止めた。

「はい、いただきました。ありがとうございます。ではこのあと、祭文詠唱を行いますので、マイクセッティングのため、少々お待ちください」

収録スタジオと化した座敷の空気もだいぶ暖まってきた。おじゅうじ講のひとたちは、いよいよ出番とばかりに張り切っている。いろはも水を飲んで準備に余念がない。

その間、さくらに連れられて密《ひそ》かにサプライズ・ゲストが到着した。

「さて、いよいよ本番だな」

後半の収録が始まった。祭文詠唱からだ。

手倉森の祭文に合わせて、集落のひとたちがいつも通りに唱える。

独特の節回しは民謡のようだが、時折、意味不明な呪文《じゅもん》のようなものが出てくる。よくよく歌詞に耳を傾けると「ごろうりや（グロリヤ）」「ゼス（イエス）」「ドス（デウス）」「パソ（パッション）」と言う語句が混じっているようだ。

「〃ごぉろぅりやぁ、ごぉろぅりやぁ〃」

太鼓でリズムをとりながら、鉦《かね》をならして、皆が声をあわせて唱え続け、座敷の天井や柱に響いて独特の音色になる。同じ節回しを延々と繰り返すので、聞いている方はだんだん声に引きずり込まれていくようだ。念仏よりも抑揚が激しく、長く続けているうちに、いろはの様子がだんだんおかしくなってきた。リズムをとるように首を大きく縦に振っていたが、だんだん前のめりになり深くうなだれていくではないか。やがて頭《こうべ》を垂れて、唱えるのをやめ、黙り込んでしまった。

「ちょっとストップ。いろはさん？　どうしました？　いろはさん？」

萌絵が声をかけた。手倉森や新山も異変に気づき、鉦を止めた。講の人々も唱えるのをやめ、部屋は妙に静まりかえった。

「どうしました？　いろはさん？　大丈夫ですか？」

うろたえている萌絵の問いかけに、いろはが低くくぐもった声で答えた。

「……ちがいます……」

「え？」

「ちがいます。我《わ》はここのもんではありません……明治の頃につれてこられた」

手倉森と新山が顔を見合わせた。「何を言っているんだ、君」と聞き返したが、いろはは上体をゆっくり揺らしながら、

「我《わ》が埋められでだのは、マサカリの付け根。四千年、土ん中さおったんだ」

居合わせた者たちが驚愕《きょうがく》した。

「埋められただと？　いったいなんのことだ！」

誰だこれは。いろはではない。一体、何がしゃべっているのか。

異常事態を察した萌絵が覆い被《かぶ》さり、いろはの背中をさすりながら、

「あなたはいろはさんじゃないんですか？　どなたですか」

そこにいた全員が目の前で何が起きているのかを理解した。

何かがいろはに降りてきている。

いろはの口元に耳を寄せた萌絵が、真っ青になって皆を振り返った。

「何かがいろはさんの体を借りて話しています。……どなたですか。あなたはどこのどなた様ですか」

いろはが指さしたのは、祭壇の中央にいる十字形板状土偶だ。

一同は驚嘆した。本尊の土偶がいろはの口を借りて話しているというのか！

「あなたはおじゅうじさまなんですか？」

「……はあ……我《わ》が土から出はってきたのは明治三年のごどです。アイヅば追われだ武士どが、我ば掘り当ててトナミ神社に祀ったのです」

「な、なにを馬鹿なごと言ってるんだ！　この土偶は四千年前からこの家さあったもんだぞ！」

「四千年？　いえいえ、我《わ》は明治三十六年に戸来さやって来た。ケガジ払いのためだ」

　それを聞いた人々が口々に騒ぎ始めた。樺山は「いい加減なこというな」と怒鳴り、いろはにつかみかかろうとしたが、手倉森が体を張って止めた。

「わがねじゃ(だめだ)！　こ、これはおじゅうじさまの口寄せだ！　邪魔してはいげね」

「この土偶がしゃべっているというのか。そったわげながろうが！」

「いんや、ばっちゃが言ってらったんだ。おじゅうじさまぁ若ぇおなごさ降りで託宣するごどがある。託宣邪魔すれば、祟《たた》られっぞ！」

　樺山はなおも止めようとしたが、今度はいきなり新山に殴りつけられてしまった。

「このほんじねー（馬鹿者が）！　俺は子供の頃がらイタコ小屋で何度も神様の口寄せ見で来だ。おっかねごどするな！」

「でも……この村の人どは……ケガジ払いばしねんで、我ば祀った」

　いろはは頭をぐらぐら揺らしながら、話し続ける。

「ケガジ払いが我の役目だったのに、我ば割らずに我ば拝んだ。ケガジがら皆ば救ったのはゼズスに仕える異国のパデレだ。そいで我は……我は……」

　糸が切れたように、いろはは畳に倒れ込んでしまった。「いろはさん、しっかり！」と萌絵が介抱する。いろはの口から出てきた言葉に集落の人々は困惑し、口々に、

「……明治だって。江戸時代でもながったの？」

「このご本尊を四千年拝んでぎだのではながったんだべか」

手倉森たちが動揺している。朝霞に助けを求めようとしたが、朝霞は腕を組んで達磨《だるま》のように口を引き結んだまま、目をつぶって黙ったきりだ。集落の人々が、

「手倉森さん、わんど（私たち）が拝んでらったおじゅうじさまは、よそがら持ってきだのだべか？」

「四千年前の先祖のものだと言るのぁ嘘だっだのが？」

「――その土偶は」

突然、廊下のほうから男の声が割って入った。

「明治三年に下北半島で見つかったものです」

その声を聞いて、一番後ろに座っていた朝霞がようやく目を開いた。

襖《ふすま》が開いた。

そこにいたのは、藤枝教授だ。

スーツ姿で部屋の前に正座している。後ろには無量とミゲルが控えている。朝霞が顔をめぐらせると、藤枝が立ち上がり、座敷に入ってきた。朝霞は一挙手一投足を険しい顔でにらんでいる。藤枝はそれを一瞥《いちべつ》し、再び畳に膝《ひざ》をついた。

「……おっしゃるとおり、皆さんのご先祖がおじゅうじさまを信仰しはじめたのは、四千年前ではありません。およそ四百年前――江戸時代初期の出来事です。皆さんのご先祖様はキリシタンでした」

「キリシタン？　ってあの、踏み絵とか踏まされたやつか」

「そんなの聞いだごどねじゃ。おじゅうじさまとは別物だよ！」

「これを見てください」

藤枝が合図するとミゲルが手にしたノートパソコンを開いて、画面いっぱいに映っている画像を皆に見せた。

「福士《ふくし》家の山で発見された古いキリシタン墓地です。墓石は仏教式ではなく、変形墓石というもので、キリシタン墓の特徴が確認されました」

それを見た手倉森と新山も目と口が大きく開いてしまった。困惑を隠せない地区の人々はざわざわと騒いで、

「んだば、わんど（俺たち）の先祖はキリシタンだったのが」

「でも、うぢには仏壇しかねじゃ（ないよ）。キリストもマリアも祀《まつ》ったごどねじゃ」

藤枝は「それが正しいのです」と答えた。

「幕府の目を忍んでキリスト教信仰を続けた信者のことを〝潜伏キリシタン〟といいます。江戸時代の間、何世代にもわたって名を伏せ、名を変え、神や仏にカムフラージュしてきたため、元の形を留めていないのです。棄教することを〝転ぶ〟と言い、組ごと検挙されることを〝崩れ〟と言いますが、皆さんのご先祖は転ぶことも崩れることもなく、明治時代以降も、ご先祖様が伝えたしきたりの通りに信仰を続けてきたものと思われます」

「うそをつくな！」

と言い返したのは、樺山だ。

「我々は那無武王朝以来の特別な！」

「那無武王朝が存在したと記される『戸来郷古神誌』は偽書です。偽書とは信憑性が著しく低い文書のこと。精読して偽書と判定した。その根拠は、そこにおられる朝霞先生に論文を渡してあるから、文句を言う前に、それを一から読んでもらおう」

藤枝の視線の先には、朝霞がいる。皆が朝霞へと一斉に注目した。

「朝霞先生……。それは本当なんですが？」

「論文というのぁ何だが？　古神誌に書いであるごどはインチキだったんだが？」

朝霞は苦しそうな顔をしている。藤枝はそれをじっと見つめ、

「朝霞、おまえに言われたとおり、物証を見つけてきたぞ。これで満足か」

横から樺山が「おい、録音を止めろ！　収録は中止だ！」と怒鳴り散らし始めた。が、朝霞の耳には入っておらず、藤枝だけを見て、

「キリシタン墓を発見したぐらいでは偽書の証明にはならんぞ。藤枝」

「ならば、これならどうだ」

パソコン画面が切り替わった。陶箱が出土した写真と、その中身だ。

朝霞は息をのんだ。

箱の中には、小さな十字形土偶と聖母マリアのメダイが入っている。

「私の研究室による発掘で出土した。記録はすべて村の教育委員会と共有した」

「捏造《ねつぞう》だ！」

と叫んだのは、樺山だった。

「こんなもんは捏造したもんに決まってる！」

その一言はこの親子にだけは言ってはならなかった。藤枝と無量が同時に樺山をにらんだ。その目には殺気どころか殺意がこもっている。無量が思わず膝を立てるよりも先に藤枝が勢いよく立ち上がり、樺山の胸ぐらをつかみあげた。これには無量も驚いた。有無も言わさず拳《こぶし》を振り上げた藤枝に樺山も思わず身を縮めたが、次の瞬間、

「これを発見したのは、そこにいる西原無量くんか」

朝霞が訊《たず》ねた。藤枝は拳を止め、振り返った。水を向けられた無量は、確認してきた朝霞の意図をはかりかねたが、神妙にうなずいた。

「藤枝教授の依頼を受けて、こっちにいる千波《せんば》ミゲルと作業しました。ミゲルは島原出身でキリシタン遺跡を掘った経験が豊富です。メダイと土偶は墓石のもとから出土しました。墓の主の遺品と思われます」

「メダイはイエズス会の宣教師が持ち込み、潜伏期に福士《ふくし》家が所有したようだ」

その後を藤枝が引き取った。

「古沢の肝煎《きもいり》・福士家の旧墓所であることは子孫の証言から確認された。おじゅうじ講の祭主は元々福士家。その福士家は江戸時代の潜伏キリシタン。つまり、おじゅうじ講とは潜伏キリシタンによる講であり、その起源は周辺の鉱山からキリスト教が伝わった

江戸時代初期と考えられる」

朝霞は険しい顔でじっと黙り込んでいる。あれだけの執念の持ち主だ。そう簡単には退かないはずだ。次はどんな難題をふっかけてくるかと身構える無量たちの前で、朝霞が目をつぶった。「そいつを放してやってくれ、藤枝」と声をかけてきた。藤枝が樺山を放すと、朝霞は意外にも神妙そうな顔つきになり、背筋を伸ばして正座した。

「私の負けだ、藤枝。物証を認めよう。おじゅうじ講はカクレキリシタンであるとの説を受け入れ、私が提唱した那無武王朝説は取り下げる」

無量も藤枝も驚いた。それ以上に驚いたのは手倉森と樺山だ。

「先生、何をおっしゃるんです！」

「こったなものぁ証拠にならね！　那無武王朝までが否定されたわけじゃないではありませんか！　……おい、収録を止めろ！　止めろと言っている！」

樺山は萌絵を押しのけて機材に触れようとしたので、萌絵がすかさずその腕をひねりあげた。樺山がギャッと叫んだ、そのときだ。

「止める必要はありませんよ」

今度は座敷の後ろの襖が開いて、長身の若者が現れた。無量も萌絵たちも「あっ」と声をあげた。

「忍！　いままでどこに！」

「すまん、無量。裏をとるのに時間がかかった」

急いで駆けつけたらしく、髪も服も乱れている。一番驚いたのは樺山だった。

「おめ……っ、どうやってあそこから逃げだした⁉」

幽霊でも見るような顔をしている。忍は「さあ」と首をかしげ、

「それは僕にもよく……。それよりも樺山さんがどうしても那無武王朝キャンペーンをやりたい理由、やっとわかりましたよ」

封筒から書類を取り出して、皆の前に掲げた。

「村が計画している新しい観光施設です。その入札が近々あるんですが、樺山さんの会社は東北の縄文遺跡を世界遺産にしようという運動に、那無武王朝で一枚嚙《か》みたかったんですよね。八戸の建設会社と談合したと疑われる記録がこのとおり」

忍が樺山の家の中で見つけた書類だ。談合成立のために樺山が他社の社長に礼金を用意しようとしたとおぼしき覚書と口座情報が書き記してある。途端に樺山の顔色が変わった。新山も目をむいて「どういうことだ」と叱りつけた。

「これはなんだ、説明しろ。樺山！」

しどろもどろになってしまう樺山を見て、「幻の那無武王朝」は今度こそ幕引きの時を迎えたと思ったのだろう。

朝霞は観念したように両手をついた。

「……新山先生、ほかの皆さんも。このたびはご迷惑をおかけしました。『戸来郷古神誌』は偽書であり、その内容には信憑《しんぴょう》性は一切ございません。事実を記録したものでは

ないことを認め、これ以降『戸来郷古神誌』に基づくあらゆる学説は、謹んで取り下げることにいたします。まことに申し訳ありませんでした」

居合わせたものたちは皆、ぽかん、と口を開いて、言葉を失っている。

朝霞は畳に額をつけたまま、あげようとしない。

屈した友の姿に、若い頃の自分を重ねているのか。藤枝は無表情で見つめている。

かつて自分を陥れた友がみじめに土下座する姿を目に映しても、胸がすくこともなく、心が晴れることもない。論破することがこれほど虚しいと感じたこともない。

藤枝はひとり、天井を仰いだ。

＊

収録は中止となった。

手倉森家から去っていく講の人々に向けて、朝霞は深く頭を下げている。

新山元議員と樺山を乗せた車が去っていくのを見送って、朝霞はようやく頭を上げた。

長い時間をかけて織りあげてきた「那無武王朝」という名のタペストリーを自らの手で焼いた朝霞は、遠い目をしている。

「もっと抵抗するかと思った」

背後から声をかけてきた者がいる。――藤枝だった。朝霞は振り返らず、

「なに。優れた棋士は投了も潔いというだけだ。おまえこそ、どうして『戸来郷古神誌』を書いたのはこの私だと、皆の前で名指ししなかったのだ。藤枝」

「私は警察官でも裁判官でもない。それより知りたいことがある」

「なんだ」

「……どうして、こんなことをした」

人影がなくなった玄関の前で、藤枝が問いかけた。

「研究に失望したのか。学界に不満があったのか。それとも世間への腹いせか」

朝霞はうなだれながら、苦笑いを浮かべている。

「……そんなことではない。初めは単純に学説のつもりだった。だが突き詰めていくうちにのめりこんで、仮説と空想の境界がわからなくなった。いつしか、私が考える縄文像こそ本物だと信じこむようになっていった」

学界の誰にも相手にされないなら、創ってしまおう。学説で証明できないものも「歴史」として創ってしまえば、それが「本物」になる。すっかり夢中になって神代文字まで創り出し、こうして生まれた虚構の王国が、那無武王朝であり、「戸来郷古神誌」だったのだ。

「私は今の今まで『那無武王朝が実在しない』とは思っていなかったのだよ。捏造だとも思っていなかった」

自らの想像だったことさえ忘れ、実在と非実在の境がわからなくなるほど没入しきっていた朝霞の目の前に突然「藤枝」という爆弾が落ちてきた。それは「那無武王朝」という心地いい場所を吹き飛ばす爆弾だった。若い頃から朝霞を脅かしてきた男は、ようやく完成した〝誰にも脅かされない安寧の王国〟を破裂させる者だったのだ。

「おまえから那無武王朝を守らねばと思った。そのためには手段は選ばないつもりだった。こんな心境、おまえには理解できんだろうな」

「できんな」

藤枝は率直だった。

「自分の想像を疑わないことなど、私にはできん」

朝霞は少し呆然《ぼうぜん》として、やがてまた自虐的な微笑を浮かべた。

「縄文はおまえが一番苦手な分野だろう。文字がなければ手も足も出ない一介の文献屋ごときも騙《だま》せない、とは……。私は縄文研究者としても創作者としても、まだまだだったようだ」

「もう一度やりなおせ。朝霞」

藤枝は言った。

「那無武王朝は虚構でも、縄文の巫女《みこ》に関する考察は興味深かった。学説としてまとめて論文にしろ。研究者として遅いということはあるまい」

「無理だな。古文書捏造《ねつぞう》までしでかした男があの世界に戻れるとも思えん」

朝霞はやけにさばさばしている。

「もうこりごりだよ。学者の世界は」

「朝霞」

「物事の探究に勝敗も嫉妬《しっと》も持ち込まない人間だけが生き残れる世界だ。あんな鉄火場で達観できる連中の気が知れない。学者はみんな、おまえも含め、変人だよ」

彼岸を過ぎた太陽はヒバ林の向こうに隠れようとしている。長く伸びた影を眺め、朝霞はようやく藤枝を振り返った。

「あのメダイ、掘り当てたのが無量くんでなければ、私は徹底抗戦したはずだ。それどころか、おまえの捏造を疑って容赦なく攻撃しただろう。昔の偽書の報復を遺物の捏造でするのかと。だが、無量くんが『自分だ』と証言した。おまえを誰より憎んでいる無量くんがああ言ったなら、本当だろうと思えた」

朝霞が白旗を揚げたのは、藤枝に屈したからではない。無量を信じたからだ。無量だったから、もう終わらせようと思えた。

「無量くんは腕のいい発掘屋だな。こう言ってはなんだが、発掘の腕は西原瑛一朗《さいばらえいいちろう》氏譲りなのだろう。おまえたち親子が手を取り合えば、きっといい仕事ができるだろうに」

どうかな、と藤枝は言った。

「今回はたまたまだ」

「いつかそうなる日が訪れることを、祈るよ」

そう言って、朝霞は自分の車に乗り込んでいった。

タイヤが砂利を蹴《け》って、小さな橋の向こうへと遠ざかっていくのを、藤枝はいつまでも見送っていた。

そして、そんな藤枝の姿をガラス戸から無量が見つめている。


家の中ではまだ騒ぎが続いている。

「いろはちゃん、目を開けて！　もういいの、もう終わったんだってば」

畳に倒れたまま起きてこない。萌絵とミゲルたちが囲んで何度も声をかけているが、なかなか目覚めないので、本当に何かが降りてきていたのでは、と焦ったが、

「あ……ごめん。寝ちゃってたみたい」

目覚めたいろはに萌絵たちはコケそうになった。

聞けば、土偶の由来を調べているうちに徹夜になってしまい、昨日から寝ていなかったという。実はあの後、萌絵といろはは福士家の蔵に保管されていた古文書を調べていた。それらは八戸の博物館に寄贈されていた。ほとんどは林業関係だったが、日記も含まれており、その中に「明治三十六年に間瀬《ませ》寅之介《とらのすけ》から斗南神社の土偶を預かった」という記述が見つかったのだ。

おそらく寅之介が遺物調査をしていた時に古沢地区を訪れ、十字形土偶が信仰の対象として祀《まつ》られているのを知ったのだろう。多分カクレキリシタンであることにも気づいて、クリスチャンだった寅之介は、キリスト教への復帰を説得しただろうが、その道を

選ばず独自の信仰を貫く住民の姿勢を受け入れたに違いない。斗南の十字形板状土偶を福士家に寄贈し、祀ってもらうことになったのは、明治三十五年の飢饉《ききん》の後だった。そのときのことが日記に残っていたのだ。

「それにしても迫真の演技やったな。まじで口寄せばしとるみたいやったもん」

「はは、ひいばっちゃのを見てたからね」

正攻法では手倉森たちを説得するのは難しいとみえたので、いちかばちか「土偶が自ら話す」という方法をとったのだ。イタコの口寄せになじみ深い世代には、一番訴求力があると考えた。

話した内容は、すべて調査結果そのままだ。でまかせではない。口寄せの真似事は、それを生業《なりわい》にしている間瀬ミサヲのひ孫としては抵抗があったいろはだが、萌絵から「これはあくまで伝え方のひとつだから」と説得された。第三者ではなく土偶本人が説明する、というのは博物館の子供向け展示に着想を得たという。これは口寄せではなく、土偶の立場に立って代弁する説明法だから、と言われたいろはは、それならば、と割り切って、腹をくくって引き受けた。

「それにつけても、ケガジ（飢饉）のくだりは説得力あったなあ。ああ、たぶんコレ、寅之介さんが描いた『南部集古図』の〝ケガジ之神〟から来てるんだろうなあって思って聞いてたけど、赤い土偶は『ケガジを呼ぶ』んじゃなくて『ケガジを払う』ために作られたって発想はすごい。なるほど！　って思ったもん」

「え？　私そんなこと言った？」

いろはの一言に、萌絵たちは目が点になった。

「うん、言ってたよ。ケガジ払いのために割られるのが自分の役目だって。さすが、いろはちゃん。勉強してるなって思ったんだけど」

「言ったおぼえないよ。ていうか、土偶って、ケガジを払うために作られたの？」

萌絵とミゲルは顔を見合わせてしまう。これはどういうことだろう。

「まさか、ほんとうに……」

「いや、なかよ。なか。ほんとにあったらやばか」

一方、忍のほうも――。

「心配かけてすまなかった。談合の件、裏をとるのに時間がかかってしまって」

樺山が忍たちに手を引かせようとしたのは、ただ単純に那無武王朝に入れ込んだためではない。利権がからんでいたのだ。忍はそれを証明しようと駆け回っていた。

「まあ、あの書類が目に入ったのは、たまたまだったんだけどね」

座卓に置いてあったものを勝手に持ち出したので、実はちょっと後ろ暗かった。

無量もやっと元気な顔を見て胸をなで下ろしはしたが、

「でもおまえトラックに閉じ込められてたんだろ？　どうやって脱出したの」

「それが不思議でね。誰かが扉を開けてくれたみたいなんだが誰もいなかったんだよ」

荷物室の扉はレバーを下ろしてがっちり閉じるタイプのものだった。ひとりでに開くことは考えられない。

「誰かが助けてくれたんだと思ってたけど、さくら。ホントに君じゃないの？」

さくらは首を横に振る。では、沙里か？　と思ったが、そちらも身に覚えがない。

「じゃあ、いったい誰が」

こちらも、とうとう真相はわからずじまいだった。

どうも不思議な出来事に助けられている気がしてならない。無量は祭壇に祀られた土偶のおじゅうじさまを振り返り、その素朴な姿に、思わず頭を下げた。

＊

藤枝はその足で慌ただしく福岡に戻ることになった。

無量たちは八戸の駅まで見送ることになり、忍と萌絵がわざわざ手土産を用意して、藤枝に手渡した。

「本当にいろいろありがとうございました。教授のおかげでなんとか解決しました」

「礼には及ばん。たまたま昔の知人が関わっていたから見過ごせなかっただけだ」

ミゲルとさくらも、今度のことで藤枝の頼もしさにすっかり心酔してしまい、目をキラキラさせて見送っている。

「西原のお父上さま、ぜひまた勉強させてください」

「イカのウニ味噌和《みそあ》え、ごはんに合うから食べてみてください」

無量は離れたところにいる。

「ほら、無量」

忍が引っ張ってきて挨拶《あいさつ》を促す。無量はつんとしている。藤枝も息子との別れを惜しむ気はないのか、切符を手にして、荷物を持ち上げた。

「次はもう手は貸さん。あてにするなよ」

「誰がするか。あんたの手なんか借りなくても解決できたし。いいから行けよ。早く」

無量は「しっしっ」と追い払うように手首を振った。藤枝はカメケン一同と挨拶をかわして改札口に入っていった。

「教授、どうぞお気をつけて！」

萌絵は笑顔で手を振った。藤枝がホームの階段へ消えるのを見届ける前に、無量はもう歩き出している。萌絵はあきれていた。

「西原くんたら、お礼ぐらいちゃんと言えばいいのに。素直じゃないんだから」

「はは。無量らしいよ」

ただ忍のほうは気づいている。藤枝との距離のとり方が今までとは違っている。嫌悪感で近づきたくない、というのではない。まるで思春期の息子が人前での恥ずかしさゆえに邪険にしている。そんなふうに見えたのだ。この数日間で親子の距離は確かに縮まっていた。むろん和解したようには見えないし、無量も「許した」などとは微塵《みじん》も思っていないだろうが、藤枝という人間をいまの無量の目線で多少理解したという表れだろう。藤枝自身にも「いまの無量」を理解したと思える何かがあったのかもしれない。

忍は感慨深かった。ひとは生きていれば、その先がある。

断絶があったとしても、経験を重ねたその先で（和解まではできなくても）またちがう関係を結んでいけることもある。

「……生きていれば、か」

忍は亡き父の面影を思い浮かべた。父が生きていたら、今頃、自分たちはどんな関係になっていただろう。きっと酒を酌み交わすこともあっただろう。助言をもらう場面もあったかもしれない。自分自身も、もしかしたら別の道を歩んでいたかもしれず。

無量たち父子を見守りながら、忍はあの先に続いていたはずの道を思う。

「父さん……」

無性に父の声が聞きたかった。

電車が到着したのか、在来線の改札からは通勤通学帰りの客がぞろぞろと出てくる。それに紛れるようにコンコースを歩いていた無量の腰ポケットで、スマホがメッセージの着信を知らせた。

見ると、藤枝からだった。

事件を解決するため、情報共有のグループＬＩＮＥに藤枝のアカウントも入れていたことを無量は思い出した。藤枝が直接送ってきたメッセージは、たった一言だけだった。

〝よくやった〟

無量はその五文字を見つめた。不思議と悪い感じはしなかった。

一言だけ、送り返した。

〝あんたもね〟

既読がついたのを見て、無量は苦笑いを浮かべた。また会いたいなんてこれっぽっちも思わない。顔も見たくないが、訊きたいことだけは山ほどある。思いのほか、ある。決して届くことのなかった言葉も、今はこの画面に打ち込めば一瞬で届けられてしまうのが不思議だった。子供の頃、父親とふたりで浸かった家の風呂を思い出した。

コンコースの窓に広がる藍色《あいいろ》の空を見上げ、無量は呟いた。

「ったく、アイコンくらい作っとけよ」

跨線橋《こせんきょう》の向こうには明るい星が瞬いている。

終章

無量《むりょう》たちが東戸来遺跡にやってくるのは、今日が最後となった。

経緯を聞いた工藤《くどう》調査員からは、いたく感謝されてしまった。

手倉森《てぐらもり》も出勤していたが、無量たちを恨めしそうに見るばかりで口もきかなかった。

　あれだけ那無武王朝に入れ込んでいたのだから、無理もない。樺山《かばやま》も利権目当てだったことが新山《にいやま》元議員に知られ、ばつの悪い立場になってしまった。新山元議員もインタビュー記事の配信停止にごねたところを見ると、まだ那無武王朝に未練があるようだ。そこで忍《しのぶ》は一計を案じた。昨日の音声だ。一連のやりとりは、まるっと録《と》ってある。それをラジオで流されたくなければ、記事の配信停止に応じるよう交渉（という名の脅しだが）をしたのだ。おかげで無事に新山のインタビューは配信停止になり、地元はなんとか傷を広げずに済んだ。

「ありがとうね、さくらちゃん。いろいろ迷惑かけてごめんね」

黒川沙里《くろかわさり》はさくらとの別れを惜しんでいた。

「ううん、沙里ちゃんに助けてもらったのは、こっちのほうだよ。ありがとね」

実は、沙里のもとには昨夜、朝霞《あさか》本人から電話があったという。奥戸来文書の発見は自分がそう仕向けたものであり、「戸来郷古神誌」に至っては自分が創作して、古文書として世に出したことを告白した。

これには沙里もただただ驚くばかりで、朝霞には深い失望を抱いた。恩師を尊敬していただけに悲しかった。まだ気持ちの整理がついていない沙里をさくらは慰めた。

「でも先生が沙里ちゃんの背中を押してくれて、沙里ちゃんを受け止めてくれたのは本当だよね。やったことはまちがってたけど」

「私もね、思ったんだ。先生の作り話にまんまと騙《だま》されちゃってたのは、私自身にも責任があるのかなって」

発掘中の遺跡を眺めて、沙里は言った。

「確かにね、明らかに変だと思うところはいっぱいあったの。でも先生の語る那無武王朝の世界は居心地がよくてね、穏やかで争いがなくて……こんな優しい世界が本当にあったら、さぞ住んでる人たちは幸せだったろうなって。理想郷っていうのかな。那無武王朝には私の願いがつまってた。私は自分がもう二度と絶対に傷つかない場所にいたかったのかな……。でも、そんな場所はないんだね」

「沙里ちゃん……」

「縄文のひとたちも本当はいっぱい傷ついてたんだろうな。人間はさ、生まれる場所もだけど、生まれる時代も選べないでしょ。生まれてしまった時代で生きるしかないんだもん。そう思ったらね、生まれ落ちた時代で一生懸命生きて死ぬだけでも凄《すご》いことだし、ひとの一生はもうそれだけで十分価値があるんじゃないかなって思えてきたの」

夢を追ったり、何かを成したり……そんなキラキラしたことなど、たとえ、なにひとつなかったとしても、生まれた時代にまみれて、頭の先からつま先までまみれまくって、生きて、死ぬ。それだけでもう十二分に凄《すご》いことなのだ。

沙里は落ち込んではいたが、不思議にその表情は明るかった。何かを受け止めて、開き直ったというよりも「気づいた」のだ。

「私さ、いろはさんとこの縄文ダンスグループのオーディション、受けてみようかと思うんだ」

沙里の言葉にさくらは喜びの声をあげた。

「ほんと？　ほんとに？」

「私やっぱりダンスが好き。しんどい思いもしたけど、やっぱり踊りたいし、踊ってる自分が好き。自分の想いば、この身体で表現したい。もう一度ダンスやってみる」

「えーえーえー！　うれしい！　沙里ちゃんのダンス見たいよ！　めっちゃ見てぇ！」

興奮したさくらはどうしていいのかわからなくなって、思わず、いろはを呼んでしまった。いろはは気絶しそうなほど驚いて、

「沙里ちゃん、ほんと？　ほんとに参加してくれるの？」

「よ、よろしくお願いします」

「沙里ちゃんなら最初の十秒で合格だよ。てか、すでに合格！」

さくらといろはと三人で、輪になって飛び跳ねている。

無量たちが東戸来遺跡を掘る最後の日は、ひまわりのような沙里の笑顔で締めくくられた。

＊

その後、朝霞は自分が「戸来郷古神誌」を書いたことを告白し、古文書捏造《ねつぞう》についても公表した。教え子たちには大きな衝撃を与えたが、元々「東日流外三郡誌《つがるそとさんぐんし》」という悪しき前例があったこともあり、研究者たちからは、はなから「創作だろう」と思われていたため、その事実が公になっただけのこと、と醒《さ》めた受け止められ方をしたようだ。地元に傷がつくようなことはなかったが、朝霞の研究者としての信用は完全に失墜したと言っていい。

ただ新山元議員は転んでもただでは起きない男だった。

――だったら、完全にフィクションとして押し出せばいいのではないか？

はじめから「これは創作された偽書であり虚構である」と堂々と断りをいれた上で、あえて観光PRに使おうと言い出したのだ。

さすがに地元では意見が分かれたが、一種のキャラクタービジネス化する余地もあり、一部のマニアの間でなぜか盛り上がっている。偽書であることを売りにする、とは逆転の発想もいいところだが、オカルトや偽書といったものがそのうさんくささゆえに人を魅了して、ビジネスになってしまう時代だ。そして、ついに……。

「『戸来郷古神誌』アニメ化って……マジか」

無量たちも想像だにしなかった展開が待っているのだが、それはもう少し先の話だ。

もちろん、景気のいい話ばかりではない。

「戸来郷古神誌」に書かなければ、学説として発表できた事柄もあり、それを偽書に書いてしまったせいでその説自体を（朝霞だけでなく）他の研究者も取り上げづらくなってしまったのは、やはり朝霞の罪としか言い様がない。

縄文社会の解明を遅らせた。

藤枝《ふじえだ》はそのことを決して許そうとはしない。


一方、樺山の建設会社には捜査の手が入った。今回の談合は未遂に終わったが、警察は余罪があると見ているようだ。さらに十年前に亡くなった野田《のだ》記者の件でも新たな情報が入ったようで、ここに来て捜査が大きく動き出した。樺山への容疑が固まるのも時間の問題だとのことだった。

古沢地区の「おじゅうじ講」も、改めて専門家による実態調査が始まった。

福士《ふくし》家の山にあるキリシタン墓も、その後、正式に発掘調査が行われ、古沢地区が

「潜伏キリシタンおよびカクレキリシタンの里」と認定される運びとなった。東北では非常に珍しい事例なので、歴史学者や民俗学者もその解明に注目している。

東戸来遺跡で出土した〈きりすと土偶〉は、縄文後期の漆塗り大型土偶として、一躍話題になった。赤黒ペアの〈おしらさま土偶〉二体と作風がよく似ているところからすると、同じ人間か、同じ集団によって製作されたものとみられ、周辺に土偶工房のようなものがあった可能性がある、と工藤が手がけた調査報告書には記された。

間瀬《ませ》寅之介《とらのすけ》が『南部集古図』に描いた〈斗南神社の土偶〉は、手倉森家の〈おじゅうじさま土偶〉と同一であることも確認された。こちらは少し古く、縄文中期のものと見られる。

工藤はさらなる発掘調査に意欲を見せている。

そして、いろはたちの「JOMONプロジェクト」も、目玉であるダンスグループが無事に結成された。

グループ名は「JOMONSTARS（ジョモンスターズ）」。「縄文のスター」に、「怪物《モンスター》」の意味も重ね、星を背負う遮光器土偶のシンボルマークも作られた。

センターは黒川沙里が務める。ダイナミックでエモーショナルな沙里のダンスは「縄文時代は泥臭くて地味」というイメージを「アーティスティックでCOOL」なイメージに塗り替えた。現代アートに勝るとも劣らない縄文土器や土偶のモチーフをふんだんに取り入れた映像と、ダンサブルなドラムが印象的な民族音楽と現代ポップスが融合した楽曲、沙里たちのハイレベルなヒップホップダンスは、とにかく「かっこいい」と評判だ。

実は「JOMONSTARS」には、もうひとり、意外な人物が参加している。大垣《おおがき》タヅの弟子――斉藤晃生《さいとうこうき》だ。ヒップホップのラッパーとして、いろはにスカウトされたのだ。もちろん、そこには萌絵が一枚噛《か》んでいる。

――あの子は生き人の世界より、死に人の世界のほうが居心地よぐなったんだ。命の力あるときに、恐山さ居続けるのはあまりよぐねぇごどなんだけどな。

タヅの言葉がずっと耳に残っていた。その言葉を証明するように、晃生ははじめは気乗りしない様子だったが、いろはがじかに晃生に会って沙里のダンス動画を見せたところ、顔つきが変わった。

「このひと、誰……？」

晃生が生きている人間に興味を示したのは、数年ぶりだった。

「黒川沙里さんっていうんです。かっこいいですよね」

「うん、すごくいいね。めちゃめちゃバイブス高い」

三途《さんず》の川の渡し守かと思うほど、影が薄くて儚《はかな》げだった晃生の口から、ヒップホップ用語が飛び出してきた。右手でリズムを取り始め、その口がリリックを紡ぎ始めるまで、そう時間はかからなかった。言葉が止めどなく溢《あふ》れてくる晃生の姿を目の前で見ていたいろはとタヅは驚いた。

沙里のダンスに触発されて、晃生の中に溜《た》まり続けていた想いが即興のラップとなって吐き出されていく。それは晃生自身が震災以来忘れていた自己表現そのものだった。

奔流のように次から次へと言葉が出てきて止まらなくなった晃生は、気がつけば涙を流している。

そこには、自分を表現する術《すべ》をようやく取り戻した喜びがあった。失語していた日々から、また言葉を話せるようになった。そんな思いだったにちがいない。

晃生の目に輝きが戻ってきたのを見て、タヅは微笑んだ。

大切な弟子が恐山から下りていく日も近いだろう、と。

＊

そして、時間は少し戻る。

カメケン一行が新郷村での発掘を終えた翌日のことだ。

無量たちは恐山を訪れることになった。

この日はイタコの大垣タヅが恐山に来ると聞いていた。東京に帰る日は休日で、せっかく青森に来たのだから当初の予定だった三内丸山遺跡を見学しに行くことになったのだが、忍が突然「恐山に行ってみたい」と言い出したのだ。

忍はひとりで行くつもりだったが、無量も行きたいと言い出し、「だったら自分もタヅに礼を」と萌絵もついていくことになった。

さくらとミゲルのほうは、鍛冶《かじ》が三内丸山へ引率してくれることになり、カメケン一行は帰りの新幹線で落ち合うことになった。

「え？　タヅさんに口寄せしてもらうの？」

恐山の入口で突然、打ち明けられ、驚いた無量に、忍はうなずいた。

「恐山名物のイタコの口寄せ。一度経験してみたいじゃないか」

「ああ……うん。いいと思うけど」

「なら私も行きます。タヅさんにお礼しないと」

タヅの正夢は半分あたっていた。青いシャツの人間に気をつけろ。あの警告があったから、萌絵も気を引き締めて事に当たることができたのだ。

「いや、あんたは行かないでいいから。それより俺の案内して」

と無量に止められてしまった。なんでよ、と言い返したが、無量は黙って首を振る。

萌絵もほどなくして察した。

「あ……そうだよね。そのほうがいいね。私は西原くんを案内するね」

忍はふたりの気遣いに感謝した。

「列に並ばなきゃいけないから、順番が回ってくるまで少し時間かかると思う」

「全然いいよ。俺らものんびりまわってくるし。終わったら連絡して。駐車場んとこのそば屋で落ち合おう」

三人は山門の前で別れ、忍は大垣タヅが口寄せを行っている無漏館へと向かった。

萌絵と無量は忍の後ろ姿を見送った。

「やっぱりご家族の……」

「ちょっと意外だな」

無量は言った。

「忍はそういうの、あんまり信じるタイプじゃないと思ってたから」

無量と萌絵は、恐山菩提《ぼだい》寺のお堂を参拝し、賽《さい》の河原を巡ることにした。遮るものがなく照り返しがきつい白い岩場は、曇天くらいのほうが目に優しい。大量の風車が風に吹かれて一斉に音を立てて回るので、無量はちょっとびびっている。

荒涼とした岩場に、夜店で売っているような可愛らしい風車が群れをなしている。小石だらけの白い岩肌を背景に、コントラストが鮮やかだった。線香ではなく硫黄《いおう》の臭いが立ちこめて、そこここにある小さな地蔵や小さな石碑が、独特の気配を醸している。

「噂には聞いてたけど、すごいとこだな……」

「ここは亡くなったひとが来る山だからね」

一帯に満ちる「死者を悼《いた》む空気」が、生きている人間に「あの世」を感じさせる。

ふたりは風に吹かれて「あの世」の風景を眺めている。

「あのね、さっき、いろはさんからメールが来たの。例の明治三十五年の飢饉《ききん》ではね、外国人宣教師が寄付活動のために戸来村を訪れてたんだって。ウォルター・ウェストンって知ってる？」

「ウェストン？　日本に登山を広めたひとでしょ。聖職者だったんだ」

登山家として知られていて、日本のあらゆる名峰に登頂し、日本山岳会で最初の名誉会員にもなった。そのウェストンは明治三十六年に青森を訪れ、凶作による飢饉でどこよりも貧窮していた三戸郡戸来村の救援活動に奔走している。交通もはなはだ不便だった戸来村に必死の思いでたどり着き、現地調査をして飢饉の窮乏にあえいでいる人々へと救援物資が行き渡るように走り回った。

「もしかして、いろはさんがおじゅうじさまの前で口走った『飢饉《ケガジ》から皆を救ったのは聖職者《パードレ》』っていうのは、ウェストンのこと？」

「いろはさん、その話、小さい頃に聞いたことがあったみたいだから、記憶の中から無意識に出てきたのかも」

戸来の人々はウェストンへの報恩を忘れないようにと、功績をたたえ、毎年「青森ウェストン祭」を開催しているという。

「外国人宣教師に助けてもらった過去は、地元のひとたちの記憶に染みついてるんじゃないのかな。日本人宗教家が言うキリストの墓は怪しいけど、困ってる人たちを体張って助けようとした外国人宣教師には、親近感を持ってたのかもしれないね」

江戸時代にも、すでに禁教となっていたにも拘《かか》わらず、命がけで山村の信者たちを巡っていた宣教師がいた。そういう存在に、人々は「自分たちは見捨てられてはいない」とどれだけ心強く思っただろう。

「斗南神社の土偶を古沢地区のひとたちはおじゅうじ像――キリスト像だと思ったんだよね。だから預かって祀《まつ》ったんだよね。それこそ神様にすがる思いで祈っただろうね」

私たちをこの苦しみから救ってください、と。

そこにやってきたのが、イギリス人宣教師ウェストンだったのだ。

「戸来村の人たちにとっては、その人こそ、救世主《キリスト》に見えたかもしれないね」

ふたりは大きな地蔵像の前で手を合わせた。

無量は一息ついて、

「結局、いろはさんのおじいちゃんの口寄せ予言は、謎のままか」

「赤い土偶が不吉だ、みたいなことが言われてた時はあったみたいだから、何かで聞いたことあったかもしれないけど、それがなんで間瀬一雄《かずお》さんの口寄せで出てきたのかは、謎のままかな」

「そもそも死んだひとの予言が本当にあるかどうかだし」

ただ、その口寄せがあったおかげで偽書事件を解決できた面もあるわけで。

「感謝しないと」

「だな」

無量と萌絵はもう一度、手を合わせ、この恐山にいるだろういろはの祖父に感謝を伝えた。

さて、と無量は言い、

「忍のほうは、無事に会えたかな」

＊

イタコの口寄せを受ける者は、無漏館の表廊下に並ぶのが決まりだ。

廊下と言っても畳が敷いてあるし、窓からの風が心地いいので苦ではない。予約制でもなく、レストランのようにウェイティング表に名を書くわけでもない。ただ列に並んで、じっと順番を待つ。それだけだ。

無量の言うとおり、忍は口寄せなどというものを信じるタイプではない。祖母が与那国島で祭司《カーブ》をしていたので巫覡《ふげき》という存在に対する敬意はあるが、忍自身は心霊的なものには懐疑的で、口寄せも信じてはいなかった。なのにこうして列に並ぶ気になったのは、無量父子を見ていて「父の声が聞きたい」と思ったのがきっかけではあるが、こうして並んでいる間もまだ懐疑的なのだ。

入口には「恐山名物イタコ」という、どこかあっけらかんとした看板が出ている。

イタコの列に並ぶ人々は様々だ。

観光で来た人もいれば、供養で来た人もいる。腰の曲がった高齢の女性や、スポーツ選手のような若者、とりとめのないおしゃべりをして待つ人もいれば、本を読んだり、ぼーっと景色を眺めている人もいる。わかるのは、それぞれがその胸に「語り合いたい死者」がいるということだ。

中には「恐山に来たならやっておきたい昔ながらの名物興行」とか、アトラクションや占い的な気持ちで列に並ぶ者もいるだろう。それとは真逆で、切実な気持ちで亡き人の言葉を聞きたい者もいる。それらが渾然《こんぜん》一体となった不思議な待ち時間だ。

時折、イタコのいる小部屋から、祭文が漏れ聞こえてくる。

秋の虫が鳴く静かな表廊下で、皆が耳を傾けている。

少しずつ列が進み、入口に近い椅子に座ると、忍は急に不安になってきた。

本当に口寄せなど受けてもいいものだろうか。

イタコの口寄せがもし本当でなければ、赤の他人が騙《かた》る言葉を父の言葉として聞かされることになる。その言葉が、亡き父の「本当の思い」とは全く違っていたら。全く的外れの言葉を聞くことになるとしたら。

亡き父は怒るのではないだろうか。悲しむのではないだろうか。

亡き人の意思に反する言葉は、冒瀆《ぼうとく》になりかねない。それが怖い。本当に聞いてしまっていいのだろうか。

迷っているうちに順番がまわってきた。

大垣タヅの第一印象は「茶道の先生」だった。背筋がシャンと伸びていて、きりり、としている。萌絵が言っていた通りだ。忍が抱いていたイタコのイメージは、背中が丸くなった穏やかな顔つきの高齢女性だ。あの世とこの世の狭間《はざま》にいる、そんなたたずまいを想像していたが、タヅはしっかり「この世のひと」だった。

「大変お待たせしました」

正座するタヅの前には座卓が置かれ、ちょっとしたお菓子とメモ用紙が置かれている。時計はもう正午を回っていたが、休みなしで続けているようだと忍は気づき、

「もうお昼時ですが、お休みされないで大丈夫ですか?」

タヅは明るく笑って、小さくガッツポーズをした。

「大丈夫ですよ。今日はお客さんが多いからがんばらないと」

聞けば、団体対応があったので朝五時から休みなしだという。忍は頭が下がる思いがした。

萌絵の同僚であることは言わなかった。先入観なくやってほしかったし、後ろの長い列を見ると、無駄話はあまりしないほうがいいだろうと思ったからだ。

「何日のホトケ様ですか」

タヅはそう訊《き》いた。命日のことを言っている。伝えると、タヅは数珠《じゅず》を手にかけ、

「数珠が止まったら、ホトケ様がおりてきていますので話しかけてください」

そう言うと、長い数珠をじゃらじゃらと練り始め、祭文を唱《うた》い始めた。

哀調を帯びた節回しに、母の実家のお盆で聞いたご詠歌を思い出した。雨の日の古いお堂を思わせるような、低くこもった声で唱う祭文には「ホトケ」とか「三途《さんず》の川」といった語句が断片的に聞き取れるだけで、その意味はわからない。

シャンとのびていたタヅの背中がだんだん丸まってきて、数珠を練る手がだんだんゆっくりになっていく。やがて頭《こうべ》が垂れ、手も止まった。

空気が変わった、と忍は感じた。

タヅのその身に何かが降りてきているからなのか。ふうっと空気の流れが止まった感じがして、揺らいでいたものが収まった。そんな感じだった。

忍は覗《のぞ》き込むようにして、言われた通り、話しかけた。

「父さん……？　俺だよ。忍だよ。聞こえる？」

少しの間の後、背を丸めて老女のようになっていたタヅの口が、小さく言葉を紡いだ。

「……息子よ……」

忍はハッとした。

「……よく来てくれたなあ……」

先ほどまでのタヅとは全くちがう。くぐもった声で、とてもゆっくりとした語調だった。

呼びかけに答えが返ってきたことに、忍はまず驚いた。そうなると思っていても驚いて、思わずこう話しかけた。

ずいた。

死んだ人間に対して「元気」というのも変だったが、タヅは「ああ」とゆったりうなずいた。

「父さん。元気だった？」

「元気だよ。元気でやってるよ」

「ほんとうに？　つらくない？　苦しくない？」

「苦しくねぇよ……もうすっかり元気だぁ」

その話し方は南部弁だ。父は南部弁の話し手ではなかったが、同じ東北の福島出身だったから、父の話す癖と脳の中で重なって違和感を抱かなかった。いや、それをいえば、タヅは女性なのだが、タヅが醸す一種この世離れした空気のせいなのか、驚くほどすんなりと自然に、相手が父だと思えたのだ。

「元気なんだね。そっちではもう本当に元気でいるんだね」

「ああ……こっちではみんな元気でやってるよ……」

「母さんとまゆも？」

「ああ……ふたりとも元気だぁ」

家族の笑顔が目に浮かんで、忍は胸がいっぱいになった。

「父さん、あの日、俺が合宿に出てった朝以来だね。俺、まさかあれが最後になるなんて思わなくて……。父さん、ごめんね。そうなるってわかってたら、俺、合宿には行かなかったのに」

「そんなご言うな。おまえにはひとりで本当に苦労かけたな。すまなかった」

忍は息が止まるかと思った。家族で自分がひとり取り残されたことは、タヅには告げていない。

「苦労なんて……。俺の苦労なんて、父さんたちが味わった苦しみに比べたら」

「……あのあんみつ……食べなければよかったなあ。食べなければよかっだ……」

忍は衝撃を受けた。

あの日、相良家に現れた小豆原《あずきばら》が持ってきた手土産だ。妹の真由《まゆ》が電話で伝えてきた。これから「あんみつ」を食べる、と喜んでいた。あれが最後の会話になった。警察によれば、なんらかの食べ物に薬が盛られ、食べた両親と妹は意識を失い、そのまま家を放火されて命を落としたらしかった。

家族が殺されたことは、タヅには一言も言っていない。ましてや、あんみつの話など。父さんだ、と忍は思った。ここにいるのは間違いなく、俺の父さんだ。

そう思った途端、気持ちが一気に溢《あふ》れて止まらなくなった。忍はなりふりかまわず、身を乗り出し、

「父さん……。俺、仇《かたき》とったよ！　父さんたちを殺した相手を見つけて報いを受けさせた。犯人は今、法で裁かれて服役してる。本当はこの手で殺してやりたかったけど、それは父さんたちが望まないと思ったから、ぐっとこらえたんだ。悔しかったけど、ぐっとこらえて……ずっとこらえて」

タヅの口を借りて、父親・悦史《えつし》がそう語りかけてくる。穏やかな口調で。

「つらい想いさせたな……本当にすまなかった。すまなかったよ……」

「いいんだ、俺はいいんだ。父さんたちがそっちで元気で暮らせてるなら」

「父さんたちは……今はもうみんな穏やかだよ。今度はおまえが幸せになる番だぁ。それが俺や母さんたちの願いだがらな。こっちのことはなぁんも心配しないで……おまえは……おまえのために生きて、幸せになるんだよ」

忍の目から涙が落ちた。子供の頃に戻ったように「うん、うん」とうなずいた。

「ごめんね、父さん……父さんを守れなくてごめんね。ろくに親孝行もできなかった……」

「そんなごどないよ。おまえは十分、親孝行してくれたよ……」

「ごめん、父さん……何もできなくて……」

「いいや、おまえはよぐやってくれた。もう十分だ。周りのひとを大切にするんだよ……おまえは頭はいいけれど、ひとりで突っ走ったり、ひとりで背負おうとしてしまうところがあるがら心配だぁ。友達の言葉をよぅぐ聞いて、しっかりと向き合って……まっすぐ歩いていぐんだぞ」

忍は何度もうなずいた。子供のようにうなずいた。

「ずっと見守ってるがらな……。みんなでおまえを守ってるがら」

「もういい、もういいんだ」

「父さん……ありがとう。ありがとう、大好きだよ」

「俺もだ」

「ありがとう、父さん」

あの世に戻る時間が来た、というように数珠の音が聞こえ始めた。じゃら、じゃら、と数珠を練る音が徐々に早くなっていき、タヅの口から再び祭文が紡がれ始める。その身体に降りてきていた死者をあの世に帰す祭文だ。

口寄せが終了すると、タヅはもとのタヅに戻っている。しゃん、と背筋を伸ばし、しっかりと目を開けている。

泣いて真っ赤になった忍の瞳《ひとみ》を見て、タヅは穏やかに微笑んだ。

「お父さんとは話せましたか？」

はい、と忍はうなずいた。まだ感極まっていて平静には戻れなかったが、顔をあげて、笑顔を返した。

「久しぶりに話すことができました」

それならよかった、とタヅはうなずいた。

「お父さん、あなたのことを今もずっと守ってますよ」

忍は胸がいっぱいになって、言葉に詰まってしまい、深く頭を下げるのがやっとだった。

ガラス戸越しに外を見ると、雲の切れ間に青空がのぞいている。

風に吹かれて、のぼりがはためいている。

無量と萌絵が賽《さい》の河原から戻ってくると、忍はすでに順番を終えていて、ひとり、本堂にいた。誰もいない本堂で、遺影と遺品に囲まれた本尊の前に正座している。

萌絵があがっていって声をかけようとしたが、無量に止められた。

忍は後ろ姿だったが、泣いている気配が伝わってきたのだ。

無量は察した。忍は会えたのだと。

そば屋で待ってよう、と萌絵にささやいた時、気配に気づいたのか、忍が振り返った。

「ああ、無量。待たせてごめんな」

目は真っ赤に腫《は》れ上がり、頬には涙の痕《あと》がある。そんな忍を見たのは、与那国島以来だったので、無量も萌絵も、胸がぎゅっと締め付けられる思いがした。忍は軽く洟《はな》をすすりながら、気持ちを切り替えるように背伸びをした。

「腹減ったな。腹ごしらえしようか」

温かいそばで腹を満たし、冷やし白玉に舌鼓を打った三人は、再び境内に戻り、宇曽利湖の湖畔に広がる極楽浜にやってきた。

エメラルドグリーンの澄んだ湖面の向こうには、青い峰々が横たわる。仏法世界の八葉の蓮華《れんげ》座に譬《たと》えられる峰々だ。中央のひときわ美しい円錐《えんすい》形の山が宇曽利山。

白砂の浜に三人、肩を並べて立ち、青い湖を眺めた。

「……こんなきれいなところに、父さんたちはいるんだな」

風に髪をあおられながら、忍がつぶやいた。どこかすっきりしたような忍の顔を見て、無量は話しかけた。

「おじさんたち、元気だった？」

「ああ。向こうで、みんな笑顔で過ごしてるそうだよ」

忍がこんなに柔和に笑うのを、無量も萌絵も久しぶりに見た気がした。

「イタコって、すごいな。すごい職業だよ」

「タヅさん、すごいかたですよね」

うん、とうなずいて、忍は「でもね」と言った。

「父を呼んでもらって、わかった気がした。イタコの口寄せが本当かどうかは、本当はね、大した問題じゃない。父と話せて、ここに詰まっていたものを吐き出せた気がした」

と、忍は胸のあたりを手のひらで押さえた。

「すごいね……。昔の人は悲しみの癒《い》やし方までちゃんと知っていて、社会の仕組の中にちゃんと入れてあったんだ」

父たちの死から、もう十何年も経っているのに、悲しみというものは忘れたと思っても消え去ることはなく、ともすれば、いくらでも何度でもよみがえる。だからこそ必要なのだ。あの世の人の声を聞く。これほどのグリーフ・ケアが他にあるだろうか。

本当か、そうでないかは、実は問題じゃない。問題にしなくてもいいことが、この世界には確かにある。そのひと自身がどう受け止めたかだ。そうして心の苦しみが晴れたなら、……それこそが「本当」という意味なのだ。

信じたければ、信じたっていい。それで救われるなら。

「忍……、なんか、いい顔してる」

無量にもそれとわかるほど、何か憑《つ》き物が落ちたような、晴れ晴れとした表情をしている。

「そうかな」

「よかったですね。恐山に来て」

「ああ、来てよかった。また来たい。みんなに会いに」

忍の心にはいま、ひとつの決意がある。ずっと考えてはいたことだ。だけどなかなか心を決めることができなかった。だが迷いは消えた。父の言葉が背中を押してくれた。

忍はいま、ひとつの選択をした。

そのことに、無量と萌絵はまだ気づいていない。

「〝恐山　心と見ゆる湖を　囲める峰も　蓮華なりけり〟……か」

無量が口ずさんだのは「桂月《けいげつ》」という歌人が詠んだ短歌だった。

「俺はこんなにきれいな心じゃないけどね」

「でも確かに仏様の座る蓮華座の真ん中にいるみたい」

ね？　と萌絵が忍の顔を覗《のぞ》き込む。
忍は穏やかに微笑んだ。
「じゃあ、やっぱりここは極楽浄土だ」
湖畔に並ぶ風車が一斉に回っている。
硫黄のにおいが混ざる風に吹かれている。
雲間から光が差し込み、波がさざめく美しい湖を照らした。
穏やかなあの世の風景を、三人はいつまでも見つめている。

主要参考文献

『東北のキリシタン殉教地をゆく』高木一雄　聖母文庫
『青森キリスト者の残像』木鎌耕一郎　イー・ピックス
『戦争とオカルティズム　現人神天皇と神憑り軍人』藤巻一保　二見書房
『斗南藩　泣血の記』松田修一　東奥日報社
『戦後最大の偽書事件「東日流外三郡誌」』斉藤光政　集英社文庫
『「霊魂」を探して』鵜飼秀徳　KADOKAWA
『カクレキリシタン　オラショ――魂の通奏低音』宮崎賢太郎　長崎新聞新書
『歴史に語られた遺跡・遺物　認識と利用の系譜』桜井準也　慶應義塾大学出版会

作中の発掘方法や手順等につきましては実際の発掘調査と異なる場合がございます。
考証等内容に関するすべての文責は著者にございます。

執筆に際し、数々のご示唆を賜った皆様に厚く御礼申し上げます。

本書は、文庫書き下ろしです。
この作品はフィクションです。実在の人物、団体等とは一切関係ありません。

遺《い》跡《せき》発《はっ》掘《くつ》師《し》は笑《わら》わない

キリストの土偶《どぐう》

桑原《くわばら》水菜《みずな》

令和5年 11月25日　初版発行
令和6年 2月5日　3版発行

発行者●山下直久

発行●株式会社KADOKAWA
〒102-8177　東京都千代田区富士見2-13-3
電話　0570-002-301（ナビダイヤル）

角川文庫 23905

印刷所●株式会社KADOKAWA
製本所●株式会社KADOKAWA

表紙画●和田三造

ISBN 978-4-04-114294-3　C0193

◆◇◇